김나영 희곡집

당신은 아들을 모른다

김나영 희곡집

당신은 아들을 모른다

평민사

목
차

서문

희곡집을 내야겠다는 생각이 절실하지 않았습니다. 책보다는 공연으로, 독자보다는 관객을 만나고 싶었습니다. 희곡이 무대에 설 때까지의 과정이 좋았고 희곡이라는 단면이 연극이라는 입체로 변화되는 걸 즐겼습니다. 더구나 새로운 배우와 연출을 만날 때마다 완전히 다른 옷으로 갈아입는 희곡을 보는 즐거움은 사소한 불평 거리를 넘어섭니다. 저는 운이 좋은 편이라 대부분 작품이 한 명 이상의 연출을 만났고 전국 방방곡곡을 여행하며 오랜 세월 관객의 사랑을 받아 온 작품도 있습니다. 하지만 어떤 작품은 누군가의 해석으로만 존재하기도 합니다. 물론 세월이 더 흐르면 분명 새로운 인연을 다시 만나겠지요. 그런데 나이를 먹고 조급해졌는지 희곡이라는 본질을, 누구의 해석도 아닌 작가의 첫 목소리를 남겨야겠다는 생각이 많아지기 시작했습니다.

그런 이유로 25년 만에 첫 희곡집을 냅니다. 처음이라고는 하지만 다음 책을 또 낼지 몰라서 어쩌면 유일한 희곡집이 될 수도 있습니다. 그동안 왜 책을 내지 않냐는 질문을 많이 들었습니다. 별다른 이유도 없으면서 사실 책을 낼만큼 대단한 작가는 아니라는 생각에 차일피일 미뤘습니다. 그런데 몇 해 전부터 이제 희곡집 한 권쯤 있어도 좋겠다는 생각이 듭니다. 알 수 없는 누군가의 손을 거친 수정 파일이 쉽게 공유되는 세상을 살다 보니 거창한 이유가 없어도 인쇄된 책이 갖는 가치가 매우 크게 다가옵니다.

막상 출간을 결심하고 보니 희곡 선별이 최대 난제로 떠올랐습니다. 한 권에 대여섯 편만 실을 수 있으니 크고 두꺼운 책으로 만들까, 아니면 한꺼번에 두 권을 낼까 고민이 깊었습니다. 하지만 평민사 대표님께서 일단 한 권을 내고 다음 책을 생각해보자고 하십니다. 욕심부리느라 허둥대지 않아 다행입니다. 어쨌거나 이 책이 유일한 희곡집이 될지 모른다는 생각으로 작품을 골랐습니다.

처음에는 수상작 위주로 엮을까 했는데 수상작은 아니지만 관객들의 사랑을 많이 받은 작품이 아까워서 고민이 되었습니다. 그럼 대표작으로 엮을까 했는데 대표작에 넣을 순 없지만 특별히 마음 쓰이는 작품이 있어 또 고민했습니다. 이런저런 고민 끝에 등단작부터 최근작까지 작가의 성장을 보여줄 수 있는 작품들을 수록하기로 결정했습니다. 초기작은 많이 어설픈 데다 시대에 뒤떨어졌고 최근작이라고 해서 성장을 장담하기도 민망하지만, 하... 이미 엎질러진 물입니다.

〈대역배우〉는 1998년 문화일보 신춘문예에 당선된 작품입니다. 직진밖에 모르던 젊은 시절, 작가가 되겠다는 강렬한 욕망과 그만큼의 좌절이 투영된 처녀작이었습니다. 너무 오래전 작품이라 수정을 거치긴 했지만 미숙하고 부끄럽습니다. 그래도 작가 인생의 시작점이기에 수록을 결정했습니다.

〈소풍〉은 2004년 시선집중-극작가전에서 처음 선보인 작품입니다. 강석호, 김민정, 최원종 작가와 함께 4인4색이라는 기획으로 국립극장 별오름극장에서 초연되었습니다. 올해 〈내 웨딩케이크는 누가 먹어 버렸나〉라는 제목으로 오랜만에 서울 관객과 다시 만나며 가장 많은 지역과 극장에서 공연되는 작품 가운데 하나가 될 것 같습니다.

〈밥〉은 슬럼프에 빠져있던 시절 심기일전의 마음으로 썼던 작품입니다. 2009년 제1회 대전 창작희곡 공모에서 우수상을 받았고 지금도 관객들의 많은 사랑을 받으며 꾸준히 공연되고 있습니다. 2019년에 평민사 한국 희곡 명작선 단행본으로 출간된 적이 있어 희곡집에서 뺄까도 생각했지만 작가로서 변곡점에 있었던 작품, 가장 애착이 가는 작품 중 하나라 수록하기로 했습니다.

〈꽃물 퍼질 때, 당신 얼굴〉은 강원도 원주극단 웃끼의 요청으로 2016년에 썼습니다. 한지 뜨는 지장의 삶을 소재로 원주만의 정서를 담아내려고 노력했던 작품입니다. 지역 작은 극단으로서는 적지 않은 작품료를 투자해 공들여 만들었는데 연극제에서 좋은 결과를 내지 못해 미안한 마음이 드는 작품이기도 합니다. 대표작은 아니지만 한지 장인들의 삶을 쫓으며 느꼈던 뜨거운 감정을 그리움으로 녹여낸, 어쩐지 아픈 손가락 같은 작품이기에 소개하기로 했습니다.

표제작인 〈당신은 아들을 모른다〉는 2020년 한국문화예술위원회 창작산실 대본공모에 선정된 작품입니다. 혼란과 고통, 정리와 회복의 시간을 지나 한층 성장한 작가의 세계관이 담겨있고 〈밥〉과는 또 다른 의미에서 변곡점이 된 작품이기도 합니다. 전자책으로 출간되었으나 작년에 극단 산수유와의 초연 이후 많은 수정을 거쳤기에 희곡집에 수록하게 되었습니다.

〈달팽이여자〉는 2022년 한국문화예술위원회 창작산실 대본공모에 선정된 작품입니다. 아직 초연되지 않아 수록을 망설였지만 언제 다시 희곡집을 내게 될지 몰라 좋은 인연을 기다리는 심정으로 수록하게 되었습니다. 초고를 쓴지 10년, 몇 번의 기회를 놓치고 빛을 보지 못하던 작품입니다. 이제는 어미 품을 떠나 날개를 달고 훨훨 날아갔으면 좋겠습니다.

가족들은 저에게 많은 영감을 주는 귀한 존재입니다. 한때 우물 안 개구리 같은 삶을 원망하기도 했지만 이제는 우물이라는 세계의 넓이와 깊이를 압니다. 가족을 향한 사랑은 절망을 희망으로, 좌절을 도전으로 바꾸는 힘이 있습니다.

저에게는 몇 분의 은사님이 계십니다. 그 가운데 故윤조병 작가님과 이강백 작가님은 한예종 연극원 시절 도제교육을 해주신 평생의 은사님입니다. 희곡을 쓰면서 두 분께 누가 되지 않으려고 늘 노력했습니다.

오랜 세월 곁에서 응원해준 동료들, 친구들. 고마운 사람의 이름을 일일이 열거할 수 없지만, 네. 바로 당신입니다.

마지막으로 평민사 이정옥 대표님께 감사드립니다. 30년 넘는 세월을 희곡 출판을 위해 애써주신 한결같음에 깊은 존경을 표합니다. 대표님 덕분에 희곡을 쓰는 많은 작가들이 오늘도 정진하고 있다는 걸 기억해주셨으면 좋겠습니다.

꽃물 퍼질 때, 당신 얼굴

....

원주극단 '웃끼' 제작
대한민국연극제 강원대회 참가
2016년 4월 횡성문화예술회관 초연

등장인물

승철   나, 30대 초반
기호   아버지, 30대 후반에서 40대 초반까지
앵순   큰어머니, 60대 중반
석정   작은어머니, 50대 초반
젊은 앵순   30대 초반에서 중반까지
젊은 석정   10대 후반에서 20대 초중반까지
삐꿈이/삐꿈모   동네처녀와 젊은 시절의 삐꿈엄마 (1인2역)

때

현재와 과거(1970년대 후반부터 80년대 중반까지)를 오간다.

장소

승철의 고향집. 과거와 현재를 아우르는 공간.

1장

현대식으로 손을 본 시골의 평범한 기와집. 예전엔 꽤 잘 지어진 한옥이었을 것 같지만 여기저기 세월의 흔적으로 빛이 바랬다. 마당에 이런저런 푸성귀들이 그득 자라고 있다. 뒤꼍 어딘가에서 불을 피우는지 연기가 올라온다. 조금 떨어진 곳에서 개 짖는 소리. 승철, 마루 끝에 앉아 있다 화답하듯 자기도 '웡!' 소리를 흉내 내곤 멋쩍은지 웃는다.

승철 삐꿈이네 누렁이에요. 귀찮아서 잘 짖지도 않는, 딱 이 동네 개다운 개죠. 저 왔어요, 아버지. 주말에 꼭 내려오라는 어머니 전화를 두 번이나 받고 내키지 않았지만 결국 여기 와있네요. 막상 내려와 보니 오길 잘한 것 같다는 생각이 듭니다. 고향집. 모든 게 너무 익숙해서 비로소 마음이 차분해지는 곳. 삐꿈이네 누렁이가 짖는 소리도, 부엌에서 나는 음식 냄새도, 치악산에서 불어오는 이 바람마저도 너무나 익숙한, 고향집. 삶이 엉킨 실타래처럼 복잡해지는 이유는 익숙하지 않은 사람들과 마주하게 되는 좀처럼 익숙해지지 않는 상황 때문일까요. 바람마저도 익숙한 이 고향집엔 붙박이장처럼 익숙한 두 분 어머니가 살고 계십니다.

부엌에서 나오는 앵순.

앵순 배 안 고프나?

승철   괜찮아요.

앵순   홍시 하나 물래? 얼라 머리만 하다.

대답도 기다리지 않고 부엌으로 들어가는 앵순.

승철   큰어머니예요. 두 분 어머니 가운데 나이가 더 많아 큰어
머니지만 저는 그냥 어머니라고 부릅니다.

바구니 하나 들고 뒤꼍에서 나오는 석정. 걸음걸이도 불편하고
수건으로 감싼 얼굴은 화상으로 일그러져 흉하다.

석정   배고프재이?

승철   괜찮아요.

석정   쫌만 지둘려라. 지짐이 쪼까 붙일랑개.

석정, 부엌으로 들어간다.

승철   작은어머니예요. 큰어머니보다 나이가 적어 작은어머니지
만 저는 이 어머니 역시 그냥 어머니라고 부릅니다. 신기한
건 똑같이 어머니라고 불러도 두 분 어머니는 누구를 찾는
소린지 용케 알아듣는다는 겁니다. 보실래요? 어머니!

앵순   (내다보며) 와?

승철   아니에요.

앵순   심심하나? (하며 들어간다)

승철   이번엔 작은어머니를 불러보겠습니다. 어머니!

14

석정   (내다보며) 뭐 주까이?

승철   아니에요. 그냥 한 번 불러봤어요.

석정   어째 저런디야. (하며 들어간다)

승철   두 분 어머니를 부르는 제 소리에 어떤 차이가 있다는 게
         저는 참 신기합니다.

         앵순과 석정, 동시에 고개를 내민다.

앵순   철아!

석정   (동시에) 철아!

승철   예?

앵순   식혜 물래?

석정   (동시에) 식혜 주까이?

승철   네. 주세요.

         동시에 쑥 들어가는 앵순과 석정.

승철   그걸 알아듣는 어머니들도 참 신기하구요.

         앵순, 식혜와 홍시를 쟁반에 받쳐 들고 나온다.

앵순   무라.

승철   (식혜를 마시며) 어머닌 뭐 하느라 부엌에만 계세요?

앵순   빼다구 낋인다꼬 아래부텀 저카고 안 있나. (큰소리로) 정
         아! 지키고 안 있어도 고마 저절로 낋는다.

석정	(소리만) 야!
앵순	소심줄을 삶아묵었는가 고집이 말도 몬한다. (홍시 껍질을 벗기며) 일은 어떻노? 얼굴이 쪼매 애빘네.
승철	요즘 힘들지 않은 사람 없어요.
앵순	아직도 회사에서 영업 하라카나?
승철	회사 방침인걸요.
앵순	은지까지 해야 하는데?
승철	1년이니까 아직 8개월이나 남았어요. (한숨)
앵순	개안은 거 맞재 니?
승철	회사를 좋아서 다니는 사람이 몇이나 되겠어요?
앵순	고생도 저 좋아서 해야 공부다. 살기 위해 무야지 묵기 위해 살아서 되겠나?
승철	남들처럼 사는 거예요. 돈 벌어서 장가들고 애들 낳아 공부시키고…
앵순	넘들맹키로 사는 게 그리 중하나?
승철	……
앵순	좋아하는 일 하모 살아도 죽을 때 후회 드글드글한기 인생이다. (승철에게 홍시를 내밀며) 무라.
승철	(받아먹으며) 어머닌 뭐가 제일 후회스러우신데요?
앵순	어무이는… (하고 먼 하늘로 시선) 후회 엄따.
승철	아침에 산에 올라갔다 오셨죠?
앵순	은지.
승철	손 보면 다 알아요. 또 맨손으로 닥나무 넝쿨 뜯다 오셨잖아요.
앵순	(감추며) 아이다.

승철 관절염으로 그렇게 고생하시면서… 그거 안 하면 후회하실까봐 그러고 기를 쓰시는 거예요? 암튼 소심줄은 어머니가 삶아드셨어요.

앵순 심심해가… 놀믄 뭐 하겠노.

승철 그냥 노시는 게 나아요. 아프죠, 병원비랑 약값 들죠, 그게 뭐예요.

앵순 중국서 일본서 가끔 찾는 사람들이 안 있나. 꼭 아부지맹키로 해달라 카믄서…

승철 아직도요?

앵순 얄궂재? 사라진 지가 30년도 넘은 사람을…

승철 이제 못 한다 하세요. 아버지 돌아가셨고, 어머닌 다 까먹었다 그러세요.

앵순 ……

승철 돌아가신 거예요. 30년이나 기다리셨으면 이제 그만 포기하셔도 돼요.

앵순, 마루 위 작은 문갑을 뒤져 명함을 꺼내 보여준다.

앵순 글씨가 작아가 보이도 안한다. 그 번호로 전화 함 해봐라.

승철 이게 누군데요?

앵순 책을 내준다 카더라.

승철 책이요?

앵순 아부지 원고 말이다. 다락방에 있는.

승철 반 가까이 타버린 그 원고요?

앵순 제대로 됐는가 몰라도 정이 쟈가 쓰는 데까지 다시 썼다 카더라.

승철 어머니가요?

앵순 도서관이고 도청이고 심부름은 낼로 다 시킸다. 컴퓨터 금마 때문에 쌔가 빠지는 줄 알았구마.

승철 (명함을 다시 들여다 본다) 이 사람은 원고 있는 걸 어떻게 알고요?

앵순 우리 한지를 살린다꼬 보존사업인가 뭔가를 하는갑더라. 느 아부지 얘길 한 선생한테 들었다 카디. 이제 와가 그기 다 무신 소용이고? 사람도 죽고 그 많던 닥나무도 다 사라져뿄는데…

승철 ……

앵순 느 아부지 따라 첨 여 왔을 때만 해도 닥나무 시퍼런 이파리가 바람이 불면 우수수수… 이뻤다. 참말 이뻤다. (추억에 젖는다. 한숨) 인자 저 꼭대기에 맻 그루뿌이 안 남았다. 어무이가 넝쿨 뜯어주고 거름 부어주고 안 하모 그나마도 없어지고 말끼라.

그때 부엌에서 석정의 부르는 소리.

석정 (소리만) 성님! 지짐이 간 쪼까 봐주쇼.

앵순 살림 산 기 맻녀인데 아직도 저칸다. (큰소리로) 알았다. 간다.

앵순, 그래도 싫지만은 않은 듯 부엌으로 간다. 명함을 다시 보는 승철. 뒤통수를 긁적인다.

승철 영업 스트레스 때문에 원형탈모까지 왔습니다. 아무래도 사람 상대하는 일이 적성에 맞지 않나 봐요. 인정하기 싫지만 제 속에 아버지 피가 흐르고 있는 게 아닌가 종종 생각합니다. 산 위 초막에 올라가면 이상하게 마음이 편해지거든요. 아버지, 저 사실 종이 뜰 줄 알아요. 어머니껜 비밀이지만요. 지장 일 물려받게 될까 봐 못 배우는 척했거든요. 어린 마음에도 종이 뜨면 가난하게 산다고 생각했으니까요. 그런데도 어머닌 초지법 가르쳐달라고 졸라댔던 일을 끄집어내며 은근히 제 속을 떠보곤 하십니다. 그랬었죠. 철 모를 때 일이지만… 지금의 저는 자꾸만 더 멀리 도망치고 있어요. 닥풀 냄새 나지 않는 도시 속 삶으로 말이죠.

앵순, 부엌에서 부침개 담은 접시를 들고 나온다.

앵순 봐라! 이럴 줄 알았다. 간은 무신… 심부름이다. 아들 갖다 주라 카드라.
승철 어머니도 같이 드세요.
앵순 내는 개안타. 철이 니나 마이 무라.

승철, 부침개를 뜯어 먹는다. 텃밭에 들어가 이런저런 푸성귀를 뜯어 바구니에 담는 앵순.

승철 열무예요?
앵순 오야. 된장 넣고 지지주꾸마. 좋아하재?
승철 어머니 해주시는 건 뭐든 다 맛있죠.

앵순 반찬 없어도 매운 고추 넣어가 자작하게 지지주믄 밥 한 그릇 뚝딱 안 했나.

승철 벌써 군침 돈다. 그런 반찬 서울에선 구경도 못 해요.

앵순 하모. 서울선 몬묵재.

승철 그건 뭐예요?

앵순 모르겄나? 방아이파리 아이가. 인자 서울사람 다 됐구마. 보들보들해가 상추캉 쌈싸무면 맛있을끼라.

승철 장가가면 걱정이에요.

앵순 와?

승철 입맛이 너무 고급이라서요.

앵순 맞나?

승철 우리 각시 큰일났다니까요.

앵순 그뿐이가. 시어무이가 둘이나 있으이 장가가기는 텄다. 낼로 빨리 죽어야 할낀데.

승철 어머니!

앵순 만나는 아 없나?

승철 (삐뚜룸해서) 없어요.

앵순 있으모 데리온나. 잘 해주께. 시어무이가 둘이라 두 배로 더 잘 해준다 캐라.

웃으며 허리를 펴고 일어서는 앵순.

앵순 해 떨어지기 전에 밥 묵을라 카모 드가봐야 한다. 잘 끓고 있는 국솥 뚜껑은 와 자꾸 열었다 닫았다 하노.

앵순, 걸음을 바삐 부엌으로 향한다. 관절염 때문인가, 그 모습이 조금 위태롭다.

승철   서둘지 마세요. 배 안 고프니까.
앵순   알았다.

부엌으로 들어가 버리는 앵순. 승철은 다시 한번 명함을 살피더니 전화를 건다.

승철   여보세요. 네. 저는 김 기자 호자 쓰시는 분 아들 김승철이라고 합니다. 아뇨. 지금 원주 집에 와 있어요. 한 번 뵙고 자세한 말씀 들었으면 좋겠는데요. 네. 괜찮습니다. 내일 저녁이요. 네. 그렇게 알고 연락 기다리겠습니다.

전화를 끊는다. 괜스레 집안을 두리번거리던 승철의 시선을 사로잡는 무엇인가. 웃방 벽에 한지로 곱게 만든 남자 두루마기가 걸려있다. 승철, 웃방으로 들어가 두루마기 자락을 만져본다. 승철이 막 '어머니' 하고 부르려는 찰라, 젊은 시절의 기호가 대문을 열고 들어서며 소리친다.

기호   여보! 앵순아!

그 부르는 소리를 듣고 마당으로 나와 서는 승철. 원망과 함께 눈부심이 깃든 눈길로 기호를 바라본다.

승철 아버지…!

기호 서방님 왔다, 앵순아!

젊은 앵순이 안채에서 달려 나온다.

앵순 이기 메칠만잉교. 죽었나 살았나 기별도 못 합니꺼.

기호 미안. 가다보니 산청까지 갔지 뭐야.

앵순 산청요? 거까지 가면서 낼로 와 안 데려갔능교? 집에는 가 봤습니꺼?

기호 그럴 정신이 없었어. 닥나무가 좋다고 해서 가봤는데 잎마름병이 돌고 있지 뭐야. 나무만 보고 올 생각이었는데 뿌리부터 썩기 시작하는 그것들을 놔두고 그냥 올 수가 있어야지.

앵순 그래가 나무만 보다 왔능교!

기호 미안. 다음에 갈 땐 꼭 같이 가서 장인어른도 뵙고 며칠 쉬다 오자고. 응?

앵순 (토라져 훌쩍거리며) 너무했심더. 아부지 보고싶다 그래 캤구만…

기호 아이고, 우리 각시. 미안. 다음엔 꼭 데려갈게. 그래도 산청 가서 큰 수확이 있었어. 일본 쪽 수출에 길이 뚫릴 거 같애.

앵순 일본예?

기호 응. 우선 공장부터 짓고 본격적으로 판로를 개척해봐야지.

앵순 있던 공장도 문 닫는 마당에 공장을 지어가 우얄라꼬예?

기호 초막에서 감당할 수 있는 물량이 아닌 데다 일본을 시작으로 해외수출을 본격적으로 해볼 계획이거든. 내 목표는 일본 정도가 아니라 전 세계야. 우리 한지를 전 세계인이 쓰는 게 당신 남편의 원대한 꿈이란 말이지!

앵순　내는 돈 마이 버는 것도 싫습니다. 지금보다 더 바빠지모 고마 도망가삘기라예. 그리 아이소.

부엌으로 들어가려는 앵순을 기호가 와락 껴안는다.

앵순　와 이랍니꺼? 미칫는가베.

싱글벙글 웃으며 앵순의 손목을 잡고 안방으로 들어가는 기호. 앵순은 부끄러워 얼굴을 붉히면서 끌려 들어간다.

승철　한지에 미친 서른 살 무렵의 아버집니다. 1년의 반을 타지로 떠돌며 품질 좋은 닥나무를 찾아다녔던 아버지, 집에 돌아와서도 산 중턱 초막에 틀어박혀 종이 뜨는 일로 하루를 보냈던 아버지. 그래서 한 여자를 참 많이 외롭게 했던 아버지… 당신 말입니다.

잰걸음으로 대문을 들어서는 앵순.

앵순　보이소! 쪼매 나와보이소. 일났심더.

승철　그리고, 젊고 예뻤던 어머닙니다. 당신이 지어놓은 산 위 초막에서 여전히 종이 뜨는 일을 하는, 이제는 늙어가고 있는 젊은 날의 어머니…

기호　(안방에서 나오며) 왜 또?

앵순　닥풀 당신이 직접 안 넣었습니꺼?

기호　아재한테 맡겼지.

앵순　퍼뜩 가보이소. 종이 다 달라붙었심더.

기호　또 적게 넣었구만. 그걸 왜 그렇게 못 맞추나 그래.

앵순　아재가 사람은 좋은데 덤벙거린다 아입니꺼. 고마 닥풀 넣는 건 당신이 직접 하이소.

기호　맨날 내가 해주면 일은 언제 배워? 아재도 자기 제지소 차려서 사장님 소리 듣고 살려면 망치면서 배우는 거지.

앵순　종이 다 버리게 생겼구마 속도 좋심더!

기호, 신발을 대충 신고 급히 나간다. 기호의 뒤통수에 대고,

앵순　일 다 보고 퍼뜩 들어오이소. 당신 좋아하는 북어대가리 푹 고아놨심더. 꼭 들어오이소. 안 들어오면 내 혼자 다 먹어뿔끼라예…

앵순, 괜스레 소매를 툭툭 털며 터덜터덜 부엌으로 들어간다.

승철　아버지가 숟가락도 들지 않았던 그 많은 음식들. 어머니 홀로 드셨을 비린 음식들. 혹시 어머니가 비린 걸 좋아하지 않는다는 사실은 알고 계셨습니까? 당신이 좋아한다는 이유로 어머닌 북어대가리를 끓이고 혼자 꾸역꾸역 드셨던 거예요. 당신의 일이 옳으면 옳을수록 어머니의 외로움도 더 많이 커졌을 거란 사실을 아버지 당신은 끝끝내 모르셨겠지요. 한지에 미쳐 세상 돌아가는 일이나 어머니가

느꼈을 외로움 따위 관심조차 없었을 테니까.

그때 핸드폰이 진동한다. 고민하다 떨떠름한 표정으로 전화를 받는 승철.

승철 예, 대리님. 일이 있어서 고향집에 내려온다고 말씀드렸잖아요. (사이) 예? 선결제요? 아니 무슨 선결제까지…? (사이) 물량 밀어내는 것도 어느 정도지 너무한 거 아닙니까. 게다가 그렇게 많은 대금을 갑자기 무슨 수로 선결제까지 합니까? (사이. 버럭) 그걸 왜 입사 4개월차 신입이 책임져요? (사이) 네! 그렇지 않아도 이런 회사를 계속 다녀야 하나 심각하게 고민 중이니까 하실 말씀 있으시면 월요일에 사무실에서 하세요. 끊겠습니다.

신경질적으로 전화를 끊는 승철. 석정이 우연히 전화 내용을 듣고 슬그머니 부엌으로 들어간다.
기호가 대문으로 들어선다.

기호 앵순아! 앵순아!

앵순 (부엌에서 나오며) 인자 오십니꺼. 일본 갔던 일은예?

기호 응, 잘 됐는데… 나 원 참, 화딱지가 나서.

앵순 와예?

기호 유록법 연구회에서 아 이놈들이 지들 화지가 동양지의 대표인 양 선전하더란 말이야. 우리 초지법이 신라시대 때 이미 일본으로 건너갔다는 기록이 떡하니 있는데도. 이러다 아예 한지기술을 지들이 수출했다고 우길 판이야.

앵순 그런 헛소릴 가만 듣고 있었습니꺼? 코를 납작하게 해줘 삐지예.

기호 그게 말로만 해선 소용없어. 그래서… (하며 주위를 두리번거린다) 얘가 어딨어? (대문 밖을 내다보며) 석정아! 거기서 뭐하니? 어서 들어와 인사해라.

젊은 석정이 조심스레 대문 안으로 발을 들인다. 여학생 같은 모습에 꽤 똘똘하고 싹싹한 인상을 풍긴다.

앵순 야는…?

기호 이름은 윤석정. 제자로 키울까 싶어서.

앵순 (의심 가득한 표정으로) 제자라꼬예?

석정 안녕하셔라.

앵순 그그래… 근데 제자가 우예 여자잉교.

기호 여자가 어때서? 이봐, 내가 석정일 어디서 만났는지 알아?

앵순 그걸 지가 우예 압니꺼.

기호 전주 세한제지에서 만났어. 거기서 종이 뜨는 일을 배우고 있더란 말이야.

앵순, 의심쩍은 눈으로 석정을 훑어본다. 석정은 그런 시선일랑 아랑곳하지 않고 마당을 휘휘 둘러보고 있다. 어쩔 수 없이 호기심 가득한 어린 처녀.

앵순 세한제지서 잘 배우고 있는 아를 와예?

기호   본격적으로 책을 써보려고.

앵순   예?

기호   신라 때 만든 백추지가 오늘날까지 남아있어. 자그마치 천 삼백 년 세월을 견뎌냈단 말이야. 나무도 썩어 없어질 세월을 견뎌내는 종이가 한지라고. 하지만 말로 전한 초지법이 과연 몇 년을 이어가겠어? 이대로라면 백 년 안에 사라지고 말 거야. 그러니 누군가는 정리하고 기록해야지. 내가 죽고 모든 지장들이 세상을 떠나도 후대에 전해질 책을 쓸 거야. 앵순아! 당신 남편이 한지의 역사는 물론 원료와 제조법까지 총망라한 책을 쓸 거다. 몇 년이 걸리든 반드시 쓸 거야.

앵순   그라모 이 얼라는…?

기호   우선 여기저기 기록해놓은 것부터 정리해보려고. 추가할 내용 받아 적는 일도 시킬 거야. (석정에게) 당분간 내 옆에 꼭 붙어있어라.

석정   야!

기호   (앵순에게) 다행히 한지에 대한 기본 지식이 있는 데다 기억력이고 습득력이고 다 좋아. 일부러 찾아다녀도 만나기 힘든 애를 오다가다 알게 됐지 뭐야.

석정   잘 부탁드려라.

앵순   맻 살이고?

석정   열아홉이어라.

앵순   (기가 찬다는 듯 한숨) 아이고…

기호   아직 어린애나 다름없지?

석정   선상님이 한지 최고라는 말에 뒤도 안 돌아보고 따라왔어라.

기호 아, 틈틈이 전통방식으로 종이 뜨는 법도 전수해줄 계획이
야. 애가 아주 욕심이 많아. 뭘 해도 하겠다니까. (석정에게)
저기 웃방이 이제 니 방이다.

석정 야!

기호 (흐뭇하게 웃으며 앵순에게) 씻어야겠으니 물 좀 덥혀줘.

석정 지가 헐텡깨 선상님은 성님허고 말씀 더 나누쇼이.

석정, 싹싹하게 대답하고 부엌으로 뛰어 들어간다.

앵순 (어이없어하며) 성님? 당신도 들었습니꺼?

기호 싹싹하지?

앵순 얼라만 일찍 났어도 메누리 뻘입니더!

기호 무슨 소리야?

앵순 (씩씩대며) 쪼매 보입시더.

기호 보고 있잖아.

앵순 안으로 들어오란 말입니더!

기호 아, 서방이 그렇게 좋아? 벌건 대낮에--

앵순 시끄럽다!

버럭 소리를 지르고 안방으로 들어가 버리는 앵순. 기호가 이해
할 수 없다는 표정을 지으며 따라 들어간다.

승철 어머니가 이 집에 온 첫날입니다. 사고 전에 참 예뻤다는
얘길 듣긴 했지만 정말 고우셨네요. 저렇게 젊고 예쁜 여

제자를, 어떻게 당신은 아무렇지 않게 집에 데려올 수 있었습니까? 그때 두 분 사이에는 결혼 10년이 다 되도록 자식이 없었는데 말입니다. 생각해보셨습니까? 남편을 나눠야 하는 여인의 심정을요.

머리를 한쪽으로 묶어 달랑달랑 흔들며 삐꿈이가 대문을 열고 들어선다.

삐꿈이	오빠야!
승철	왜 안 오나 했다.
삐꿈이	언제 왔나?
승철	조금 전에.
삐꿈이	왔으면서 기별도 안 하나?
승철	내가 왜 오자마자 너한테 기별을 하나?
삐꿈이	(무섭게 째려보며) 그게 말이나 소나?
승철	(말투를 흉내 내며) 삐꿈이 넌 나이가 몇인데 아직도 걸핏하면 삐꿈을 타나?
삐꿈이	재수 없다 정말.
승철	(귀엽다는 듯) 너 살쪘다.
삐꿈이	어디가 살이 쪘나?
승철	지난번 봤을 때보다 볼따구니가 더 통통해졌는데?
삐꿈이	아줌마!!

삐꿈이, 징징대며 부엌으로 쏙 들어가 버린다.

승철 재가 삐꿈이에요. 귀찮아서 잘 짓지도 않는 누렁이와는 다르게 온 동네를 제집처럼 드나드는, 결코 평범하지 않은 성격의 동네 처녑니다. 사실 이런 시골에선 집에 가만있는 게 더 고역이잖아요. 벌써 1년 가까이 놀고 있으니 몸살이 날 만도 하죠. 전문대 졸업하고 직장생활을 잠깐 했는데 회식 자리에서 사장님이 주는 술을 받아마셨다가 그날로 아버지한테 출근 금지를 당했거든요. 지난봄에 왔을 때 그 얘기 하면서 눈물 콧물 짜는 걸 토닥여줬더니 그때부터 갑자기 여자인 척을 하지 뭡니까. 하… 부담스러워 죽겠습니다.

삐꿈이에게 끌려 나오는 석정.

석정 고기 탄당개.
삐꿈이 오빠 듣는 데서 똑바로 말해봐요. 제가 살이 쪘어요 안 쪘어요?
석정 찌긴 워디가 쪄. 말렀는디.
삐꿈이 들었나?
승철 솔직히 마른 건 아니죠. 엉덩이 좀 보세요.
삐꿈이 뭐이나?! 오빠 말 다 했나?
승철 바른말 했는데 화를 왜 내냐?
앵순 (얼굴만 내밀며) 철이 니가 잘못했다. 삐꿈이가 얼란 줄 아나. 다 큰 처녀 부끄럽그로 엉덩이가 뭐꼬?
석정 성님 말이 맞어라. 처녀헌티 엉덩이가 뭐대. (다시 부엌으로 들어간다)
승철 처녀는 무슨… 꼬맹이지.

삐꿈이   내 나이가 몇인데 아직도 애 취급이냐?

승철   몇인데?

삐꿈이   벌써 스물둘이다.

승철   (흉내 내며) 벌써 그래 많나? 기저귀 갈아주던 일이 엊그제 같은데…

삐꿈이   뭐? 아줌마~~

하면서 부엌으로 들어가는 삐꿈이.
웃방에서 기호와 석정의 목소리가 들려온다.

기호   "현재 남아있는 초지마을을 순방한 결과 얻어 낸 보고이며, 그간 필자가 초지한 6년간의 경험을 토대로 한 것이기에 아직 미완성임을 밝혀둔다."

석정   좀 천천히 불러주쇼이.

기호   팔 아프냐?

석정   아녀라. 손이 느렁개 천천히만 불러주쇼이.

기호   오냐. "우선 사라져가는 한국 수록지의 보존 유지에 다소나마 참고가 됐으면 하는 심정과, 후속 연구가의 출현을 기다리는 마음에서 이 글을 적는다."

석정   아직도 빨라라.

기호   아직도?

어느 결에 나타난 앵순이 웃방 문을 활짝 열어젖힌다.

기호   왜?

앵순　(울화를 꾹 누르며) 안 더운교?

기호　괜찮은데? 석정이 너 더우냐?

석정　지도 안 더운데라?

앵순　한바탕 쏟아질라카나. 쩍쩍 붙는다.

문을 열어젖힌 채 부엌으로 가버리는 앵순.

석정　근디 궁금한 게 하나 있어라. 왜 하필 원주여라? 한지 하면 원래 전주 아녀라?

기호　닥나무 따라 왔지. 이 마을 이름이 호저면인 건 아니?

석정　호저면이면… '좋을 호'자에 '닥나무 저'자 말이지라?

기호　그래. 이 일대가 원래 닥나무 좋기로 유명한 동네거든. 사실 어느 지역 닥나무가 더 좋다고 단정할 수는 없지만 충청도 이북 닥나무가 섬유질이 고른 편이라 비교적 고급 종이를 만들 수 있거든.

석정　아…! (열심히 적는다) 궁금한 게 또 있어라.

기호　(웃으며) 우등상이라도 줘야겠구나. 이번엔 또 뭐냐?

석정　초막 말여라. 왜 군이 산에 들어가 종이를 만들어라?

기호　종이 만드는 데 있어 물은 닥나무 다음으로 중요한 재료거든. 닥 껍질을 씻을 때 불순물이 들어가면 종이 질이 떨어지는 데다, 물속에서 햇볕을 쬐는 전통적인 표백법인 천쇄법을 위해서는 청정수가 꼭 필요하니까. 그래서 가장 깨끗한 물을 찾아 대부분의 지장들이 깊은 산속 계곡으로 들어가 유배 아닌 유배 생활을 했던 거지. 여기서 계곡 수원지까지는 세 시간이나 걸리니까 편의상 산 중턱에 초막을 지어놓고 왔다갔다하는 거구.

석정 아…!

기호 재밌냐?

석정 야! 알면 알수록 참말 재밌어라.

기호 아까 어디까지 얘기했지?

석정 후속 연구가의 출현을 기다린다, 까지 했어라.

기호 그래 그럼-

석정 근디 선상님.

기호 왜 또?

석정 녹음기를 하나 사면 어쩌까라?

기호 녹음기?

석정 야. 선상님 말씀을 죄다 녹음했다 안 기실 때 들어감서 받아쓰면 편할 거 같은디요.

기호 그래! 녹음기! 왜 진작 그 생각을 못 했지? 시내 나가서 당장 하나 사와야겠다.

석정 당장이요?

기호 그래. 쇠뿔도 당김에 빼랬다고, 당장 가자.

석정 저도 가라?

기호 어차피 석정이 니가 쓰는 거 아니냐. 사용방법을 자세히 듣고 실수 없게 쓰려면 같이 가서 직접 배우는 게 낫지.

석정 좋아라! 시내 구경도 허고이.

기호 시내 나간 길에 니 옷도 좀 사야겠다.

석정 옷이여?

기호 그래. 여기 온 지가 벌써 일주일인데 계속 그 옷만 입더구나.

석정 (냄새를 킁킁거리며) 밤중에 빨아 널었다 입응께 냄새는 안
날 텐디…

기호 냄새나서 그러는 게 아니다. (웃으며 안에 대고) 앵순아! 앵
순아!

앵순 (나오며 버럭) 동네 개잉교? 넘사스럽그로 여편네 이름을 와
그래 불러쌓능교?

기호 새삼스럽게 왜 이래…?

앵순 와예? 와? 와 불렀능교?

기호 석정이 데리고 시내 좀 갔다 오려구. 당신 밥하기 힘들면
국밥 한 그릇씩 먹고 들어올 테니 우리 저녁은 신경 쓰
지 마.

석정 다녀오겠어라.

앵순의 눈치를 살피며 쭈빗쭈빗 대문을 나서는 기호와 석정. 앵
순, 너무 기가 막혀 눈물도 나오지 않는 마른 눈을 쓱쓱 비빈다.
넋 빠진 사람처럼 마루 끝에 앉아 있는 젊은 앵순. 현재의 앵순이
뒤꼍에 쪼그리고 앉아 담배를 피우고 있다.

승철 (옆에 앉은 앵순을 가만히 부른다) 어머니…!

앵순 오야! (얼른 담배를 비벼 끄고 나오며) 와? 뭐 주꼬?

승철 저 웃방에 걸려있는 한지 두루마기 뭐예요?

앵순 아… 아부지 옷 한 벌 해드렸다.

승철 아버지요?

앵순 이쁘재? 닥나무 키워가 종이 맹글고 한 땀 한 땀 손바느
질까지 우리 둘이서 안 했나. 쟈가 고생 많았다. 낼로 눈이

어두워가 바느질은 정이 혼자 다 했다 아이가.

승철 아버지 옷은 뭐하시게요?

앵순 뭐하기는? 입히드리야재. (킁킁거리며) 무슨 냄새고? (부엌으로 들어가며) 아이고 정아, 뭐 탄다. 불 안 보고 뭐 하노?

이때 여행 가방을 끌고 대문을 들어서는 기호. 피로 누적 때문인지 표정이 어둡다.

기호 석정아! 석정이 어딨니?

윗방에서 석정이 쪼르르 달려 나온다.

석정 선상님 오셨어라?

뒤늦게 부엌에서 달려 나온 앵순. 석정이 기호의 가방을 받아들자 냅다 잡아챈다.

앵순 전화 없어가 몬하던 시절도 아이고 손가락이 뿌라졌나? 우예 전화 한 통이 없노?

석정 전화 하셨어라. 공장에서 지가 받은 적 있는디.

앵순 (울화가 치밀어 들고 있던 가방을 집어던지며) 공장 돌아가는 것만 걱정이가? 마누라는 병 걸리가 죽어도 모르겠구마.

기호 어디 아팠어?

앵순, 휙 돌아서다 떨어진 가방을 발로 뻥 차고 들어간다.

기호 왜 저러니? 성님 어디가 많이 아팠던 거야?

석정 (가방을 들어 툭툭 털며) 별일 없었어라. 선상님 보고잡아서 그랬는갑소이. 가셨던 일은 잘 되셨지라?

기호 말도 마라. 비료 주라고 돈까지 쥐어주고 왔는데 어째 키도 작고 가지가 삐들삐들한 거야. 그래 비료값은 어떻게 했냐 물으니 비료 사다 고추밭에 뿌렸다지 뭐니. 내 참, 너무 당당하니까 말문이 다 막히더라.

석정 뭐 그런 사람이 다 있다요.

기호 농사꾼이야 수익 나는 일에 손도 보태고 돈도 보태지 별수 있겠냐만, 이러다 몇 년 안에 닥나무 구경하기 어렵게 생겼다. 하루빨리 구미지역으로 판로를 확장해서 수출량을 늘려야겠어. 수요가 많아지면 닥나무 재배도 자연히 늘어나겠지.

석정 근디 선상님 얼굴이 와 이러고 상했다요.

기호 이런저런 생각 때문에 잠이 통 안 와.

석정 병원에 가보셨소?

기호 병원은 무슨. 할 일은 산더민데 몸은 하나고, 요즘 같아선 다 그만두고 산속에 들어가 며칠이고 좋이나 떴으면 좋겠다.

석정 ……

기호 원고정리는 어디까지 해놨니?

석정 고려지에 대한 사료 정리 중이여라.

기호 (얼굴이 환해지며) 벌써? 손이 빠른 거니, 쉬질 않는 거니? (허허 웃으며) 석정이 너 때문에 오만근심 중에도 웃을 일이 다 있구나.

36

석정　다른 거 암것도 안 하는디요 뭐. 공장일이고 집안일이고 성님 혼자 다 헝께 밥 얻어먹기 미안해 죽겠어라.

기호　성님이 눈치 주는구나?

석정　(펄쩍) 아녀라! 성님이 그럴 분이간요.

기호　내 다시 한번 일러둬야겠다.

석정　제발 암말도 하지 마셔라. 안 그래도 미안해 죽겠는디…

기호　식모살이 시키려고 널 이 집에 들인 게 아니야. 니가 신경 쓸 건 공장일도 아니고 집안일도 아니라고. 원고만 신경 써. 원고만. 알겠니?

석정　야…

기호　어디 정리된 거나 한번 보자.

　석정과 기호, 윗방으로 들어간다. 안방에서 문을 열고 내다보는 앵순. 치미는 눈물을 참지 못하고 서둘러 문을 닫는다.

승철　큰어머니 나이 겨우 서른서너 살. 아버지에게 작은어머니가 결코 여자 아닌 제자였다 해도, 아버지를 향한 작은어머니의 마음이 결코 사랑 아닌 존경이었다 해도, 두 어머니의 모진 세월 때문에… 아버지, 저는 당신을 용서하지 못하겠습니다.

　앵순의 흐느끼는 소리 한동안.
　승철의 전화가 진동한다. 번호를 확인하고는 배터리를 빼버리는 승철.

승철　(부엌에 대고) 어머니!

앵순　(부엌에서 고개를 내밀며) 와?

승철　저 잠깐 바람 좀 쐬고 올게요.

앵순　어데 가는데?

승철　금방 갔다 올게요.

앵순　알았다. 늦지 않게 퍼뜩 온나.

승철　네.

부엌에서 삐꿈이가 뛰어나온다.

삐꿈이　나도 나도. 같이 가.

승철　넌 있어.

삐꿈이　나도 가. 응?

앵순　삐꿈이 니는 녹두 갈다 말고 어데 가노?

삐꿈이　(입이 툭 나와) 네…

앵순이 먼저 부엌으로 들어가고 승철이 몇 걸음 뗐을 때, 부엌으로 들어가던 삐꿈이 승철을 돌아본다.

삐꿈이　그거 알고 왔나? 오늘 오빠 아버지 제사라 하데.

승철　뭐…?

암전.

깊은 밤. 기호가 안방 문을 벌컥 열더니 신발도 신지 않고 마당

38

으로 뛰어 내려와 종이를 뜨기 시작한다. 비터질을 하고 채로 거르고 종이를 떼어내 말리는 동작 등을 신이 들린 듯 해내는 기호. 앵순이 소리를 듣고 방문을 열었다가 그 광경을 보고 깜짝 놀라 다가선다.

앵순　오밤중에 뭐 합니꺼?

종이 뜨는 일에 깊이 열중해있는 기호.
아무런 소리도 듣지 못한다.

앵순　여보!

다가가 기호를 잡아 흔드는 앵순. 기호, 그제야 잠에서 깨는 것처럼 정신이 돌아와 앵순을 쳐다본다. 석정도 어느새 나와 서 있다.

기호　왜 다들 마당에 나와 있어?
앵순　여보…

신발도 신지 않은 자기 발을 내려다보는 기호. 암전.

2장

기호가 산에 올라갈 채비를 한다. 몇 개의 보따리를 지게에 실어

끈으로 잘 묶는 기호. 곁에 선 앵순은 이미 흥분한 상태다.

앵순 기어이 저 아를 데리고 산속에서 겨울을 나겠다 말인교?

기호 처음부터 말했잖아. 책만 써주려고 따라온 게 아니라고.

앵순 산속에서 둘이만! 그기 말이 된다꼬 생각합니꺼?

기호 말이 안 될 건 또 뭔데? 내가 어린 제자한테 못된 짓이라
      도 할까봐서 그래?

앵순 와예? 쟈도 인자 스물하납니더! 어른이란 말입니더.

기호 나한테는 애야. 제자고. 제대로 가르치려면 닥 껍질 벗기
      는 것부터 직접 해봐야 한다는 건 당신이 더 잘 알잖아.

앵순 안 됩니더. 쟈는 세 시간이 걸리든 네 시간이 걸리든 내려
      와서 자라카이소.

기호 그런 억지가 어딨어? 오고 가는 것만 하루 여섯 시간씩 걸
      려가면서 무슨 수로 종이를 만들어?

앵순 그라모 공장서 가르치소. 꼭 산에 드가서 가르쳐야 한다는
      법 없심더.

기호 전통초지법 배우겠다고 고향 버리고 이 먼 데까지 따라온
      애야.

앵순 그기 뭐 그래 대단해가! 그깟 종이 뜨는 법 배워가 뭐할라
      꼬? 사람들한테 멸시 받을라꼬? 가족들 쫄쫄 굶길라꼬?

기호 앵순아!

앵순 내 이름 부르지도 마라! 낼로 이래 두 눈 똑디 뜨고 있는
      데 우예 저 아를 데리고 산에 드가 겨울 날 생각을 하노.
      당신이 인간이가?

기호 말이 안 통하는구만.

40

앵순   뭐라꼬?

기호   남편을 그렇게도 못 믿겠어?!

앵순   우예 믿노? 집에 들인 그날부터 입만 열면 저 가스나 밖에
안 찾는 남자를 우예 믿나 말이다. 전화를 해도 석정아! 공
장에 일이 생기도 석정아! 맻 달 만에 집에 들어와도 석정
아! 석정아!! 이래는 몬 산다. 낼로 죽이고 가라. 내는 허깨
비도 아이고 그림자도 아이니까네 이래 살 봐에 갈라서든
가 낼로 죽이란 말이다!

기호   (잠시 숨 고르고) 부탁이야 앵순아. 당신도 알다시피 전통방
식으로 종이 뜨는 건 공장 시작하고는 처음이야. 결심하고
나니까 밤에 잠이 안 와. 잠이 들어도 꽃물 퍼지는 것밖에
안 보이고… 나 가야 돼. 안 그러면 당신 남편 죽어.

앵순, 더는 매달려도 소용없음을 알고 한 걸음 뒤로 물러나 돌
아선다.

기호   (큰소리로) 석정아! 그만 가자!

안에서 석정의 "예——" 소리 들린다. 웃방에서 나오는 석정. 안에
서 다 듣고 있었을 텐데 짐짓 모른 척할 수밖에 없다.

석정   지는 보따리도 많지 않어라. 달랑 이거 하나 뿐잉께 나머
지는 저 주쇼이.

기호   출발하자.

앵순   ……

석정　성님, 잘 다녀오겠어라.

기호와 석정, 대문을 나선다. 망연히 섰던 앵순, 웃방으로 들어가 정리된 원고를 가지고 나와 마당에 패대기치고 몇 장인가 찢는다. 그러다 문득 멈춰 다시 주워 모으다가 냅다 집어던진다. 그대로 앉아서 엉엉 우는 앵순.
삐꿈이엄마가 대문을 열고 들어온다. 아직 삐꿈이가 태어나기 전이니 지금의 삐꿈이 나이밖에 먹지 않았다.

삐꿈모　이게 다 뭐나?

삐꿈모, 찢어지고 흩어진 원고를 슬슬 모아 툇마루에 갖다 놓는다.

앵순　놔두라 마. 다 태아삘기다.
삐꿈모　목마를 텐데 술 한 잔 먹지비.

부엌으로 들어간 삐꿈모가 막걸리 주전자와 잔을 들고 나와 앵순 곁에 쪼그리고 앉아 한 잔 따라 건넨다.

삐꿈모　쭉!

단숨에 마시는 앵순. 잔을 받아 삐꿈모도 한 잔 쭉 들이키고 김치도 집어 먹는다.

삐꿈모 아저씨 정이 데리고 어데 가나?

앵순 ……

삐꿈모 둘이만 종이 맨들러 산에 올라가나?

앵순 와 왔노? 염장 지를라꼬 왔노?

삐꿈모 성님 우태하고 있나 보러 왔지비.

앵순 우짜기는. 내 혼자 안 죽는다. 억울해 몬 죽는다.

삐꿈모, 다시 한 잔 부어 쭈욱 마신다.

앵순 새색시가 겁도 없다. 호랭이 시어무이한테 혼날라꼬 그래 묵나.

삐꿈모 맨날 혼나는 거 한 잔 먹고 혼나면 덜 무섭지비.

앵순, 잔을 빼앗아 자기도 한 잔 쭉 마신다. 말없이 한 잔씩 더 마시는 두 사람. 삐꿈모가 김치를 집어먹고 손가락을 쪽쪽 빤다.

삐꿈모 뭐 하러 보냈나?

앵순 말을 듣나.

삐꿈모 남자는 여자 말 참 안 듣지비. 언지 내려오나?

앵순 겨울 나고 내리온단다.

삐꿈모 하이고… 원앙금침은 싸 보냈나?

앵순, 삐꿈모를 확 째려본다. 움찔하는 삐꿈모.

삐꿈모 벌써르 밥 하러 가야 할 시간이나? (나가다 말고) 내일은 뭐

할 거나?

앵순   뭐하기는. 세월 보내야지. 한세월 퍼뜩 지나가라꼬 술이나 처무야지.

삐꿈모 저거 태울라면 꼭 부르지비. 혼자 하지 말고.

삐꿈모 나가고 혼자 남은 앵순. 다시 눈물이 나는지 훌쩍이다 안 방으로 들어가 버린다. 서럽게 우는 소리가 문틈으로 새 나온다. 승철이 마당으로 들어선다. 생각이 복잡한 얼굴이다. 어디서 술까 지 한 잔 마셨는지 얼굴이 벌겋고 발걸음은 묵직하다. 석정이 부 엌에서 나오다 승철을 본다.

석정   왔냐?

승철   네.

밭에서 고추를 따 바구니에 담는 석정. 승철도 거든다.

석정   영근 놈으로다 따야 혀. 만졌을 때 딴딴한 놈.

승철   예.

석정   술 마셨냐?

승철   목말라서 맥주 한 캔 했는데, 냄새나요?

석정   씻고 양치혀라.

승철   네. 오늘이 아버지 제사라는 게 무슨 말씀이세요?

석정   그놈은 아직 덜 영글었자네.

승철   이제 그만 포기하시는 거예요?

석정   포기야 진즉 안 혔냐. 혹시라도 살아있는 양반 제사 지내

44

기 뭐뎌서 미뤘든 거재.

승철 …… 책 마저 쓰셨다는 얘기 들었어요.

석정 마저 쓴 것이 다 뭐여. 느 아부지 혼자 쓴 걸 나가 미쳐갖고 다 태아묵었는디.

승철 아파서 잠도 잘 못 주무신다면서요.

석정 성님이 괜한 소리를 혔네. 잘 자니깨 걱정 말어.

승철 고생하셨어요, 어머니.

석정 어메는 죄인잉개 그런 소리 허는 거 아녀이. (사이) 돈이 많이 필요허냐?

승철 예?

석정 아까 들옹개 회사에서 너헌티 무슨 책임을 지우는가 보던디…

승철 별일 없을 거예요. 제가 잘못한 거 아니거든요.

석정 그려. 어메는 너 믿는다이.

승철 네. 저기… 아버지 원고 저도 좀 볼 수 있어요?

석정 웃방에 놔뒀다.

안채로 들어가는 승철의 뒷모습을 물끄러미 바라보고 있는 석정.

앵순 (안에서 부르는 소리) 정아! 퍼뜩 안 가오고 뭐 하노? 고추 따 오라꼬 보냈드마 농사짓고 앉았나?

석정 지금 가라.

고추 수북한 바구니를 들고 부엌으로 들어가는 석정. 승철이 방 안에서 원고 뭉치를 들고 나와 마루에 걸터앉는다.

승철 아버지 저는요, 어려서 다락방에 숨는 걸 좋아했습니다. 어두컴컴한 다락방에 누워 타다 만 원고 읽는 걸 좋아했어요. 무슨 내용인지도 모를 어려운 글이었지만 읽고 또 읽으면서… 아마도 아버지를 그리워했나 봐요. 원고에서 나는 오래된 종이 냄새를 맡으며 한지를 따라 떠난 아버지를 상상했던 것 같아요. 머리 크고는 일부러 한 번도 안 봤습니다. (원고 뭉치를 쓰다듬는다) 당신을 그리워하면 어머니들이 아파할 것 같았습니다. 당신을 원망해야 어머니들이 덜 아파할 것 같았어요.

기호가 대문으로 들어선다.

기호 여보! 나 왔어!
앵순 (나오며) 우얀 일이고? 메칠 더 걸릴 줄 알았드마.
기호 일꾼들 다발 묶는 것만 보고 잠깐 내려왔지.

웃방에 있던 석정이 쪼르르 달려 나온다. 어딘가 모르게 석정의 분위기가 달라졌다.

석정 선상님 오셨어라.
기호 작업은 잘 돼가니?
석정 들어가서 보셔라.
기호 나중에. 오늘은 다른 일이 있어서 내려온 거야. (앵순에게) 당신 나랑 어디 좀 갈 데가 있으니까 얼른 채비해. (석정에게) 물 뎁혀 놓은 거 있으면 좀 씻자.

석정　야. (부엌으로 들어간다)

앵순　무슨 일이고?

기호　시내 좀 나갔다 와야겠어.

앵순　시내는 와?

기호　시에서 표창장을 준다네.

앵순　표창장? 아이고~ 오래 살고 볼 일이다.

기호　당신 주는 상이나 다름없어. 당신 아니었으면 나 혼자 이
　　　만큼 했나? 못 했지.

앵순　(비시시 웃으며) 입을 만한 옷이 있을라나.

기호　없으면 한 벌 사지 뭐.

앵순　그럴까?

두 사람 웃으며 안방으로 들어간다. 석정이 부엌문을 빼꼼 열고
내다본다. 속상하지만 억지로 삼키는 표정.

승철　아버진 저 두 분 가운데 누가 저를 낳아준 친어머닌 줄 아
　　　십니까? 저는 모릅니다. 어려서는 큰어머니가 제 친어머
　　　닐 거라고 생각했어요. 작은어머니는 얼굴도 무섭게 생겼
　　　고 맨날 피하기만 하니까 친어머니일 리가 없다고… 게다
　　　가 입학식부터 운동회, 학부모면담, 졸업식까지 모든 학교
　　　행사를 언제나 큰어머니와 함께 갔으니까요. 그래선지 지
　　　금도 큰어머니가 훨씬 더 편하게 느껴집니다. 하지만 나이
　　　들면서 자연스럽게 작은어머니가 친어머니 같다는 생각
　　　이 들기 시작했습니다. 뭐랄까. 맘껏 표현하지 못하고 애
　　　만 태우는 눈빛, 가끔 가슴이 철렁 내려앉는 그런 눈빛을

봤거든요. 네… 어느 날 그 눈빛을 보고 말았습니다.

대문을 벌컥 열고 들어와 안방으로 뛰어 들어가는 기호. 잠시 후 대충 꾸린 짐가방 하나를 들고 나오며 흥분한 기호가 소리친다.

기호   앵순아! 석정아!

윗방에서 나란히 함께 나오는 석정과 앵순.

기호   나 지금 중국 간다.

앵순   갑자기 와?

기호   그렇게 됐어. 이번엔 좀 오래 걸릴 거야. 잘하면 소련으로 넘어갈 수도 있거든.

앵순   뭐라꼬?

석정   소련말여라?

기호   응. 연해주에 닥나무랑 비슷하게 생긴 나무가 있다는데 그쪽 사람들은 부르는 이름이 달라. 내 눈으로 직접 확인해 봐야겠어.

앵순   직접 확인해서 뭐하그로?

기호   뭐하긴! 어쩌면 함경북도에서도 닥나무가 생산되고 있다구!

앵순   생산되면 뭐하그로?!

기호   함경도는 유일하게 닥나무 생산도, 제지소도 기록에 나오지 않는 곳이야. 연해주에 있는 나무가 진짜 닥나무라면 함경북도에서도 닥나무가 자랄 수 있단 얘기잖아. 길고 혹독한 추위에다 일조량도 부족하고, 심지어 해안지방이라는 불리한 조건까지 이겨낸 닥나무라면, 그게 진짜 닥나무라면 이건 정말이지 중요한 연구 자료가 될 수 있다구!

석정　선상님 쪼매 진정하셔라.

기호　진정할 수가 없어. 내 눈으로 보고 싶어 미치겠다구!

앵순　소련을 우예 갈긴데? 몬 돌아오면 우얄긴데?

기호　걱정 마. 중국도 수시로 왔다갔다하는데 뭐.

앵순　미쳤다. 참말 미쳤는갑다.

기호　미안해. 자세한 얘긴 갔다 와서 하자.

석정　나도 갈라요!

기호　뭐?

석정　나도 선상님 따라갈라요.

기호　소련이 어딘 줄 알고 따라가겠다는 거야?

석정　나도 갈랑게요! 나도! 나도 데불고 가셔라.

앵순　와 이라노 니?

석정　나 선상님 제자 할라고 따라왔어라. 종이 배울라고 따라왔어라. 책 쓰고 공장에서 비터질이나 하고잡어서 따라온 게 아녀라. 전주에 그냥 있으면 비터질 못 배울까비 이 먼디로 날 데려왔소?

앵순　고마해라.

석정　그냥은 못 보내라. 죽이고 가든가 데불고 가든가 선상님 알아서 하셔라!

앵순　가스나 고마하라카이! 남자가 큰일 하러 나가는데 어데서 여편네가 눈물바람이고?

석정　성님…

앵순 다녀온나. 정이 야는 잘 데리고 있을 테이 걱정 말고 무사히만 갔다온나.

기호 (나가려다) 연락 못 할 수도 있어.

앵순 안다.

기호, 석정을 한 번 보고 앵순을 한 번 보고, 나간다. 주저앉아 울고 있는 석정을 앵순이 붙잡아 마루에 앉힌다.

앵순 소용없다. 종이 귀신이 씐 사람인기라. 몬 가게 막으모 병 난다. 병나가 죽을기라. 그라이 죽어도 닥나무 옆에 가서 죽어야 안 되겠나. 하이고 참말로…

흐느끼는 석정을 말없이 토닥거리는 앵순.

승철 그게 아버지 당신의 마지막 모습이었지요. 수소문해보니 아버지가 중국 국경을 넘어 소련으로 갔다는 기록은 어디에도 없었습니다. 함께 중국에 갔던 박 선생님도 중간에 헤어지며 연락이 끊겼다고만 했구요. 그러다 나중에서야 소련이 아니라 백두산을 통해 북한으로 들어갔다는 소식을 은밀히 전해왔습니다. 청천벽력 같은 말이었지요. 믿을 수도 없었고 믿어서도 안 되는 말이었습니다. 하지만 아버지, 당신의 두 여인은 그 모진 소식 하나를 희망 삼아 오랜 세월을 기다립니다. 자그마치 30년이라는 긴 세월을 말이에요.

웃방에서 나오는 젊은 석정. 평소 싹싹하던 얼굴이 아니라 좀 어두운 모습이다. 안방 앞에 서는 석정.

석정 성님!

앵순 와?

석정 (문을 빼꼼 열고) 많이 편찮으셔라? 점심도 그냥 물리시고…

앵순 개안타. 무슨 일 있나?

석정 저… 드릴 말씀이 있어라.

앵순 들어온나.

석정, 안방으로 들어간다. 조용조용 이야기 나누는 소리.

승철 그날 두 분이 무슨 이야길 나눴는지는 알 수 없습니다. 분명 그때 두 분 중 한 분의 뱃속엔 제가 있었을 텐데 말이죠. 가끔 그런 생각을 해봅니다. 아버지는 정말 모르셨을까? 아들이 태어날 거란 사실을 알았다면 목숨을 걸고서라도 돌아오지 않았을까? 아버지… 아버지… 참으로 옳고도 옳은, 그러나 모질고도 모진 아버지…!

앵순과 석정, 커다랗게 부풀어 오른 배를 뒤뚱거리며 부엌으로 마루로 왔다 갔다 한다.

승철 동네 어르신들도 친어머니를 알 수 없는 이유가 바로 저것 때문입니다. 어떤 사연인지 두 어머니는 함께 배가 불러 함께 산달을 맞이했고 함께 아들 하나를 얻었습니다. 하늘

51

만이 알겠지요. 아버지 당신도 모르고 저도 모르는 그 비
밀…

석정 성님! 공장 쪼까 댕겨올라요.

앵순 몸조심해라. 뛰댕기지 말고.

석정 성님이나 조심하쇼. 지는 아직 팔팔한 나이 아녀라.

앵순 젊다꼬 유세하나?

석정 성님보다 난 것이 젊은 거 말고 또 있다요?

앵순 맞나?

석정 맞어라.

석정 웃으며 나갔다가 다시 들어올 땐 배가 홀쭉하다. 부엌에서
나오는 앵순이 아기를 업고 있다.

석정 (아기를 얼르며) 까꿍! 워메! 웃는데라? 성님, 아그가 날 보
고 웃어라.

앵순 얼라들은 원래 그칸다.

석정 성님이 어찌 아요?

앵순 그라모 니는 아나?

석정 지는 더 모르지라.

웃으며 함께 부엌으로 들어가는 두 사람. 응애 하는 애기 울음소
리에 이번엔 석정이 아기를 업고 어르며 안방에서 나온다.

앵순 벌써 깼나?

석정 철이 야가 누구를 닮았는가 토끼잠을 잔당깨요.

앵순 누구겠나.

석정 딱 떠오르는 사람이 있지라?

앵순 두말하면 입만 아프다.

석정 성님, 점심 뭐 먹을라요?

앵순 뭐 무까? 있는 거 다 넣고 비비무까?

석정 좋지라.

함께 부엌으로 들어가는 두 사람.

승철 1년이 흐르고 2년이 흘렀지만 아버지한테는 아무런 기별도 없었습니다. 저는 무럭무럭 자랐고, 어디에 있든 살아 있으면 다시 만나겠지 하는 희망으로 세월은 무심히도 흘러갑니다. 그러던 어느 날, 아버지! 기어이 그날이 오고 말았습니다.

정신없이 뛰어 들어오다 대문에 걸려 넘어지는 석정. 혼이 빠진 듯하다.

석정 성님!!

앵순 (일으켜 세워 털어주며) 뭔 일인데 난리고?

석정 성님, 큰일났어라!!

앵순 와?

석정 철이아부지가… 철이아부지가…

앵순 왔나?

석정 (손사래 치며) 북한 무슨 텔레비 방송에 나왔다 안 하요!

앵순   어데서 그런 소릴 들었는데?

석정   시방 고것이 중요헌 게 아녀라. 다 읎애야 혀요. 다 읎애야
       탈이 안 날 것잉깨!

앵순   뭘 읎앤다 말이고?

석정   선상님 물건은 싹 다요. 다락에 쌓여있는 책들이랑 원고랑
       싹 다요.

앵순   무슨 소리고? 책 만들 원고 말이가?

석정   야! 전부 다요.

앵순   미쳤는가베. 그기 어떤 원고라꼬 그걸-

석정   북한 텔레비에 나왔다고라! 철이아부지는 인자 빨갱이
       랑개요.

앵순   철이아부지가 우예 빨갱이가 될 수 있노. 그 사람은 종이
       밖에 모린다.

석정   내 말 들어라! 그냥 두면 우리 다 죽소이.

앵순   야가 참말 와 이라노? 이 원주바닥에 철이아부지 모르는
       사람이 어딨다꼬.

석정   성님은 몰라라! 국민핵교 5학년짜리 어린 동생이 빨갱이
       여라? 자기 이름도 쓸 줄 모르는 울 엄니, 시장서 생선 팔
       던 울 엄니가 빨갱이여라?

앵순   그기 뭔 소리고?

석정   나 광주사람이여라. 광주사람!

앵순   니… 전주 세한제지에서 철이아부지 만났다꼬 안 했나?

석정   정신 놓고 떠돌아댕긴 몇 년 동안 낮인지 밤인지 여름인지
       겨울인지도 몰랐어라. 사내들이 때리고 시도 때도 없이 올
       라타는디 낭중엔 아무 느낌도 없어라.

앵순   아이고, 이를 우야꼬!

석정   조금만 큰소리가 나도 발작을 해불고 잠이 들어도 30분도
         못 자라. 그렇게 미쳐분 채로 떠돌아댕기다 어찌어찌 전주
         까지 흘러 들어갔는디 길거리에서 죽어가던 아를 성당 신
         부님이 목심도 살려주고 사람 맹글어 세한제지에 취직도
         시켜주고. 성님! 나 인자 게우 사람처럼 사는디 다시 그렇
         게는 못 살어라. (주저앉으며) 못 살어라!

앵순   우리 정이 불쌍해서 우야꼬!

석정   다 태워야 한당개요! 다 태워부러야 우리 철이가 산당개요.

앵순   개안타. 인자는 그런 일 음따.

석정   아녀라! 성님은 몰라라. 성님은 암 것도 몰라라!

         석정, 미친 듯이 웃방으로 뛰어 들어간다. 앵순이 따라 들어간 후
         두 사람 사이에 실랑이가 있다. 안방에서 깨어 우는 철이 소리.
         웃방 문이 벌컥 열리고 석정이 앵순을 매몰차게 밀어낸다.

석정   성님은 철이 데리고 나가쇼. 언능!

         문을 다시 닫는 석정. 앵순이 방문을 두들기며 석정의 이름을 부
         르지만 소용없다. 철이는 울어대고 앵순은 석정의 이름을 부르고.
         그러다 기침을 콜록거리기 시작하는 앵순.

앵순   뭐꼬? 불… 불이가? 정아! 정아!!

         철이 울음소리 더 커진다. 앵순이 안방으로 뛰어 들어가 철이를

안고 마당으로 뛰어나온다.

앵순　불이야! 불이야!! 사람 살려! 불이야!!

앵순, 철이를 안은 채 뛰쳐나간다. 불길이 서서히 거세지고 멀리
서 개 짖는 소리 맹렬해진다. 방문을 열고 뛰쳐나오는 석정. 기침
을 콜록거린다.
활활 타오르는 집을 바라보고 섰던 석정. 갑자기 무엇에 홀렸는
지 불길 속으로 다시 뛰어 들어간다.

승철　아버지, 그날 정말 윗방에 계셨습니까? 어머니는 아버지
가 불렀다고 말했습니다. 아버지가 부르는 소릴 듣고 방으
로 다시 뛰어 들어갔더니 거기 당신께서 원고 뭉치를 끌어
안아 지키고 있었다고 말이에요. 그게 사실이라면 아버진
그날 스물셋, 꽃보다 아리따운 어머니와 이 원고 뭉치를
바꾼 겁니다. 이게 대체 뭐라고… 이게… 뭐라고…

승철, 아버지의 원고를 원망 가득한 마음으로 붙잡고 있다. 그러
다 어떤 구절이 눈에 들어와 읽기 시작한다.

승철　근대화와는 거리가 먼 사람들, 돈과는 인연이 없는 사람
들, 종이를 만들어도 판로가 없지만 여전히 여길 벗어나지
못하는 사람들, 그렇다고 그 누구도 원망하지 않는 순하기
가 양과 같은 사람들, 속세의 사람들에게 휘둘리기만 할
뿐 누구에게도 피해를 입히지 않고 살아온 사람들. 그들을

56

대신해 후세에 알리기 위해서 무거운 마음으로 이 글을 쓴
다. (흐느끼며) 아버지… 아버지!!

접이식 중문이 펼쳐지고 잘 차려진 제사상이 나타난다. 온통 한
지를 드리운 방안. 신비롭고 아름답다.

앵순 준비 다 됐다. 뭐 하노? 퍼뜩 드가 옷부터 갈아입어라. 아
버지 첫 제사 아이가. 양복 가왔재?

승철 (서둘러 눈물을 감추며) 네.

승철, 웃방으로 들어간다. 제사상 앞을 지키고 앉은 앵순과 석정.

앵순 수고했다. 잘 차렸네.

석정 성님이 다 했지라. 지는 거들고라.

앵순 뭔 소리고? 니가 다 했재. 낼로 잔소리뿐이 더 했나.

석정 선상님 오셨을까라?

앵순 아까 와가 초막부터 한 바퀴 둘러보고 방금 내리왔다. 저
봐라. 텃밭에 안 서 있나.

석정 나 진짠 줄 아요.

앵순 (웃음. 사이) 정아.

석정 야, 성님.

앵순 섭섭재?

석정 뭣이 섭섭하당가요? 시원하지라.

앵순 내 다 안다.

석정 살았으면 소식 안 왔겄어라?

앵순 맞다. 30년 기다려줬으모 된 기다.

석정 야.

앵순 기억나나? 잘 삶아진 닥나무 채로 걸러 꽃물 퍼질 때, 그때 철이아부지 얼굴 말이다.

석정 꽃처럼 환하게 피었지라.

앵순 그래. 그 얼굴 다시 한번 보고 싶다. (혼잣말처럼) 보고 싶다, 당신.

웃방에서 양복을 입은 승철이 나온다. 그 뒤를 한지 두루마기 눈부시도록 곱게 차려입은 기호가 따른다.

앵순 이기 누꼬? 인물 억수로 훤하네. 딱 즈그 아부지다.

승철 제가요?

앵순 하모. (석정에게) 맞재?

석정 야. 선상님인 줄 알고 깜짝 놀랐어라.

앵순 인자 지내자. 철아, 초 켜고 향에 불 피아라.

승철, 초와 향에 불붙이고 물러난다.
기호가 제사상 앞에 정좌한다.

승철 어머니 먼저 절 올리세요.

앵순 아들 먼저 하는 거 아이가?

승철 어머니 먼저 하세요.

앵순 맞나? 그라모 내 먼저 할까?

앵순, 술을 올린 다음 절을 한다.

앵순　철이아부지. 당신 쓴 글이 드디어 책이 된다 캅니더. 지가 몬하고 여태 놔둔 걸 시에서 대신 해준다 카네예. 좋습니꺼?

기호　응. 좋네.

앵순　정이 야가 당신 책 지킨다꼬 이래 된 건 알지예?

기호　미안하고… 고맙다.

앵순　알면 안 아프고 밤에 잘 자그로 당신이 힘 좀 써주이소. 당신 좋아하는 북어대가리 폭 고아가 탕국 끓있심더. 밥 한 숟갈 말아가 후루룩 잡숫고 내년에 또 오이소.

앵순, 숟가락을 밥그릇에 꽂는다. 밥 한 숟가락 떠서 국에 말아 훌훌 먹는 기호.

앵순　인자 정이 니 해라.

석정, 벌써부터 어깨를 들썩거리며 간신히 술을 올린다. 절하고 그대로 앉아 우는 석정.

앵순　울지 말고 한마디 해라.

석정　선상님… (더는 말을 잇지 못하고 울기만 한다)

기호　석정아… 나중에 만나면 너한테 진 빚 다 갚을게. 미안하다.

59

석정, 마치 기호의 말을 듣기라도 한 것처럼 더욱 흐흐흑.

앵순   할 말 더 없나?

고개를 절레절레 흔드는 석정.

앵순   됐다. 그라모 인자 철이 니 절해라.

석정이 물러서고 이번엔 승철이 술을 올린 다음 절한다.

앵순   아부지한테 한 마디 안 할끼가?
승철   많이 했어요.
앵순   은제?
승철   언제라고 할 수도 없이 많이요.
앵순   당신 들었습니꺼?
기호   들었지.
앵순   그라모…

방 한구석에서 비단 보자기에 싼 것을 가져다 승철에게 내미는 앵순.

앵순   함 피봐라.
승철   이게 뭔데요?

하며 끌러보면 보자기 안에서 새하얀 한지꾸러미가 나온다. 기호가 놀란 눈으로 바라본다.

앵순   느 아부지 마지막 종이다. 얼음 계곡에 드가 겨울나며 맹
      근 종이.

기호   여보…!

앵순   니캉 나이가 같다. 30년이 지나도 색깔 하나 안 변한 거
      보이나? 천년은 거뜬히 갈끼구마.

승철   이걸 여태 보관하셨어요?

앵순   (기호에게) 다 태아뿐 걸로 알고 있지예? 당신 하도 미워가
      그래 말했심더. (석정에게) 함 봐라. 기억나나?

석정   (종이를 쓰다듬으며) 나지라. 다 기억 나지라. (또 운다) 선상
      님…

앵순   그만 쫌 울어라. (한지를 다시 비단보자기로 싸서 승철에게 건네
      며) 가가라.

승철   예?

앵순   명함 하나 넣었다. 그 사람한테 팔면 값은 잘 쳐줄끼라.

승철   파신다구요?

앵순   그라모 종이 뜯어 먹고 살 수 있나?

승철   어머니…!

석정   성님…!

앵순   산 사람이 중하지 죽은 사람이 중하나? (기호에게) 안 그렇
      습니꺼?

기호   그래. 맞다 앵순아.

앵순   (석정에게) 서운하나?

석정   뭣이 서운하다요. 다 철이 위한 일인디.

앵순　그라모 됐다. 인자 다 같이 절하자.

세 사람, 마지막으로 기호에게 절한다. 소지를 떼어 승철에게 건네는 앵순.

앵순　어무이가 손수 만든 닥나무소지다. 훨훨 날아가그로 태아라.

승철이 소지에 불을 붙이자 춤을 추듯 훨훨 날아오르는 소지. 기호가 일어나 한지 두루마기 자락을 펄럭이며 먼 길을 떠난다.

앵순　화선지를 태우모 검은 재캉 날아오르도 않고 들러 붙어뿌지만 닥나무소지는 새하얀 재캉 하늘로 하늘로, 영혼을 데불고 하늘 끝까지 안 날아가나. 그래가 요즘에도 소지 태운다꼬 꼭 닥종이만 주문해가 쓰는 사람들이 있다. 한지는 이래 맘이고 정성인기라. 한지를 다른 말로 백지라꼬 하는 건 알재?

승철　네.

앵순　하얀 종이라서 백지, 손길이 백번 필요해가 백지. 그기 느그 아부지 맴 아이가. 한지를 지키낸다꼬 백번의 정성을 들이고 백번의 인내를 하고 백번의 꿈을 꾸고… 그래 이어진 꿈이 천삼백 년을 살아내는 기다. 억수로 대단하재? 얇디얇은 종이 한 장이 우예 천삼백 년을 버티는가… 우리 인간이사 백년을 몬 버틴다고 생각하모 참 얄궂다.

서서히 사라져가는 기호. 소지를 보듯 기호를 보듯 하늘을 보듯, 세 사람 먼 곳을 바라보고 섰다.

승철 기억하시죠, 아버지? 닥나무 시퍼런 이파리가 바람이 불면 우수수수… 그 시절 참 예뻤다는 닥나무처럼 당신들의 젊음도 푸르고 싱싱했겠지요. 젊은 어머니의 수줍음과 외로움의 얼굴을, 한지에 사로잡힌 아버지의 눈부신 청춘의 얼굴을, 한 사람을 한없이 존경했던 또 다른 어머니의 상기된 얼굴을… 저는 보고 싶습니다. 사라져버린 닥나무처럼 이제는 돌아오지 않을 그 푸르른 시절 덕분에 어쩌면 이제는 아버지를 용서할 수 있을지도 모르니까요. 잘 삶긴 닥나무를 채로 걸러 꽃물 퍼질 때, 그때 제 얼굴에도 행복이 깃들까요? 당신처럼 이 일을, 종이를 그토록 사무치게 사랑할 수 있을까요?

승철, 더는 말을 잇지 못한다. 보자기를 풀어 다시 종이를 꺼내는 승철. 안에서 전화번호가 적힌 명함을 꺼내더니 찢어버린다. 앵순과 석정이 놀란 눈으로 승철을 돌아본다. 홀가분하다는 표정으로 웃는 승철.

승철 (큰 소리로 불러본다) 아버지! (더 크게) 아버지!! (더 큰 소리로) 아버지!!!

웃음 때문인지 울음 때문인지 그의 어깨가 들썩인다.

밥

·················

2009년 제1회 대전창작극공모 우수상 수상작
2010년 전국연극제 대전 대표로 초연

등장인물

김충현	70세. 은퇴한 老사제.
이윤정	58세. 충현의 食복사(사제관 살림을 맡아 하는 사람).
젊은 윤정	20대 후반부터 40대 초반까지.
조혜원	33세. 다큐케이블방송 PD.
김성권	29세. 다큐케이블방송 카메라맨.
박씨	65세. 집주인.

가을빛에 물든 한적한 시골길. 윤정(58세)이 자전거 페달을 밟으며 길 끝에서 모습을 드러낸다. 두 개의 뒷바퀴 사이에 짐칸을 넓게 만들어 개조한 세발자전거인데 짐 대신 충현(70세)을 태우고 있다. 충현이 불편하지 않도록 세심하게 손을 본 흔적이 역력하다. 두 사람 모두 행색이 초라하여 노숙자나 다름없어 보인다. 자전거핸들이며 짐칸이며, 걸 수 있는 곳 어디든 커다란 비닐봉지가 주렁주렁 달려있다. 작은 자전거 안에 온갖 살림살이들이 다 매달려 있는 듯하다. 짐칸에 앉아 동그란 뻥튀기 과자를 야금야금 깨물어 모양 만드는 일에 열중하고 있는 충현. 윤정이 구성진 목소리로 〈밥타령〉을 부른다.

윤정　나라님 높다한들 밥 안 먹고 사나
　　　　걸뱅이 없다한들 밥 못 먹고 사나
　　　　있는 놈 먹어봤자 어차피 밥 한 공기
　　　　없는 놈 굶어봤자 어차피 밥 한 공기
　　　　밥 밥 밥이야 밥 밥
　　　　밥 밥 나 살리는 밥
　　　　밥 밥 밥이야 밥 밥
　　　　밥 밥 너 살리는 밥

충현　얼쑤!

둘이서　밥 밥 밥이야 밥 밥
　　　　밥 밥 나 살리는 밥
　　　　밥 밥 밥이야 밥 밥
　　　　밥 밥 너 살리는 밥

충현　임자! 쉬마려!

윤정   쉬요?

윤정, 얼른 충현을 부축해서 나무 뒤로 모셔 간다. 돌아 나와 충현이 볼일을 끝낼 때까지 쪼그리고 앉아서 기다리는 윤정.

윤정   요즘은 아침에 눈 뜨면 감사하다는 생각이 제일 먼저 들어요. 이렇게 파란 하늘도 감사하고, 울긋불긋 꽃치장한 나무들도 감사하고, 시원하게 부는 바람도, 쟁알쟁알 시끄러운 시냇물도… 참 감사한 것들뿐이지 뭐예요.

충현   철들었네.

윤정   그러게요. 다시 살라고 하면 진짜 잘 살 수 있을 거 같은데 벌써 거진 다 살았으니 이를 어쩐대요.

충현   나야 다 살았지만 임자는 아직 멀었지.

윤정   그렇게 부르지 마시래두 자꾸! 사람들 입에 오르내리는 거 은근 즐기신단 말이야.

충현   관 짜고 드러누울 나이에 남이사!

윤정   저부터 싫어 그래요. 늙었어도 여잔데, 기왕이면 한 살이라도 젊은 남자한테 찍어 붙여야 좋죠. (하다 과자봉지를 보고) 많이도 주워 드셨네! 주전부리 많이 하면 밥맛 없어진다고 몇 번을 말해요. 딱 다섯 개만 드신다더니 거진 다 드셨네, 다 드셨어. 점심은 어떻게 자시려구 이딴 과자쪼가리를 그렇게-

충현   (말을 가로채며) 늙었어? 입만 열었다 하면 잔소리가 땡중 염불 외듯 해! 아고, 다리 저려.

68

충현, 앞섶을 여미면서 나무 뒤에서 나온다. 나무 그늘 밑 평평한 곳에 충현을 앉히고 무릎을 주무르는 윤정.

윤정 가만 앉아 있기 고단하셔요?

충현 가만 앉았는데 왜 고단해? 좀이 쑤셔 그렇지.

윤정 (웃으며) 좀이 쑤시긴 쑤실 거예요. 온 동네 간섭 안 하는 집 없이 싸돌아 댕기시던 양반이 구루마에 올라타 요러고 앉아만 있으려니 오죽하겠어요.

충현 가만, 오늘이 무슨 요일이지?

윤정 무슨 요일이면 왜요?

충현 수요일날 요한이네서 두부 한다고 오라 그랬는데!

윤정 어떤 요한이네요?

충현 어떤 요한이는 어떤 요한이! 이장질해 먹는 요한이지.

윤정 그 요한이는 재작년에 돌아갔잖아요.

충현 누가? 요한이가?

윤정 예. 기억 안 나세요? 신부님이 직접 장례미사도 드려놓구선.

충현 왜 죽었는데?

윤정 술 먹고 오토바이 타고 오다 다리에서 떨어졌잖아요. 진짜 기억 안 나세요?

충현 그놈, 내 그럴 줄 알았어. 술 끊으라고 그렇게 말했는데 신부 말 더럽게 안 들어 처먹더니만. (갑자기) 아이고! 요한이가 죽었구나! 불쌍한 어린것들 놔두고 어찌 혼자만 주님 영접하러 갔는고!

윤정 그만 하세요. 죽은 지 벌써 2년도 더 됐으니까. 그리고 그

집 아들들 벌써 다 커서 큰애는 대학 들어갔구만 어린것들은 무슨…

충현 (뚝 그치고) 그럼 두부는?

윤정 애들 가르치느라 쌔가 빠지는데 어떤 손이 놀아서 두부를 하고 앉았어요.

충현 쩝… 요한이네 손두부가 맛있었는데… 임자가 가끔 들여다봐. 갈 때 빈손으로 가지 말고 사무실에 헌미 모아놓은 거 있으면 갖다 주고.

윤정 (가만히 충현을 본다) 이럴 땐 제법 멀쩡하시단 말이야.

충현 뭐랬냐?

윤정 아니에요.

충현 (둘러보며) 산수가 그림 같으니 밥 먹고 가기 좋겠다.

윤정 시장하세요?

충현 점심 뭐 줄 거야?

윤정 뭐 잡숫고 싶으신데요?

충현 말하면 다 나와?

윤정 나올만 하면요.

충현 음… 1년 묵은 김장김치에 생물꽁치 넣고 지져낸 묵은지꽁치찜.

윤정 (빤히) ……

충현 아니면 민물새우로 국물 시원하게 우려내서 시래기 듬뿍 넣고 끓인 시래기털래기.

윤정 (빤히) ……

충현 그것도 아니면 양념꽃게찜 해서 게딱지에 밥 비벼 먹을까?

윤정 비린 것 안 올린다고 심술부리시는 거죠?

70

충현　누가 뭐래? 없음 말구.

윤정　아까 고구마밭 지날 때 줄거리 잔뜩 뜯어놨길래 한 봉다리 얻어왔어요. 자박자박하게 찌개 끓여드릴 테니까 밥 위에 얹어서 쓱쓱 비벼 먹읍시다.

윤정, 벌써 자전거에 매달아 놓았던 비닐봉지를 가져다 고구마순을 꺼내고 껍질을 벗겨 소쿠리에 담기 시작한다.

충현　고구마순 찌개?

윤정　칼칼한 거 좋아하시니까 청양고추 두어 개 썰어 넣고 양념장 쭉쭉 끼얹으면서 자작하니 끓이면 고구마순이 제 철이라 달달하니 맛날 거에요.

충현　그러든가.

윤정　어째 반응이 신통찮으시네.

충현　내가 어린앤가 뭐. 난 식복사한테 밥투정하는 신부 아니에요.

윤정　여태 한 건 밥투정이 아니라 반찬투정이죠?

충현　근데 오늘따라 왠지 동치미국수가 먹고 싶네요.

윤정　(말투를 흉내 내며) 오늘은 왠지 참으셔야겠네요.

충현　그럼요. 난 식복사한테 밥투정하는 신부 아니거든요.

윤정　(웃으며 어르듯) 나중에 해드릴게요. 동치미국수는 한거울에 먹어야 제맛이잖아요. 무가 마침맞게 익어서 시지도 맵지도 않을 때라야 국물 맛도 알싸하니 사이다처럼 톡 쏘구요.

충현　네, 네. 죽기 전에만 해주세요.

윤정　자꾸 심술 피실 거에요? 아, 우물가서 숭늉 찾는 격이지!

김장철도 멀었는데 어떻게 동치미국수를 대령해요?

충현　그럼요. 없는 거 없이 다 있는 세상이면 뭐 해요. 난 식복사한테 밥투정하는 신부가 아닌데요.

윤정　없는 거 없이 다 있는 세상이라도 음식은 제철 따라 먹어야 맛이 나는 거예요. 지금 먹는 동치미국수가 한겨울 그 맛이 날 거 같애요? 꽁꽁 언 땅 밑에서 천천히 곰익어야 무가 안 매우면서 국물이 적당히 알싸하지. 요즘 날씨에 담거봐요. 무는 안 익어서 매운맛이 고대로 나는데 국물만 디리 시어 꼬부라진다구요. 식물이고 동물이고 다 나고 살고 지는 때가 있게 마련인데 순리대로 먹고 살아야 탈이 없고 몸도-

충현　(말을 막으며) 아, 됐어! 동치미국수 한 그릇 먹고 싶다는데 부활절 강론 길어지듯이 웬 말이 이렇게 많아?

윤정　부활절 강론 길어지는 덴 일가견이 있으신지라 굉장히 마음에 와닿네요.

충현　나는 뭐 할 말 없는 줄 알어? 내 40년 동안 부활절마다 강론했지만 강론 길다고 부활달걀 미리 까먹는 신자는 조선 팔도에 임자뿐이 못 봤네!

윤정　(겸연쩍게 웃으며) 잠깐 딴 생각하다 손에 달걀이 있으니까… 아, 그 얘긴 왜 또 꺼내고 그러세요. (하다 호들갑스럽게) 참참! 어젯밤에 횡재할 꿈을 꿨나, 아까 주무실 때 산에 잠깐 올라갔다 뭘 봤는지 아세요?

충현　산엔 괜히 왜 올라가?

윤정　참나무가 많길래 도토리 주우러요. 맞혀보세요. 제가 뭘 봤게요?

충현 좋아라 하는 거 보니까 벌거벗고 뛰어다니는 사내놈이라도 봤어?

윤정 에구 정말! 누가 들을까 무섭네. 암만 저거했어도 신부님 체면이 있지..

충현 저거가 뭐? 노망났다구?

윤정 (펄쩍) 아니, 그런 게 아니구요… (하다가 자전거에 매달린 봉지를 풀어 보이며) 이게 뭐게요? 향 좀 맡아보세요. 이게 바로 말로만 듣던 자연송이에요. 두 송이뿐인데도 향이 아주 진동을 하죠? 이래서 자연송이, 자연송이 하는 모양이에요. 이게 돈 주고 사려면 얼마야…?

충현 (졸으면서) 비싸겠지.

윤정 올해 자연송이가 풍년이라는 얘길 얼핏 들었는데 이것도 눈구녕이라고 기특하게 그게 다 보이구… (킥킥거린다) 쌀이랑 섞어서 송이밥 해드릴까요? 고구마순 찌개에 비벼 먹으면 둘이 먹다 둘 다 죽어도 모를 정도로 맛날 텐데…

충현 둘 다 죽었으니 당연히 모르지.

살짝 군침이 도는 걸 짐짓 아닌 척하는 충현.

윤정 (장난스레 웃으며) 안 땡기시면 저 혼자 다 먹구요.

충현 배고파! 뭐라도 빨랑 줘.

윤정 알았어요. 제가 손이 안 보일 정도로 빨리 다듬어서 얼른 밥 안치고 찌개 끓일 테니까 조금만 참으세요.

윤정, 서두른다. 괜스레 휘휘 둘러보는 충현.

충현 아까도 저 산이 보였는데 아직도 저 산만 보이네. 아침내
      왔는데 겨우 이만큼뿐이 못 온 거야?

윤정 저도 낼모레면 환갑인데 포장도 안 된 시골길에서 자전거
      타는 게 쉬운 일인 줄 아세요?

충현 임자가 왜 낼모레면 환갑이야?

윤정 모르셨어요? 저도 벌써 할머니 다 됐어요.

충현 임자가 원래 내 큰누이뻘이었나?

윤정 예? (올려다보고) 신부님은 올해 몇이신데요?

충현 나야 마흔여덟이지.

윤정 아이구, 영계시네!

충현 근데 내가 왜 임자한테 반말을 하지?

윤정 그러게 말이에요. 지금부터 누님이라고 부르실래요?

충현 (알쏭달쏭하다는 표정 짓다 말고 갑자기 윤정의 머리에 꿀밤을 때
      린다) 신부 나이는 무조건 너보다 한 살 위. 몰라?

윤정 (맞은 자리를 비비며) 에그, 손 매운 건 늙지도 않으셔.

충현 근데 또 이상하네.

윤정 뭐가요?

충현 분명히 방금 전에 송이밥에 고구마순 찌개 비벼서 한 그릇
      을 뚝딱 해치웠던 거 같은데… 배가 고파!

윤정 아직 안 드셨어요. 봐요. 제가 고구마줄기 다듬고 있잖아요.

충현 (보다가) 안 먹었어? 아니, 해가 중천에 떴다 꼴딱 넘어가게
      생겼구만 여태 아침도 안 주고 뭘 해?

윤정 아침을 왜 안 드려요? 아침 다 자시고 벌써 점심 준비하는
      건데.

충현 그래? (잠시) 아, 뱃가죽이 등가죽에 달라붙게 생겼구만 이

제 고구마줄기 다듬어서 어느 세월에 입구녕에 밥알이라
도 넣고 씹어 보겠어?!

윤정 아이고, 알았어요. 얼른 쌀 씻어 안칠게요.

윤정, 일어나 자전거에 매달린 봉지에서 돗자리를 꺼내 펼쳐 놓
고 브루스타랑 작은 놋쇠솥 등을 꺼낸다. 쌀자루에서 쌀 한 바가
지를 퍼 들고는 고구마줄기 소쿠리를 옆구리에 낀다.

윤정 어디 돌아다니지 말고 여기 앉아 쉬고 계세요. (돌아서려다)
와서 안 계시면 저 혼자 송이밥 다 먹어버릴 테니까 꼼짝
말고 계셔야 해요.

충현 하여간 잔소리는…

윤정, 둔덕 아래로 사라진다. 혼자 남은 충현. 멍하니 하늘도 보고
나무도 보고 새소리도 듣다가 윤정이 부르던 밥타령을 흥얼거려
본다. 젊은 윤정(20대 후반)이 걸어온다. 머리에 상중임을 표시하
는 흰 리본을 꽂았다. 젊은 윤정을 발견하더니 조금 놀라며 윤정
이 사라진 둔덕 아래를 바라보는 충현. 그러다 옛 환영에 사로잡
혀 젊은 윤정에게 다가간다.

충현 마리아!

젊은윤정 네, 신부님…

젊은 윤정, 쭈빗거리며 충현 곁으로 다가온다. 젊은 윤정의 눈에
는 충현 역시 아직 40대의 젊은 사제다.

충현   그래, 내 보니 아버지 묏자리는 괜찮더구만.

젊은윤정 (끄덕이며) 볕이 좋아요.

충현   음… 어디 할 만한 일은 찾아봤고?

젊은윤정 (고개를 저으며 낮은 한숨) ……

충현   아직 더 쉬면서 천천히 알아봐도 되지 뭐.

젊은 윤정, 부끄러워 고개도 들지 못한 채 한숨만 쉰다.

충현   이렇게 하면 어떨까? 성당에 사무장님이 계시긴 하지만 마리아가 거들어주면 좋겠는데.

젊은윤정 제가… 그렇게 어려운 일을 어떻게…

충현   어렵긴. 그냥 은행 심부름이나 하고 교적 정리하는 거나 돕고 그런 일인걸. 읽고 쓸 줄은 알지?

젊은윤정 (당황하여 고개를 더 푹 숙이고) ……

충현   아, 그렇지. 어려서 어머니 돌아가시고 줄곧 살림만 살았다고 했지? (고민한다) 뭐라도 잘하는 게 있으면 좋을 텐데…

젊은윤정 (알아들을 수 없게 웅얼웅얼) 바비…

충현   뭐?

젊은윤정 (고개를 들고) 밥이요. 밥 짓는 거 말이에요.

충현   밥?

젊은윤정 일곱 살 때부터 밥 지어 먹고 살아서… 할 줄 아는 게… 밥뿐이에요.

충현   옳거니! 그럼 내 밥도 좀 해줄 수 있을까?

젊은윤정 네?

충현   마침 마땅한 식복사가 없나 찾는 중이었거든.

젊은윤정 정말요?

충현   응. 마리아가 식복사를 맡아줬으면 좋겠는데, 해줄 수 있
           겠어?

젊은윤정 네, 신부님! 맡겨만 주시면 제가 하루 세끼 따순 밥으로 올
           려드릴게요. 어떤 음식 좋아하는지 알려주시면 뭐든 다 해
           드릴 수 있어요.

충현   (웃으며) 난 김치만 있어도 한 그릇 뚝딱 먹어치우는 편
           이라.

젊은윤정 김치도 잘 담가요. 배추김치, 총각김치, 깍두기, 파김치, 갓
           김치, 동치미…

충현   됐다, 됐어. 그 정도면 충분히 합격이다.

두 사람 모두 큰소리로 웃는다. 젊은 윤정이 사라지고 충현 혼자
껄껄 웃고 있다. 둔덕 위로 모습을 나타내는 현재의 윤정. 이상하
다는 듯이 충현을 쳐다본다.

윤정   왜 혼자 웃고 그러세요?

충현   응?

충현, 윤정을 보자 잠시 혼란을 느끼더니 두리번거리며 젊은 윤
정을 찾는다.

윤정   왜요?

충현   임자…?

윤정	그렇게 부르지 마시라는데요. (식사 준비하며) 신부님이나 저나 피차 머리 한 번 못 올려본 사람끼리 아, 그러다 행여 누가 알아보기라도 해봐요. 김 아무개 신부가 늘그막에 노망나더니 어디서 호박같이 생긴 여자 하나 데리고 살더라, 소문 쫙 퍼질 거 아니에요. 아이고, 망신 망신 개망신이 따로 없지. 기왕 아니 땐 굴뚝에 연기 나려거든 꽃같이 젊고 고운 여자랑 나시든가! 저야 젊기를 하나 곱기를 하나… (아무 대꾸 없자 이상해서) 왜 그래요? (보며) 무슨 일 있었어요?
충현	마리아 못 봤어?
윤정	마리아 여기 있잖아요.
충현	임자 말고 우리 호박마리아.
윤정	제가 호박마리아잖아요.
충현	(찬찬히 살피며) 임자가… 호박마리아야?
윤정	예.
충현	아닌데… 호박마리아는 방금 저기… (하며 아무도 없는 곳을 보다가) 가버렸네.
윤정	꿈꾸셨어요?
충현	꿈이라고…?
윤정	맞네. 저 기다리다 잠깐 조셨던 모양이에요.
충현	(눈을 비비고 다시 봐도 아무도 없자) 그러게. 꿈을 꿨나… 근데 자넨 여기서 뭐해?
윤정	밥하죠.
충현	(계속해서 혼란을 느끼며) 시집간다 그랬잖아. 근데 왜 여기 앉아서 밥을 해?
윤정	(당황스러움을 애써 감추고) 시집 안 갔어요.

충현 시집을 안 갔어? 왜?

윤정 (짐짓) 제가 시집 가버리면 신부님 밥은 누가 해드려요? 아무거나 잘 드신다더니 남이 해온 반찬은 귀신같이 젓가락만 대다 마시구. 어떤 식복사가 들어올지 고생길이 훤하다 싶어서 이놈의 발길이 떨어져야 말이죠.

충현 그렇다고 시집을 안 가?

윤정 안 가면 어때서요. 신부님 입맛 하나도 간신히 맞춰드리는데 시어른에 남편 입맛까지 맞춰가면서 잘 살 자신 없어요.

충현 (잠시) 잘했어. 내 그 녀석 첨부터 마음에 안 들었거든.

윤정 왜요?

충현 마리아 어디가 좋으냐 물었더니, 시부모 하나는 잘 모시게 생겼다는 거야.

윤정 그 사람이 그래요?

충현 응! 아니, 지사람 고르면서 시부모 잘 모실 사람으로 골라? 시부모 죽고 나면? 그럼 안 데리고 살 건가?

윤정 밉게 보지 마세요. 그래도 그 사람한테는 제가 미안한 게 많은데.

충현 뭐가 미안해? 안 미안해도 돼. 인물은 저나 호박이나 도끼니 개끼닌데 말끝마다 여자는 인물이 아니라 살림 솜씨 보고 데리고 사는 거다 해쌓고. 또 뭐라더라? 어! 마누라한테는 깜깜한 방에서만 볼일이 있다나 뭐라나. 생각하니까 부아나네! 수절 총각 앞에서 염장 지르는 것도 아니고.

윤정 아구, 별소릴 다 하셔.

충현 내 말이 틀려? 잘 관뒀어! 어디서 시부모 잘 모시게 생긴 여자 데려다 시집살이나 호되게 시켜 먹고 있겠지.

79

충현이 윤정의 발을 실수로 툭 건드린다.

윤정　아!

충현　왜?

충현, 무심코 윤정의 발을 보고는 깜짝 놀란다.

충현　피다.

윤정　아니에요. 피는 무슨… 김칫국물이구만.

충현　이리 봐. 피 맞잖아!

윤정　김칫국물 묻은 거라니까요.

충현이 발을 만지려고 하자 얼른 감추는 윤정.

윤정　냄새나는 발은 왜요. (부러) 가루거쳐요! 밥할 동안은 절루
　　　　가 계세요.

충현, 윤정을 빤히 쳐다보고 있다. 화난 엄마 눈치 보는 아이처럼.

윤정　별거 아니에요. 물집 잡힌 게 터졌나? 얼마나 둔한지 것도
　　　　몰랐네.

충현　…… 아프잖아.

윤정　아프긴요. 놀랜 거지 안 아파요.

충현　……

윤정　괜찮대두요.

| 충현 | 약 사서 발라. 놔두면 흉 져.

| 윤정 | 흉이야 지든 말든 누가 본다고… (짐짓) 이까짓 거 아무것
도 아니에요. 물집 터진 자리에 새살 돋고 다시 터지고 새
살 돋고… 그렇게 열 번쯤 터지고 돋아나도 아무렇지 않아
요. 나이 먹어 그런가, 보이는 상처는 별거 아닌데 안 보이
는 상처 때문에 아프더라구요. 아니 뭐, 그래서 어디가 아
프다는 얘긴 아니구요.

윤정. 묵묵히 식사 준비를 한다. 계속해서 봉지 안에서 이런저런
살림살이들이 나왔다 들어갔다 한다.

| 충현 | (시무룩해서) 그래도 그 녀석한테 시집가지 그랬어.

| 윤정 | 아깐 안 가길 잘했다 하시더니?

| 충현 | 혼자 이렇게 늙는 것보다야 아무럼 나았겠지.

| 윤정 | 왜 혼자예요? 신부님이랑 둘인데.

| 충현 | 나 이제 수도원 들어가 버리면… 임자 혼자 남잖아.

갑자기 먹먹한 표정이 되는 윤정. 충현, 어린아이처럼 삐죽거리고
있다.

| 윤정 | 그럼 들어가시고 나서 한 번 생각해볼게요.

| 충현 | 진짜?

| 윤정 | 너무 늙어서 아무도 안 데려갈까요?

| 충현 | 밥 잘하잖아.

| 윤정 | 밥 잘하면 식당을 내야지 시집을 왜 가요? 그러지 말고 어

디 참한 신랑감 있으면 저 좀 소개시켜 주시든가.

충현   나! 참한 신랑감.

윤정   신부님요?!

충현   응. (대단한 비밀을 말하듯) 숫총각이야.

윤정   아이고, 우리 신부님 오늘 인심 후하게 쓰시네. 저 호박마
리아예요. 못났다고 '호박! 호박!' 부르시던 호박마리아요.

충현   호박이 어때서? 둥글둥글허니 어디로 굴러다녀도 밉상 맞
지 않은 게 호박인데.

윤정   예. 퍽도 위로가 되네요.

윤정, 웃으며 다시 일에 열중한다. 어디선가 '신부님!' 하고 부르
는 소리. 충현, 문득 고개를 들고 주위를 둘러본다. 젊은 윤정(30
대 중반)이 작은 보따리 하나를 들고 저만치 울며 서 있다. 이번
엔 윤정을 돌아볼 것도 없이 서둘러 젊은 윤정에게로 한달음에
가는 충현.

충현   아니, 너 호박마리아 아니냐.

젊은윤정 (고개만 끄덕인다) ……

충현   왜 도로 왔어? 뭘 놔두고 간 거야?

젊은윤정 못 가겠어요. 신부님 놔두고 못 가겠어요.

충현   너 이 녀석! (두리번거리며) 안나아줌마는? 같이 갔잖아.

젊은윤정 혼자 왔어요.

충현   아줌마 몰래?

젊은 윤정, 고개 끄덕이다가 격한 울음 터뜨린다. 안쓰럽지만 엄

한 표정으로 젊은 윤정을 바라보는 충현.

충현　그만 울고, 어찌 된 건지 자초지종이나 말해봐.

젊은윤정　저 시집가기 싫어요, 신부님.

충현　이제 와서 무슨 소리야? 내일이 초례날인데.

젊은윤정　시어머니 무섭게 생겨서 싫고, 신랑 무뚝뚝한 것도 싫고, 그렇게 멀리 가 살아야 하는 것도 싫고 다 싫어요.

충현　멀긴 뭐가 멀다 그래. 버스 타고 한 시간이면 갈 텐데.

젊은윤정　저 보내지 마세요, 신부님.

충현　나이나 어려야 무서워 그러는갑다 하지.

젊은윤정　그냥 신부님 밥해드리면서 살래요. 다른 사람한테 가기 싫어요.

충현　……

젊은윤정　허락해주세요. 저 그냥 여기 살게 해주세요.

충현　(단호히) 안 돼!

젊은윤정　왜 안 돼요?

충현　몰라 물어?

젊은윤정　……

충현　이제 혼사까지 물리고 다시 돌아와 봐라. 입방아 찧기 좋아하는 사람들한테 또 얼마나 시달릴지.

젊은윤정　전 괜찮아요.

충현　내가 안 괜찮아.

젊은윤정　전 그냥… 그냥 밥만 해드리고 싶은 건데 왜요?

충현　그래. 밥만 해주는데도 젊은 니가 곁에 있으니 내가 괴롭다.

젊은윤정 지지리 못나서 신부님 곁에 둬도 분심거리도 안 되잖아요!

충현 (버럭) 당장 가! 기다리고 계실 시어른들이랑 신랑 생각을 해야지.

젊은윤정 싫어요, 신부님. 저 그냥 여기서 밥하고 살래요. 신부님 입맛대로 찬 해서 올려드릴 사람이 저 말고 누가 있어요!

충현 세상 사람들이 우릴 어떻게 보는 줄 몰라? 사람들한테 우리가 밥이나 같이 먹는 사이로 보이는 줄 아느냐고!

젊은윤정 그런 거 저 하나도 몰라요. 전 그냥 신부님만 옆에 계시면…

젊은 윤정, 충현에게 한 발짝 다가선다. 휙 돌아서는 충현.

충현 거기 서! 거기가… 거기가 마리아 네 자리다.

젊은 윤정, 울며 사라진다. 뜨거워진 가슴을 붙잡고 망연히 서 있는 충현. 윤정이 양념장을 만들다가 충현을 돌아본다.

윤정 그래도 신부님 입맛대로 찬해서 올려드릴 사람은 조선 팔도에 저 호박마리아 한 사람뿐이지요? 사람이 밥만으로 살 수 있나 하느님 말씀으로 살아야지 하시지만요, 그래도 밥이 먼저냐 말씀이 먼저냐 물으면 전 밥이 먼저예요. 밥을 먹어야 하느님 말씀도 살지, 밥 안 먹고 배고파 봐요. 말씀이 귀에 들어오나. (충현의 안색을 살피며) 혼구녕 들을 소리 했는데 어째 가만 계실까? 신부님!

충현 (고개 들며) 응?

윤정   왜 그러고 계세요?

충현   (멍하니) ⋯⋯

윤정   아직도 잠이 덜 깨신 모양이네. 저 아래 내려가서 얼굴이라도 씻고 오실래요? 물이 차가워서 정신이 바짝 드실 거예요.

충현   아니야. 괜찮아. (하고 뒤돌아 젊은 윤정이 사라진 쪽을 본다)

윤정   신부님 금식하실 때마다 제가 안달복달했던 것도 다 이유가 있어요. 그러다 쓰러지시기라도 하면 그야말로 공염불이잖아요. 사람이 살고 말씀도 있는 거지. 안 그래요?

충현   (멍하니) ⋯⋯

윤정   (크게) 신부님!

충현   (그제야 정신을 차리고) 어?

윤정   뭘 그러고 보고 계세요? (하며 자기도 두리번거린다)

충현   아무것도. (갑자기) 공염불이 별건 줄 알아? 30년을 가르쳐도 제자리걸음이니 이게 바로 공염불이지.

윤정   저한테는 밥이 주님이라 그래요. 밥 덕에 살았고 앞으로도 밥 덕에 살 테니까요.

충현   식복사 30년에 밥에서 주님을 만났구나. 어쩌다 성령이 밥에 임하셨는지 모르겠다만 배고프다. 어여 밥 먹자!

암전.

시간이 흘러 가을색이 완연한 어느 날. 커다란 평상이 있는 평범한 시골집 마당. 집주인 박씨(65세)가 낮술을 거나하게 마시고 평상에 누워 자고 있다. 추운지 몸을 잔뜩 옹송그렸다. 윤정이 충현

을 자전거 뒤에 태우고 들어온다. 꾸벅꾸벅 졸고 있는 중현의 낯
빛이 안 좋다.

윤정 여보세요. (박씨가 꿈쩍 않자 흔들며) 여보세요, 아저씨!

박씨 어?! 뉘요?

윤정 저 앞 슈퍼집 소개로 왔는데요. 이 집에 하루이틀 묵어갈
수 있나 해서요.

박씨 (하품하며) 빈방이 있긴 한데… 혼자요?

윤정 둘이에요.

박씨 (두 사람 행색을 살피며 인상을 쓴다) 돈은 있수?

윤정 그게… (주머니를 뒤져 가진 돈을 내민다) 이거뿐이라서요.

박씨 (돈을 센다) 천원 이천 원… 하나 둘 셋… 사천팔백 원? 아
니, 밥 한 끼도 못 먹을 돈을 내밀면서 하루이틀이나 묵고
가겠단 말이우? (어이없다는 듯) 세상 물정에 어두운 거요,
낯짝이 두꺼운 거요?

윤정 슈퍼집이 그러는데 이 댁에 아주머니가 안 계셔서 부엌살
림이 말이 아니라면서요? 제가 한 이틀 있으면서 김장도
해드리고 살림도 깔끔하게 정리해드리고 갈게요.

박씨 (윤정을 아래위로 훑으며) 혼자 사는 놈이 김치를 먹어야 얼
마나 먹는다구.

윤정 그럼 다른 일이라도 없을까요? 살림 사는 거면 뭐든지 다
잘하는데… 겨울 이불 빨아서 꿰매드릴까요?

박씨 사는 꼴을 보슈. 대충 아무거나 덮는 거지 혼자 사는 놈이
겨울 이불, 여름 이불이 따로 있겠나.

윤정 아니면 논에 나가 가을걷이라도 도울게요. 농사일은 잘 모

86

르지만 가르쳐만 주시면 뭐든 잘해요.

박씨 아줌마까지 거들 논마지기도 없을뿐더러 그 몰골로는 농사일은커녕 소여물 주기도 힘들겠수다.

윤정 그럼 소여물이라도 줄까요?

박씨 (버럭) 말이 그렇다는 게지 외양간도 없는 집에 소가 어딨나?!

윤정 (실망하여) 예… 혹시 그럼 이 마을에 일손 필요한 집이라도…

박씨 (충현을 힐긋거리며) 일손 필요한 집도 없을뿐더러 그 몰골로는 문전박대나 안 당하면 다행이지. 알아보고 말 것도 없수. 괜한 헛고생하지 말고 부지런히 가던 길이나 가는 게 날 거유.

윤정 (고개 숙이고) ……

박씨 쯧쯧… 밥은 먹었수?

윤정 ……

박씨, 혀를 끌끌 차며 부엌으로 들어가더니 찐고구마 몇 개 쟁반에 받쳐 들고 나온다.

박씨 이거라도 들라면 들고 가든가.

윤정 먹어도… 돼요?

박씨 대충 사는 놈이 돼서 줄 게 그거뿐이니 먹든가 말든가 알아서 하슈.

윤정 그럼 고맙게 먹을게요.

윤정, 충현을 흔들어 깨운다.

윤정　저, 고구마 좀 드세요. 오늘 아무것도 못 드셨잖아요.

박씨　거 잠이 깊게 든 모양인데 아줌마라도 먼저 요기하지 그러
우. 그 양반은 나중에 일어나면 먹이고.

크고 예쁜 고구마 두 개를 골라놓고 작은 고구마를 집어 드는 윤
정. 박씨가 물을 떠다 주자 받아 마신다. 윤정의 곁에 앉아 남은
소주를 따라 마시는 박씨.

박씨　(충현을 눈짓으로 가리키며) 바깥양반이우?

윤정　아니에요.

박씨　그럼…?

윤정　그냥 잘 아는 어르신인데 어딜 좀 모셔다드리느라…

박씨　돈도 떨어지고 이제 어쩔 셈이우?

윤정　……

박씨　쯧쯧… 딱하게 됐수다.

윤정　(필사적으로) 부탁이에요. 마지막으로 따순 밥 한 끼 지어
드리고 싶어서 그래요. 하루 저녁이라도 어떻게 좀 안 될
까요?

박씨　글쎄 그게… 뭐라도 시킬만한 일이 있으면 좋겠수만… (소
주잔을 털어 마시고) 흉가나 다름없는 집을 뭘… (헛기침) 내
안사람 먼저 보낸 지 한 십여 년 됐나? 자식들 모두 서울
살고 혼자 지낸 세월만도 한 육칠 년 되우. 이리 살아도 자
고 싶을 때 자고 먹고 싶을 때 먹고, 세상살이 근심이 있나

부족한 게 있나. 십상 편한 팔자라우.

윤정　아무리 혼자 살아도 겨울 나려면 준비해야 할 게 솔찬히 있는 법이잖아요. 하다못해 옷이라도 빨아서 넣어둘 게 있고 꺼내서 새로 빨 게 있고.

박씨　그건 그렇지만…

윤정　늘상 대충 드시는 모양인데 저 있는 동안만이라도 따순 밥에다 뜨끈한 국이라도 지어드릴게요. 김장 맛있게 담가놓으면 겨우내 반찬 걱정 없을 테니 그저 속는 셈 치시구-

박씨　(손사래 치며) 끼니야 대충 때워도 그만이고 안 먹은들 어떠랴만… 그 보다 혼자 지낸 지 오래되다 보니 참… 그게 그럽다. 늙었어도 사내는 사내라고… 허허…

윤정, 전혀 이해 못 한 표정으로 다음 말을 기다리고 있다.

박씨　거 왜 있잖소.

윤정　예?

박씨　말귀를 못 알아듣는 거요 아니면… (하다 입맛을 쩝 다시고) 저 양반하곤 정말 아무 사이 아니우?

윤정　그게 무슨…

박씨　(답답하다는 듯) 이 아줌마가 참… 거시기 있잖수.

'에라 모르겠다' 하는 표정으로 윤정의 엉덩이를 콱 움켜잡는 박씨. 윤정, 놀라 소리를 지르며 벌떡 일어선다.

윤정　뭐 하는 짓이에요?

박씨　싫으면 관두슈. 난 이래도 그만 저래도 그만이니까. (충현을 힐끔거리며) 헌데 저 양반 몸도 시원찮아 보이고, 어디 가는지 몰라도 그 전에 황천길 먼저 보낼까 걱정돼 그러우. 아, 더 알아보겠으면 한 번 알아보든가. 그래도 슈퍼집서 일루 보낸 거 보면 모르우? 이 마을선 그나마 당신네들 받아줄 집은 예뿐이니 싫으면 다른 마을 가서 알아보든가.

박씨, 헛기침하며 집 안으로 들어간다. 넋을 놓고 서 있는 윤정. 서서히 고개 돌려 충현을 쳐다본다. 다가가 담요를 다시 꼼꼼히 덮어주고 곁에 고구마 쟁반도 가져다 놓는 윤정. 결심한 듯 돌아서서 박씨를 뒤따라 들어간다.
젊은 윤정이 쌀바가지를 들고 나타난다. 허리를 구부리고 절뚝거리며 걷는 모습이 한눈에도 몸이 상당히 불편해 보인다. 젊은 윤정(30대 후반)이 다가오자 화들짝 깨나는 충현.

충현　마리아?

젊은윤정　무슨 잠을 그러구 깨신대요? (하다 얼른 쫓아가 소매로 충현의 땀을 닦으며) 땀 좀 봐… 나쁜 꿈 꾸셨나봐요.

충현　(잠시 혼란스러워하며) 여기서 뭐해?

젊은윤정　뭐하긴요. 밥하려구요.

충현　(살피며) 그 몸으로?

젊은윤정　이제 괜찮아요.

충현　정신 있어? 수술한 지 며칠이나 됐다고!

젊은윤정　복막염 수술은 수술 축에도 안 든대요.

충현　죽다 살아놓고 무슨 헛소리! 맹장 터진 것도 모르고 미련스럽게 밥한다고 부엌에 있다 쓰러져놓고 제정신이야?!
밥이 뭐 그렇게 중해서 그 몸으로 쌀바가지를 들고 설쳐?

젊은윤정 밥이 왜 안 중해요. 그리고 제가 괜찮다잖아요. 제가 괜찮
다는데-

충현 말 좀 들어라, 이 애물단지야.

젊은윤정 신부님 잔소리 때문에 없던 병도 더 생기겠으니까 그만 좀
하세요.

충현 쌀바가지 갖다 놓고 집에 가 누워!

젊은윤정 싫어요. 의사선생님이 회복 잘 되려면 자꾸 움직이랬단 말
이에요.

충현 그럼 운동해. 일하지 말고.

젊은윤정 밥하는 게 무슨 일이에요. 뭐 대단한 상 차린다고.

충현 그래서 기어이 그 몸을 해가지고 밥을 하겠다고?

젊은윤정 예.

충현 저놈의 똥고집! 도대체 누가 윗전인지 모르겠어. 내가 싫
다잖아. 죽어가면서 해주는 밥 먹는 것도 싫고, 죽다 살아
나서 해주는 밥 먹는 건 더 싫어!

젊은윤정 사무장님한테 다 여쭤봤어요. 저 입원해있는 동안 밥에 물
말아서 깍두기랑 드셨다면서요. 누가 반찬을 해다 드려도
찍어 드시는 둥 마는 둥 그러셨다면서요.

충현 사무장 그 양반이 자네 기분 좋으라고 지어낸 소리야. 잘
먹었어. 갖다 주는 음식마다 어찌나 맛있던지 날마다 과식
해서 배가 뿔록 나왔어.

젊은윤정 됐어요. 배는 원래부터 뿔록했잖아요. 보나마나 뻔하죠.
제가 신부님 모신 게 어디 하루이틀이에요?

충현   말 잘했다. 그럼 내 고집이 자네 못지않다는 것도 알지?

젊은윤정 그래서요? 제가 해드리는 밥 못 잡숫겠다구요?

충현   그래! 차라리 라면 한 개 끓여 먹고 말 거야.

젊은윤정 라면 좋죠. 그럼 같이 먹어요.

충현   뭐?

젊은윤정 혼자 잡수시면 맛없으니까 끓여서 나눠 먹자구요.

충현   싫어. 나 혼자 끓여 먹을 테니까 자넨 집에 가서 끓여 먹든지 말든지.

젊은윤정 라면은 음식이 아니에요. 음식도 아닌 것을 너도 나도 별미랍시고 먹어대는 건 한 냄비에 끓여 후루룩 후루룩 나눠 먹는 그 맛 때문이라구요.

충현   자네 정말…!

젊은윤정 물 올릴게요.

충현   마리아!

젊은 윤정, 사라진다. 충현은 젊은 윤정이 나간 쪽을 바라보다 기침을 하며 현실로 돌아온다. 주변을 휘 둘러보다 말고 멍하니 앉아있는 충현.

그때 윤정이 집안에서 걸어 나온다. 걸음걸이는 불편하고 얼굴은 눈물 콧물로 범벅이지만 표정만큼은 오히려 홀가분해 보인다. 겸연쩍은 표정으로 바지춤을 올리며 뒤따라 나오는 박씨.

박씨   내 참, 살다 살다 원… 간밤에 뭔 요상한 꿈을 꿨길래… 늙어빠진 처녀를 다 품어보네.

박씨, 헛기침하며 밖으로 나간다. 박씨를 급히 불러 세우는 윤정.

윤정　저, 잠깐만요!

박씨　나 불렀수?

윤정　부탁 하나만 할게요.

박씨　글쎄 뭔 부탁인지 들어나 봅시다.

윤정　미꾸라지 1키로만 구해줘요.

박씨　미꾸리?

윤정　1키로면 돼요.

박씨　아니, 이 시골마을서 미꾸리를 어디서 구하라고? 잡아오
라면 또 모를까.

윤정　사든 잡든 아무튼 구해만 줘요. 부탁할게요.

박씨　알아는 보겠지만… 미꾸리는 왜 찾수?

윤정　……

박씨　(충현을 눈짓하며) 저 양반? (헛기침하고) 내 읍내에 한 번 나
가보긴 하겠다만 장담은 못 하우.

윤정　꼭 좀 부탁드릴게요.

박씨, 헛기침하며 사라진다. 허물어지듯 평상에 걸터앉는 윤정.
흑흑 받쳐 올라오는 눈물을 주먹으로 스윽 닦는다. 충현이 나지
막이 '마리아' 하고 부르지만 윤정은 차마 충현을 쳐다보지 못한
채 외면해버린다. 서서히 암전.

이틀 후. 빨래가 잔뜩 널려있는 박씨네 마당. 부엌에서 윤정이 칼
질하는 소리 들린다. 자전거가 세워져 있지만 충현의 모습은 보

이지 않는다. 뭐 마려운 강아지마냥 부엌문 앞을 왔다갔다하던 박씨, 주위를 휘 둘러보고는 부엌으로 후다닥 들어간다.

윤정 (소리만) 왜 이래요? 저리 가요. 이러지 말라니까요!

국자를 손에 든 채 도망쳐 나오는 윤정. 박씨가 기분도 상하고 겸연쩍기도 한 표정으로 뒤따라 나온다.

박씨 거 참, 눈앞에 알짱거리면서 손도 못 대게 하니 원… (헛기침하고) 냄새 좋수다. 나도 한 그릇 얻어먹을 수 있는 거유?
윤정 (눈을 피하며) 예.
박씨 그럼 다 될 때까지 어디 가서 술이나 한 잔 하고 와야겠네. 추어탕 얻어먹고 긴긴 밤 혼자 무슨 낙으로 보내누…!

헛기침하며 나가는 박씨. 윤정, 안도의 한숨을 쉬며 옷매무새를 만진다.

충현 (방문 열고) 임자!
윤정 (놀라) 아이구, 놀래라.
충현 밥 안 줘? 배고파.
윤정 점심 자신지 얼마나 됐다구요.
충현 (냄새를 킁킁 맡고) 무슨 냄새야?
윤정 추어탕이요.
충현 (눈이 동그래지며) 추어탕?!
윤정 이거 한 그릇 드시면 감기고 뭐고 뚝 떨어질 거예요.

충현   빨리 줘. 뱃가죽이 등가죽에 들러붙을 지경이니까.

윤정   거진 다 돼 가요. 깨워드릴 테니까 눈 좀 더 붙이시든가요.

충현   여태 잤는데 뭘 또 자래? (하며 하품) 이상하다. 여태 안 잤나? 졸리는 거 보니 안 잤네.

하고 문이 닫힌다. 윤정, 웃으며 부엌으로 들어간다.

그때 자동차 멈춰 서는 소리. 곧이어 혜원(33세)과 성권(29세)이 들어온다.

혜원   (자전거를 발견하고) 저거 맞지?!

성권   맞는 거 같습니다.

혜원   큐싸인 없어. 무조건 찍어. 숨어서 찍든 가리고 찍든 요령껏.

성권   왜요?

혜원   (성권을 쥐어박으며) 방송국이 왜 너 같은 걸 안 짜르는지 심히 궁금하다. 너 혹시 사장 아들이냐?

성권   사장 아들이 10년 넘은 엑센트를 몰고 다니겠습니까?

혜원   말 잘했다. 날 잡아서 저 똥차랑 너랑 한 두릅에 묶어서 폐차시켜버릴 테니까 각오해.

성권   저두요?

혜원   (또 쥐어박으며) 넌 저 똥차만도 못해.

성권   (호들갑스럽게 문지르며) 때리지 좀 마십시오.

혜원   너 카메라 메고 다닌 지 2년 넘었지?

성권   예.

혜원   지금까지 카메라 들이대도 살던 대로 사는 아마추어 본 적 있냐?

성권 (곰곰) ……

혜원 그것도 대가리랍시고 굴리긴. 없지! 당근 없고 연근 없지!

성권 예…

혜원 그렇게 허락이 받고 싶으면 나가서 뻣뻣한 증명사진 같은 장면 많이 많이 따라. 그 카메라는 나한테 넘기고.

성권 (카메라를 껴안으며) 이거 보기보다 무겁습니다.

윤정, 부엌에서 나와 혜원과 성권이 아옹다옹하는 모습을 처다본다.

윤정 누구세요?

혜원 (갑자기 태도가 돌변하며) 어머, 실례했습니다. 남의 집에 들어와서 인사도 없이… 안녕하세요? 저는 다큐케이블에서 일하는 (명함을 내밀며) 조혜원PD입니다. 여긴 카메라감독 김성권 씨구요.

윤정 (영문 모르겠다는 듯) ……

혜원 김충현 신부님이 이 댁에 묵고 계신다고 해서요.

깜짝 놀라는 윤정. 그대로 얼어붙어 있다.

혜원 혹시… 이윤정 선생님 되십니까?

윤정 ……

혜원 두 분 찾느라 한 달이나 고생했어요! 저는 너무 반가운데… 선생님은 저희가 별로 반갑지 않으신가 봐요.

혜원이 성권을 쿡 찌르자 성권, 주변을 둘러보는 척하면서 몰래 카메라를 돌린다.

혜원 (윤정의 안색을 살피며) 놀라게 해드렸나요?

윤정 무슨 일이에요?

혜원 비포장도로를 한참 달렸더니 목이 컬컬하네요. 물 한 잔 얻어 마실 수 있을까요?

윤정 (경계를 풀지 않은 채) ……

혜원 (짧은 한숨) 지방신문에 난 기사를 봤습니다. 알츠하이머병을 앓고 있는 은퇴한 사제의 실종에 관한.

윤정 (당황하며) 아니에요. 잘못 찾아왔어요. 여기 그런 사람 없습니다.

혜원 마음 놓으세요. 저흰 그저 두 분께 궁금한 걸 좀 여쭤보려고-

윤정 아니라니까요. 그냥 가세요.

하며 급히 부엌으로 들어가려는 윤정을 혜원이 붙잡는다.

혜원 괜찮아요. 알아봤는데 교구에서도 특별히 찾으려고 애쓰는 것 같지도 않구요, 솔직한 느낌으로는 문제만 일으키지 않는다면 신경 안 쓸 분위기니까요.

윤정 어쨌거나 난 아니에요.

혜원 두 분 각별한 사이셨죠? 가족 같은.

윤정 이봐요. 뭘 캐내고 싶어서 왔는지 모르겠지만 당신들 궁금해하는 얘기 같은 거 하나도 없어요.

혜원 캐내다니요. 아니에요. 전 그저 있는 그대로 두 분의 이별을 카메라에 담고 싶어서-

윤정 됐으니까 가요. 그런 거 하나도 안 반가우니까.

혜원 왜 그렇게 발톱을 세우시는지 알아요. 30년 동안이나 소문에 시달리셨으니 저 같은 사람들 신물 나실 거예요.

윤정 (노골적으로 불쾌감을 드러내며) 잘 아네요. 정말 신물 나요. 그러니까 나한테서 뭐라도 귀에 간지러운 말 주워들을 요량이면 시간 낭비예요.

윤정, 휑하니 부엌으로 들어가 버린다. 카메라를 끄고 난감한 표정으로 혜원을 바라보는 성권. 혜원은 예상했다는 듯 여유 있는 표정이다.

성권 다 틀린 거 아닙니까?

혜원 너 이리 와. (쥐어박으며) 니가 프로냐 아마냐? 어디 카메라를 주인공 궁둥이에 들이대고 찍어?

성권 (머리를 문지르며) 아 씨…! 그럼 어떡합니까? 들키지 않고 찍으라면서요? 들키지 않게 얼굴 클로즈업하는 방법 아시면 저도 좀 가르쳐주십시오.

혜원 미친 거 아냐? 내가 PD지 카메라냐? 내가 왜 미쳤다고 고시공부 같은 PD시험 통과해놓고 카메라를 들어? 손목 아프게.

성권 직접 들라는 게 아니라-

혜원 (연속으로 쥐어박으며) 니가 연구해, 니가! 하나부터 열까지 선배가 가르쳐주기만 바라지 말고 안 돌아가는 대가리라도 굴려가면서 니가 연구하라고!

성권 예…

혜원 어디서 저런 걸 갖다 붙여놔서… 내가 너 때문에 늙는다, 늙어!

성권 저도 선배님 때문에 늙어 죽을 지경입니다. 선배님은 원래 도 늙어가는 30대지만 저는 아직 꽃다운 20댄데-

혜원 (한 손으로 목을 조르며) 너 숨구멍이 똥꼬에도 달렸으면 계속 떠들어라.

성권 (목을 빼며) 아픕니다. 하지 마십시오. 저도 집에 가면 귀한 아들인데 왜 사람을 이렇게 못 잡아먹어서 안달이십니까?

혜원 아가리 짚업!

성권, 거의 본능적으로 입을 다문다.

혜원 내가 전생에 무슨 업보가 있어서 저런 걸 만났는지… 이번 작품 끝나면 영영 보지 말자. 꿈에서라도 나타나면 (주먹을 쥐며) 죽을 줄 알어.

성권, 혜원 눈치를 보며 입을 삐죽거린다. 감정을 정리하고 부엌 쪽으로 가서 문 옆에 바짝 다가서는 혜원. 안을 들여다본다.

혜원 (목소리를 확 바꿔) 냄새 좋은데요. 추어탕 맞죠? 저희 엄마 도 그거 잘 끓이시는데… 신부님이 추어탕을 좋아하시나 봐요. (자전거를 보며) 저 자전거는 직접 개조하셨어요? 마을 분들이 그러더라구요. 신부님을 저기 태우고 읍내도 나가시고 마실도 다니셨다구. 사무장님 말씀이 수도원 입소 통보받은 그날 밤 바로 떠나셨다던데 미리 준비하고 계셨던 거예요? (사이) 저희가 어떻게 두 분 찾아냈는지 궁금하지 않으세요?

혜원, 성권에게 손짓하면 성권, 멀리 떨어진 곳에서 카메라를 준비한다. 잠시 후 윤정이 부엌에서 나온다.

윤정　궁금한 건 내가 아니라 아가씨겠지요. 우리가 왜 수도원 코앞까지 와있는 건지 궁금해서 그런 거 아니에요?

혜원　……

윤정　아가씨가 원했던 건 우리 둘이 어디 멀리 도망이라도 쳤다는 얘기잖아요.

혜원　왜 꼭 그런 식으로…

윤정　사람들은 하루이틀 입방아 찧다 말 얘기 말고 오래도록, 대를 물려가며 살 붙일 얘기를 좋아하니까요.

혜원　그런 사람들 속성을 뻔히 아시면서 왜 말도 없이 도망치셨어요? 그런 결정 때문에 결국 저 같은 사람한테까지 관심을 받게 되신 거 아닌가요?

윤정　제가 바래다 드리고 싶었어요. 제가 직접. 이제 됐나요? (부엌으로 들어가려 한다)

혜원　(급히) 한 가지만 더 여쭐게요. 수도원을 코앞에 두고 이 집에 머무시는 이유는 뭐예요?

윤정　……

혜원　신부님을 보내기 싫으신 거죠?

100

뭔가 더 말하려다 부엌으로 들어가 버리는 윤정. 혜원, 성권에게 다가간다.

혜원 찍었어?

성권 예.

혜원 뭐 있지?

성권 예?

혜원 저 아줌마랑 신부 사이에 뭐 있는 거 확실하지?

성권 제가 보기엔 아무것도 없는 거 같은데요.

혜원 쯧쯧… 생각도 없어, 감도 없어. 카메라 놓고 그 좋은 팔힘 갖다가 호프집 가서 술잔이나 날라라.

성권 왜 그러십니까? 이번엔 제 감이 맞다니까요. 다른 마을에서도 마찬가지였잖습니까? 처음엔 뭔가 있을 것 같았지만 밥해 먹고 떠났다는 얘기 말고 하나라도 건진 거 있습니까? 여기서도 추어탕 끓여 먹은 얘기 말고는 아무것도 못 건집니다.

혜원 너 내기할래?

성권 선배님이 뭘 몰라서 그러는데요, 아줌마 생긴 거 보십시오. 아무리 치매라도 저런 엄마 느낌 나는 관상은 남자들이 본능적으로 피하게 돼 있다니까요.

혜원 그런 게 어딨냐? 오죽하면 치마만 두르면, 이라는 말이 다 나오겠어.

성권 전 아닙니다. 전 여자 얼굴, 몸매 무지하게 따집니다.

혜원 그래서 너- (하다 입을 다물고는 갑자기 성권의 머리를 쥐어박는다) 거울 좀 봐라. 니가 찬밥 더운밥 가릴 처진가.

성권 아무리 찬밥이 한 솥이라도 선배님은 아니니까 그런 줄 아십시오.

혜원 뭐야?! 이 새끼가 미쳐도 단단히 미치지 않고서야! (한 손으로 목을 잡고) 니가 똥꼬에 숨구멍 달린 게 아니라면 까불다 목구녕 뚜껑 닫혀 영원히 떠나는 수 있다!

혜원이 떠드는 사이 갑자기 아랫방 문이 벌컥 열리고 충현이 얼굴을 내민다.

충현 뭐가 이렇게 소란스러워?

놀라서 돌아보는 혜원과 성권. 윤정도 부엌에서 달려 나온다.

윤정 깼셨어요? (혜원에게 눈을 치뜨며) 왜 여태 안 가고 얼쩡거려요?

혜원 (멀쩡하게 태도를 바꿔) 안녕하세요 신부님?

윤정 (충현 쪽으로 급히 가며) 더 주무세요. 추어탕 다 되면 깨워드릴게요.

혜원 저는 서울에서 신부님 취재하러 온 조혜원 PD입니다.

성권 김성권입니다. 카메라감독이요.

충현 방송국에서 왔어요?

혜원 네!

윤정 찬바람 다 들어가네. 그만 문 닫으세요.

윤정, 억지로 방문을 닫으려 하지만 충현은 호기심에 가득 차서

문을 더 활짝 연다.

충현 괜찮아. 군불을 어찌나 땠는지 방바닥이 뜨끈뜨끈해.

혜원 저녁 되기 전까지 저희랑 얘기 좀 하실래요?

충현 그럽시다.

윤정 안 돼요!

충현 왜?

윤정 글쎄 제가 안 된다면 안 되는 거예요.

충현 언제부터 임자가 내 윗전이 됐어?

혜원, 호기심 어린 눈으로 윤정을 쳐다본다. 당황하는 윤정.

윤정 말 잘 들어야 추어탕 끓여드릴 텐데요?

충현 (무시하고 혜원에게) 근데 누구시라고 했더라?

혜원 다큐케이블에서 일하는 조혜원이요. PD예요.

충현 응. PD. 그러니까 감독님 같은 거지요?

혜원 잘 아시네요. 저희 신부님 찾아내느라 한 달 동안 엄청 고
생했어요.

충현 날 왜 찾았는데요?

혜원 수도원 들어가신다면서요? 그 전에 좋은 데로 구경 많이
다니셨어요?

충현 구경? 아니에요. 구경은 무슨. 사람들 없는 데로 숨어 다니
느라 산만 물리도록 봤지.

윤정 신부님! (방문을 닫으며) 더 주무세요.

충현 (소리만) 다 잤어 안 졸려.

윤정　그래도 이불속에 들어가 계세요. 이제 겨우 기운 차리셨는데 찬바람 다시 쐬면 이번엔 추어탕 가지고도 안 될 거예요. (구시렁대는 소리 잠잠해지자 혜원에게 휙 돌아서며) 뭐 하는 짓이에요?

혜원　호의적이신 신부님 입까지 막는 이유가 뭐예요?

윤정　몰라서 물어요? 신부님은 지금… (말을 삼키며) 정신줄 놓으셨다고 당신들이 함부로 대해도 되는 그런 분 아니에요.

다시 부엌으로 들어가려다 혜원을 돌아본다.

윤정　신부님이 왜 수도원에 들어가셔야 하는지 알아요?

혜원　그야 돌봐드릴 가족이 없으니까…

윤정　제가 돌봐드리면 큰일납니까?

혜원　……

윤정　사제의 품위 있는 죽음을 위해섭니다. 아가씨는 그게 뭔지 모르지요?

혜원　……

윤정　제가 신부님을 최대한 사람들 눈에 띄지 않도록 모시고 여기까지 온 이유도 그것 때문이에요. 전 신부님을 지켜드리고 싶어요. 세상 사람들 눈, 아가씨처럼 궁금해 죽겠다는 표정으로 쳐다보는 그 눈으로부터.

혜원　(간절히 잡으며) 제가 잘 찍어드릴게요. 만약 세상 사람들이 두 분 사이를 오해한다면 그 오해가 한 점도 남지 않게 찍어드릴 수 있어요.

윤정　이봐요, 아가씨. 난 텔레비전을 별로 안 보는 사람이지만 그래도 사람들이 뭘 보고 싶어 하는지는 다 알아요. 오해를 풀어주겠다구요? 그런 프로를 누가 보겠어요. 나부터도 없던 오해까지 만들어내는 프로가 더 재밌는데.

혜원 아니에요. 기획 의도부터 달라요. 전 두 분의 아름다운 이별을 카메라에 담고 싶어요. 마지막 식사를 함께하는. 그래요, 반고흐의 〈감자 먹는 사람들〉처럼 슬프지만 가슴이 따뜻한 그림말이에요.

윤정 감자 먹는 사람인지 고구마 먹는 사람인지 난 그런 거 하나도 모르니까 그림 그리고 싶으면 집에 가서 그려요.

혜원 (당황하며) 그림을 그리겠단 얘기가 아니구요… 신부님을 위해 밥하는 모습, 그 밥을 함께 앉아 나눠 드시는 모습… 한 컷 한 컷이 다 그림 같잖아요. 카메라로 그리는 그림이요. 우리 성권 씨가 카메라웤이 끝내주거든요. 마음에 드시도록 찍어드릴 거예요. 보는 사람들 마음에 숭고함이 그득그득 차오르도록 완전히 종교적으로 홀리하게 찍어드릴게요.

윤정 숭고는 무슨 얼어 죽을!

성권이 픽 웃는다. 흘겨보는 혜원.

윤정 잘못 짚어도 단단히 잘못 짚었어요. 난 지극히 세속적인 식복사예요. 우리 신부님은 매주 목요일은 금육일로, 금요일은 금식일로 정해놓고 한 번도 어기신 적이 없는 분이거든요. 근데도 난 핑계만 있으면 금육일에도 고기반찬을 상에 올렸어요. 그러다 고스란히 냉장고 속으로 들어간 고기반찬이 부지기수구요. 금식일인 줄 뻔히 알면서 억지로 고구마라도 쪄냈다가 눈물 쏙 빠지게 혼난 적도 엄청 많아요.

혜원 뭐 때문에 그렇게까지 하셨는데요?

윤정 뭐 때문이겠어요. 뻔한 거지. 시골 성당 신부 자리라는 게 생각보다 힘쓰는 일이 많거든요. 신자들 어떻게 사는지 살펴보려면 논일, 밭일은 기본이고 부서진 거 고쳐주랴 무거운 거 날라주랴 심지어는 밭에 나간 엄마 대신해서 어린애까지 봐주셨으니까요. 우리 신부님이 사실 좀 유난스런 오지랖이시라. (문득) 내가 참 별소릴 다 하네. 그만들 가봐요. 노인네들 밥해 먹는 얘기 찍겠다고 괜한 시간 낭비하지 말고.

윤정, 부엌으로 들어가 버린다. 혜원, 들고 있던 수첩을 신경질적으로 집어 던진다. 빤히 보고만 있는 성권.

혜원 안 집어 와?

성권 (집어서 갖다 주며 구시렁) 집어오랄 걸 왜 집어 던지고… 지랄이야.

혜원 야! 너 뭐라 그랬어?

성권 예? 아무것도 아닌데요. 여기 종아리에 자꾸 쥐가 나가고. (코에 침을 바른다)

혜원 미꾸라지탕을 끓여서 그러나. 이리 미끌 저리 미끌 잘도 빠져나가네.

성권 제가 아무것도 없다 그랬잖습니까.

혜원   입 못 다물어? 없긴 왜 없어. 없는 척하는 거지. 그리고 만에 하나 아무것도 없으면 그냥 빈손으로 갈 거야? 한 달동안 개고생 해놓고, 비용이랑 다 어떻게 할 건데? 니가책임질 수 있냐구.

성권   그래서 어떻게 하시게요? 아무것도 없는 걸 제 화려한 카메라웤만 가지고 뭐 있는 것처럼 만들 수 있겠습니까?

혜원   놀고 자빠졌네. 너 내가… (하다 말을 삼키고) 없으면 있게해야지.

성권   진짜요?

혜원   프로가 왜 프론지 아냐?

성권   왜 프론데요?

혜원   무에서 유를 창조해내기 때문에 프론 거야.

성권   그렇게 말씀하시니까 프로 같지 않고 꼭 양아치 같으십니다.

혜원   이 새끼가!

하며 쥐어박으려고 손을 올리는 혜원.
성권이 그 팔을 꽉 붙잡는다.

성권   이러지 마십시오.

혜원   어쭈?

혜원, 왼손을 올리는데 그 손마저 성권에게 붙잡히고 만다. 두사람, 꽤 가까이 붙어 서 있다. 혜원이 어쩔 줄 몰라 그대로 얼어붙는다.

혜원	이거 안 놔?
성권	저도 밟으면 꿈틀거리는 지렁입니다.
혜원	그래. 너 지렁인 거 내 진작 알아봤으니까 빨랑 놔.
성권	나가서 뭐 건질 만한 거 없나 한 번 둘러보고 오십시오.
혜원	뭐야?
성권	아무래도 선배님은 글른 거 같으니까 제가 아줌마를 어떻게든 다시 한번 구슬려 보겠습니다.
혜원	웃기고 자빠졌네.
성권	웃기고 자빠졌는지 울다가 배꼽 빠졌는지는 두고 보면 아실 거 아닙니까?
혜원	아! 아파. 손 놔.
성권	놔드리면 때리실 겁니까?
혜원	내 맘이다.
성권	(더 세게 잡으면) 그럼 못 놓습니다.
혜원	아! 이게 정말. 알았어. 안 때릴 테니까 놔.
성권	좋습니다. 하나 둘 셋 하면 놓을 테니까 제가 놓기 전엔 도망가시면 안 됩니다.
혜원	미친놈! 니가 안 놓는데 내가 어떻게 도망가냐?
성권	어쨌든 도망가지 마십시오.
혜원	너나 도망가지 마.
성권	하나 둘 셋!

성권이 손을 놓자마자 성권의 뒷통수를 때리고 팔을 비틀어버리는 혜원. 꼼짝없이 제압당한 성권이 신음 소리를 낸다.

혜원　한 번만 더 까불면 그땐 국물을 꼭꼭 짜내서 빨랫줄에 널어놓을 줄 알아. 확 그냥!

혜원, 나간다. 호들갑스럽게 팔을 주무르는 성권.

성권　어디 가십니까?
혜원　(소리만) 니 말대로 한 바퀴 돌아보러 간다, 어쩔래?
성권　다녀오십시오.

성권, 빙글빙글 웃으며 뭔가를 궁리하듯 왔다갔다하더니 카메라를 돌려 조금 전 찍은 화면을 살펴본다. 소쿠리를 들고 부엌에서 나오던 윤정이 몰래 다가가 그걸 본다.

윤정　몰래 찍었어요?

성권, 깜짝 놀라 거의 기절할 듯 평상에 널부러진다.

윤정　그런 거 고발하면 회사에서 짤리고 그러지 않나?
성권　죄송합니다. 테잎이 잘 도나 테스트로 찍은 건데… 보시다시피 제대로 찍힌 건 하나도 없습니다.
윤정　첨부터 알고 있었어요.
성권　예?
윤정　젊은이들은 가끔 노인네를 이상하게 바보 취급합디다. 자기들처럼 빠르지 못하니까 바보같이 보이나 봐요.
성권　그런 건 아닌데…

윤정	배운 것도 없고 뭐든 느리고 게다가 잘 까먹기까지 하니까 바보라면 바보 맞지. 그래도 살아온 세월이 있잖수. 세월 그거 무시 못 하겠습디다.
성권	예…
윤정	PD 아가씬요?
성권	어디 갔더라? 아마… 구경 나갔을 거예요.
윤정	구경이요?
성권	시골 구경…
윤정	(털어놓으라는 표정으로) ……
성권	뭐 건질 거 없나 돌아보고 온댔습니다.
윤정	(평상에 앉으며) 우리 얘기가 정말 TV에 나갈 정도로 재미 있어요?
성권	예?
윤정	나가겠단 얘긴 아니에요. (잠시) PD 아가씨하곤 서로 좋아 하는 사이죠?
성권	(펄쩍) 미쳤습니까? 저렇게 성질 고약한 돌씽을요.
윤정	돌씽?
성권	돌아온 씽글이요.
윤정	……
성권	그러니까… 이혼녀요.
윤정	아…
성권	실은… 그래서 싫은 건 아닌데… 절 너무 애 취급합니다. 지랑 나랑 겨우 네 살 차이밖에 안 나는데 큰이모처럼 구 는 거 보셨죠?
윤정	(웃는다) 마음이 갈까봐 겁나서 그러지.

성권 예?

윤정 마음 주는 것도 겁나고 마음 받는 것도 겁나는 게 여자거
든요. 게다가 이혼녀라면 더 말할 것도 없고…

성권 ……

윤정 난 못난이로 태어나서 어디 가서 마음 받아본 적도 없이
살았지만 아까 그 PD 아가씬 마음도 많이 줘보고 받기도
많이 받아봤겠더구만. 그러니 더 겁나지.

성권 (결심한 듯) 저… 아니시죠?

윤정 뭐가요?

성권 신부님이랑 두 분…

윤정 총각도 그렇게 생각했어요?

성권 두 분 만나기 전까지는요. 혹시 그럴 수도 있다고…

윤정 우리 신부님 참 곧은 양반이셨어요. 정신 놓으시기 전까진
밥상에 반찬 세 가지 이상 올리면 혼구녕 내시던 분이에
요. 비린 걸 좋아하시는데 그것도 일주일에 한 번 이상은
못 올리게 하셨구요. 근데 참 이상하죠? 저러구 정신 놓으
시고부터는 어찌나 식탐을 부리시는지… 70 평생 절제하
고 살아온 분이라는 게 믿어지지 않을 정도로요.

성권 (고개 끄덕이며) 예… 그래서 그렇게 밥만 열심히 해 드셨
구나.

윤정 (빙긋 웃으며) 우리가 밥만 열심히 해 먹더라 그래요?

성권 지나오신 마을마다 다 똑같은 얘기뿐이었거든요. 행색은
초라한데 어찌나 요것조것 맛있는 냄새를 풍겨대는지 궁
금해서 혼났다구요. 하나만 여쭤봐도 돼요?

윤정 취재만 아니면요.

성권 아닙니다. 그냥 개인적으로 궁금해서요. 방 못 구할 땐 한 뎃잠도 주무셨던 걸로 아는데 그렇게까지 하시면서 왜 굳이 자전거여행을 선택하셨는지 궁금했습니다.

윤정 차가 없잖아요. 운전도 못 하고.

성권 예?

윤정 (웃는다) 거창한 이유 같은 게 있겠어요? 그냥 조금 천천히 가고 싶었어요. 산에 들에 나는 재료 가지고 밥해서 30년 묵은 이런저런 추억들 반찬 삼아. 신부님 기억이 자꾸 가물가물해지니까 저러다 언젠가는 저마저도 잊어버릴 텐데, 그 전에 입에 맞는 반찬 한 가지라도 더 해서 잡숫게 해드리고 싶었던 거뿐이에요. 치매 걸려 다 잊어도 입맛은 안 변한다잖아요. 수도원 들어가면 젊은 수사들 해 바치는 음식이 오죽할까 싶기도 하고…

성권 (조심스럽게) 혹시 뇌드리기 싫은 건 아닙니까?

윤정 …… 나중에 정말 소중한 사람이랑 헤어져야 할 날이 오면… 그때 스스로한테 묻고 대답해 봐요.

성권 …… 그 얘기 아십니까? 옛날이야긴데 살모(殺母)설화라구.

윤정 살모설화요?

성권 오래전 어느 나라에 가뭄이 심하게 들었답니다. 그 나라에 아들만 여덟 둔 어미가 있었는데 자식들 먹을 식량을 찾아 헤매다 결국 못 찾고 스스로 커다란 국솥에 들어가 밥이 돼 주었다는 슬픈 얘기에요. 근데 전 그 옛날이야기를 들으면서, 어쨌든 맛있게 끓이려고 자기가 들어갈 국솥에 소금이랑 마늘, 고춧가루 넣고 간도 보고 그러는 어미가 자꾸 떠올랐습니다. 정말 묘한 장면이잖아요?

윤정 그렇네요. 자식들 먹이기 위해서… 그것도 아들만 여덟을… (피식 웃으며) 먹성들이 얼마나 좋았을까?

말없이 평상에 앉아 먼 산을 바라보는 두 사람.

성권 그럼 어떡할까요? 마음을 받는 것도, 주는 것도 겁을 내는 거면.

윤정 글쎄요. 내가 만약 다시 젊은 시절로 돌아갈 수 있다면 (비밀처럼) 한 번 미친년 널 뛰듯이 살아보고 싶은데. 총각더러 꼭 그러란 얘긴 아니구.

빙긋 웃으며 성권의 등을 한 번 두드린 다음 부엌으로 들어가는 윤정.
성권, 편안한 표정으로 하늘을 본다.
잠시 후 밖에 나갔던 혜원이 박 씨와 함께 들어온다. 박 씨는 한 잔 얼큰하게 마시고는 기분이 좋다. 혜원도 볼이 발그레한 것이 한 잔 받아 마신 모양이다.

박씨 죽은 마누라가 돌아온 것 같기도 하고 우렁각시 하나 생긴 거 같기도 하구.

혜원 그러시겠어요. 오랫동안 혼자 지내셨으니.

박씨 천천히, 내일이 됐든 모레가 됐든 얼마든지 촬영허구 가요.

혜원 정말요?

박씨 나야 우렁각시 붙잡아주니 좋고 PD 아가씬 촬영해서 좋고. 누이 좋고 매부 좋고 도랑 치고 가재 잡고.

혜원 (애교 섞인 웃음으로) 저야 너무 감사하죠. 성권 씨! 이 댁 주인아저씨.

성권 안녕하세요. 김성권이라고 합니다.

혜원 카메라감독이에요.

박씨 (악수하며) 아이고 반갑습니다. 박갑니다. 이렇게 큰일 하시는 분들이 저희집에를 다 찾아주시고 영광입니다.

성권 아, 예… (혜원에게) 술 마셨습니까?

혜원 남이사 마시든 말든.

박씨 한 잔 드렸지요. 아, 우리나라 예의범절에 내 집 찾아온 손님한테 술대접 안 하는 그런 상놈의 전통은 없잖아요. 안 그래요?

성권 아, 예… (혜원에게) 한 잔 마신 얼굴이 아닌데요.

박씨 우리 PD 아가씨가 주는 술 안 빼고 쭉쭉 빨아 마시는 게 어쩌나 보기가 좋던지, 아들 하나 더 있으면 며느리 삼고 싶습니다.

성권 어련하시겠습니까.

박씨 예?

혜원 그래서요? 아주머니 얘기 좀 더 해주세요. (성권에게) 성권 씨 모르지? 아주머니가 어제 이 댁 김장까지 해 놓으셨대.

박씨 아 참… (부엌에 대고) 아줌마! 좀 나와보슈.

윤정이 부엌에서 나온다. 혜원을 보자 멈칫하는 윤정. 박 씨는 술김에 거드름을 피워대며 윤정에게 남편행세를 하려고 든다. 박씨와는 눈도 못 마주치면서 내내 구시렁거리는 윤정.

114

박씨   이분들 식사 대접 좀 해야겠수. (혜원에게) 마누라 죽고 10
여 년 만에 처음으로 김장독에 김치가 꽉꽉 들어찼잖아.
배추김치, 총각김치에다 동치미까지. (윤정에게) 내 고깃간
가서 돼지고기 서너 근 끊어올까? 삶아서 김치 싸 먹게.

혜원   어머! 침 넘어가.

박씨   이 아줌마가 생긴 건 주무르다 망친 메주 같아도 손맛 하
나는 예술이라우. (하다 윤정의 눈치를 보며) 추어탕 냄새 구
수허니 좋다. 손님들 드실 만큼 넉넉하게 좀 끓이지.

윤정   (못마땅한 한숨) ……

박씨   (약간 눈치 보며) 아니면 엊저녁 먹었던 올갱이국 남았수?
(부러 과장되게) 내 올갱이국이 다 거기서 거긴 줄 알았는데
아니야. 지천에 널린 풀떼기 이것저것 뜯어다 넣고 된장
풀어 끓여놨는데, 아 글쎄 둘이 먹다 둘 다 죽어도 모르겠
는 거지.

윤정   (구시렁) 둘 다 죽었으니 모르지.

성권, 쿡 하고 웃는다. 겸연쩍은 듯 머리를 긁적이는 박씨.

박씨   없으면 좀 더 끓이지 그러우. 내 올갱이 잡아다 줄까?

윤정   이런 날씨에 어디 가서 올갱이를 잡아오시게요?

박씨   아줌마는 어디 가서 잡아왔는데…?

윤정   그게 올갱이에요? 논우렁이지. 뭘 알고나 잡숫든가, 모르
고 잡쉈으면 말을 말든가.

혜원과 성권이 입을 틀어막고 킥킥거린다. 민망해진 박 씨 괜히

헛기침한다.

박씨 저기, 이분들 오늘 주무시고 가실 거니까 빈방에 군불 좀 넣어두슈.

윤정 빈방이 또 있어요?

성권, 이제 대놓고 큰소리로 웃는다. 혜원이 말려보지만 자기도 간신히 참고 있다.

박씨 (문득) 근데 참! 저 아랫방 양반이 천주교 신부라는 게 참말이우?

윤정, 표정이 싸늘하게 굳어지기 시작한다. 급히 냉각되는 분위기. 성권이 웃음을 꼴깍 삼킨다. 눈치 없이 신났다고 떠들어대는 박 씨.

박씨 이틀 밤이나 한 지붕 밑에서 자놓고 어째 그렇게 감쪽같이 속일 수가 있수? 우리 큰며느리가 성당 댕기는데 진작 알았으면 내가 아무케도 신경을 더 쓰지.

윤정 됐으니 그만하세요.

박씨 가만. 근데 아줌마는 그럼 뭐유?

윤정, 대답 없다. 박 씨도 더는 묻지 않고 입을 다문다. 어색한 침묵.

116

박씨 김치 많은데 술이나 한 잔 더 할까? 앉아있어요. 내 소주 한 병 가져올 테니.

성권 벌써 제법 취하신 거 같은데…

박씨 시골서는 다들 이러고 살아. 아침 먹고 한 잔 먹고 점심 먹고 한 잔 먹고 저녁 먹고 한 잔 먹고 자기 전에 한 잔 먹고. 딸꾹! 가끔은 자다 일어나 한 잔 먹고.

박씨, 부엌으로 들어가더니 소주병이랑 잔을 들고 나온다. 박 씨가 나오자마자 부엌으로 휑하니 들어가 버리는 윤정.

박씨 거 아침에 도토리묵 쒔논 거… (하다 윤정이 들어가 버리자) 김치랑 먹을 테니 신경 쓰지 마슈. (괜히) 무서워서 말도 못 붙이겠네. 평상시엔 수줍기가 십상 처녀 같은데 아랫방 영감 얘기만 했다 허면 도끼눈을 뜨고 잡아먹을 듯 저런다니까. (나지막이) 난 사실 저 양반이 아줌마 기둥서방쯤 되는 줄 알았수다.

성권 아저씨!

박씨 알고 있으니까 소리 좀 작작 질러, 이 양반아. 저 노인네가 노망났지 내가 노망났나. 지금이사 아닌 줄 확실허니 알지만 나 아니라 누가 보더라도 둘이 이상하긴 좀 이상 안 합디까.

혜원 (바짝 다가앉으며) 전에 들렀던 마을에서도 오해하시는 분들이 제법 계시더라구요.

박씨 안 그러겠수? 잠도 한 방서 자는 데다 저러고 싸고도는 걸 봐도 그렇고.

혜원   방도 같이 쓰세요?

박씨   저 양반이 아줌마 없이는 혼자 오줌 누러도 못 가니까. (헛기침) 험… 사실 말이 났으니까 말인데, 꼭 살뎅이를 섞어야만 부부요? 저러고 붙어 댕기면 살만 안 섞었지 마음 오갈 건 다 오간 거 아니냐 그 말이지, 내 말이.

혜원   제 생각도 비슷해요. (소주잔을 부딪치며) 짠!

성권   (화를 삭이려 애쓰며) 그만들 하시지요.

혜원   (성권의 눈치를 보며) 말도 마음대로 못 해? 그냥 아저씨 생각일 뿐인데.

박씨   그럼 그럼. 대한민국 민주주의국가. 생각대로 T~

혜원   (부러 깔깔거리며) 아저씨 정말 짱이시다. 그래서요?

조용히 밥상 들고 충현의 방으로 들어가는 윤정. 그 모습, 성권 혼자만 본다.

박씨   생긴 게 만들다 망친 메주 같아서 그렇지 저런 마누라 하나 있으면 정신줄 내려놔도 괜찮겠다 싶은 정도로 쌍판떼기 빼곤 다 괜찮아.

혜원   (웃으며) 아줌마 얼굴이 어때서요. 저 정도면 후덕한 (성권이 들으란 듯 일부러) '엄마상'이구만.

박씨   이건 남자 눈으로 봐야 정확한 건데, 저런 얼굴은 사실 서방 잡아먹을 상이거든. 얼굴에 외로울 고(孤)자가 덕지덕지 붙었어. 아마 조실부모했을 거고 머리를 올렸어도 결국 과부팔자로 외롭게 살았을 관상이우.

혜원   에이, 그런 게 어딨어요? 그리고 머리를 올렸는지 안 올렸

118

는지 우리야 모르죠.

박씨   (킬킬거리며) 이건 비밀인데 말이우… (은근히) 저 나이까지 배 한 번 안 지나갔더라구.

혜원   그게 무슨…?

혜원, 왠지 이상하다는 표정으로 성권을 돌아보며 찍으라고 신호 보낸다. 얼굴 굳어진 채 꼼짝 않는 성권. 혜원이 채근하지만 무시한다.

박씨   이 얘긴 절대 방송에 내보내지 마슈. 서울 사는 우리 아들 며느리 볼까 무서우니. 내 상거지 꼴을 하고 와서 재워달라는 아줌마한테 아무 대가도 바라지 않고 방을 내줬지 않았겠수. 내 방엔 여태 불 한 번 안 뗐는데 영감 방에다 군불도 넣어주고, 또 구해달라는 미꾸리 구해서 탕도 끓이게 해주고. 아줌마가 감동을 받은 거지. (키들거리며) 내 딴 건 몰라도 얼굴 쌍판때기는 좀 보는 편인데 어쩌겠수. 한 10여 년 굶은 마당에 찬밥 더운밥 가릴 처지도 아니구.

성권, 말릴 틈도 없이 달려들어 박 씨를 한 대 친다. 그대로 쓰러지는 박 씨. 성권이 그 위로 올라탄다.

성권   당신이 인간이야! 당신이!

혜원   (성권을 뜯어말리며) 하지 마, 김성권! 문제 만들지 말란 말이야!

성권   어떻게 저 착한 아줌마한테 그런 짓을 해! 저 아줌마가 당신 밥이야? 당신 같은 인간 처먹으라는 밥이냐구!

박씨　이 새끼가! 물에 빠진 사람 건져줬더니 보따리 내놓으란다고, 당신들 촬영하는데 도움 되라고 해준 말을 가지고!

성권　(한 대 더 친다) 주둥이 닥쳐!

혜원　(붙잡으며) 이 또라이새끼. 너 그만하지 못해!

혜원과 성권이 실랑이하는 사이, 몸을 뺀 박 씨가 곁에 세워져 있던 빗자루를 들어 성권을 마구잡이로 때린다. 매를 피하려다 넘어지는 성권.

혜원　야! 김성권!

혜원, 박 씨에게 달려들어 박 씨의 팔을 물어버린다. 소리 지르며 주저앉는 박씨. 성권이 벌떡 일어나 다시 박 씨 위로 올라타 멱살을 잡는다.

그 사이 윤정이 방에서 나와 부엌 쪽으로 걸어간다. 마지막으로 충현의 방을 망연히 바라보다 홀연 사라지는 윤정. 그 모습 아무도 보지 못한다.

성권　나이 처먹었으면 나잇값을 해! 순진한 시골영감 얼굴 해 가지고 불쌍한 사람들 피 빨아먹지 말고.

박씨　그래, 쳐라 쳐. 막내아들 같은 놈한테 몇 대 맞아주고 내년 겨울까지 놀고 먹어보자!

혜원　그 손 놔, 김성권.

120

기겁하는 박 씨 표정 보고 고개 돌리는 성권. 혜원이 박 씨 얼굴 위로 함지박을 번쩍 들어 올리고 있다.

성권   선배…!

박씨   왜 이러슈. 진정하고 우리 말로 합시다.

성권   그래요. 그건 좀… 일이 커질 거 같은데요.

혜원이 심호흡을 한 번 하더니 천천히 함지박을 내려놓는다.

혜원   너 때문에 여의도 입성 못 하면 니가 책임져라.

성권   (싱긋 웃으며) 걱정 마십시오. 제가 선배님 하나 책임 못질 못난 놈으로 보이십니까?

혜원   (어이없다는 듯 째려보며) 뭐?

성권   저도 이제부터 미친년 널 뛰듯이 한 번 살아보려구요.

혜원   넌 여태까지도 미친년 널 뛰듯이 살았거든.

박씨   (캑캑거리며) 그 손 좀 놔주슈. 숨 좀 쉽시다.

혜원   (박 씨에게) 잘 들어요, 아저씨. 숨구멍이 똥꼬에도 달렸으면 그 얘기 여기저기 나불대고 다니시든가.

성권   확 기냥!

하고 성권이 박 씨를 놓아준다. 그때 충현이 방문을 벌컥 열고 밖을 내다본다.

충현   왜 이렇게 시끄러!

모두의 시선이 충현에게로 쏠린다.

충현 남의 집 마당에서 뭣들 하는 거야? 밥 먹는데 정신 사납게.

박씨 남의 집?

성권 식사하시는데 죄송합니다.

박씨 아, 여기가 왜 영감님 집이우? 내 집이지.

혜원, 말없이 함지박을 들어 올린다. 입을 꾹 다무는 박 씨.

충현 임자! 옆에 앉아서 김치 집어주다 말고 어디로 갔어? 빨랑 와서 김치 올려줘.

벌떡 일어나더니 황급히 부엌으로 들어가는 성권. 금세 다시 나온다.

성권 아주머니가 사라졌어요!

혜원 뭐?

성권 부엌 뒷문으로 나간 거 같은데요.

혜원 미치겠네!

성권과 혜원, 밖으로 뛰어나간다. 겸연쩍은 표정으로 일어나 먼지를 툭툭 털어내는 박 씨.

박씨 (뒤에 대고) 거 멀리는 못 갔을 거요! (혼자말로) 봐서 데리고 살라 했드만… 험…

헛기침하며 그들 뒤를 따라나서는 박 씨. 충현 혼자 남아 다른 세계 속을 헤매고 있다.

충현　　임자! 임자!

그때 젊은 윤정(40대 초반)이 대나무 소쿠리에 풋고추를 그득 담아 들어온다.

충현　　(반갑게) 아, 밥 먹다 말고 어디 갔다 와?

젊은윤정　안나아줌마네 텃밭에서 풋고추 좀 얻어왔어요. 추어탕 먹을 땐 매운 풋고추를 된장에 푹푹 찍어서 같이 먹어야 땀이 쫙 나면서 개운하잖아요.

충현　　먹다 말면 맛없어. 어여 들어와.

젊은윤정　아이구, 전 아무 때 먹어도 밥맛이 너무 꿀맛이라 탈이네요. 씻어가지고 들어갈 테니까 신부님이나 식기 전에 얼른 드세요.

충현　　씻긴 뭘 씻어. 약 쳐서 기른 놈도 아닌데.

젊은윤정　그래두요.

마당 수돗가에 쪼그리고 앉아 흐르는 물에 살랑살랑 고추를 씻는 젊은 윤정.

충현　　자넨 이렇게 맛있는 추어탕 끓이는 법을 어디서 배웠어?

젊은윤정　외할머니한테요. 어머니 돌아가시기 전에 한 1년 외할머니가 와 계셨거든요. (추억하며) 다 죽게 생긴 딸 살려보겠다고 좋다는 음식 어지간히 해서 먹이셨는데… 그때마다 어머니가 맛만 보라면서 외할머니 몰래 조금씩 덜어주셨어요. 추어탕 한 그릇 먹고 나면 어쩐지 벌떡 일어나 밭일도 나갈 수 있을 것 같다시면서. 여섯 살 때였으니까 뭘 알아요. 그저 맛있게 먹었던 기억밖에 없죠. 보고 싶네요 울어머니… (콧물을 훌쩍거린다)

충현　나도 나중에 이 추어탕 먹을 때마다 자네 생각날까?

젊은윤정　나중 언제요?

충현　(웃는다) 그러게. 내 추어탕은 죽기 전까지 자네가 끓여줘야지. 이 맛 낼 사람은 조선 팔도에 호박마리아뿐이니까.

젊은윤정　그럼요. 조선 팔도에 이 호박마리아뿐이지요.

구성진 목소리로 '밥타령'을 부르는 윤정.

젊은윤정　나라님 높다한들 밥 안 먹고 사나
　　　　　걸뱅이 없다한들 밥 못 먹고 사나
　　　　　있는 놈 먹어봤자 어차피 밥 한 공기
　　　　　없는 놈 굶어봤자 어차피 밥 한 공기

젊은 윤정, 다 씻은 고추를 들고 방으로 들어간다. 밥상 앞에 함께 앉은 신부와 식복사의 그림 같은 모습 너머, 구부러진 능선 저편에 윤정이 보인다. 끝끝내 돌아보지 않는 고집스런 등. 그래도 미련을 뚝뚝 흘리고 떠나는 왜소한 등.

끝.

당신은 아들을 모른다

·················

2020년 한국문화예술위원회 창작산실 대본공모 선정
2022년 9월 대학로예술극장 소극장 초연

등장인물

미옥	50대 초반. 진우의 엄마
진우	18세. 고등학교 2학년
박경사	30대 중반. 박형준. 홍익지구대
이순경	20대 중반. 이현아. 홍익지구대
한경위	30대 초반. 한민국. 마포경찰서
최경감	40대 초반. 최지수. 서울지방경찰청
여자	50대 초반. 옆집 여자

1장. 위버멘쉬 (Übermensch)

part1.

> 미옥과 진우 모자가 사는 집 거실. 아침이다.
> 진우가 방에서 고개를 내밀고 엄마를 부른다.

진우 엄마! 내 셔츠 어딨어?

> 다시 방으로 들어가는 진우. 이번에는 미옥이 고개를 내민다. 뒤
> 통수에 헤어롤이 매달려있고 손에는 콤팩트 같은 화장품이 들려
> 있다.

미옥 옷걸이에 걸어놨잖아.

> 방으로 다시 들어가는 미옥. 잠시 후 진우가 고개를 내민다.

진우 교복 말고 까만 셔츠.

> 진우 들어가고 미옥이 나온다.
> 이런 식으로 그들 모자는, 계속 엇갈린다.

미옥 그건 왜 찾아? 학교 가는 거 아니야?
진우 (이번엔 나오지 않고 방에서) 현장학습. 안 빨았어?

미옥   아직 못 빨았는데. 다른 거 입으면 안 돼?

미옥은 다시 방으로 들어간다. 진우가 방에서 나온다.

진우   빨래통에 있어?
미옥   (방에서 소리만) 밑에 깔려있을 거야.

진우, 다용도실로 들어가 구겨진 셔츠를 탈탈 털며 들고 나온다.

미옥   (소리만) 구겨졌지?
진우   입을 만해.

진우, 곧장 방으로 들어가지 않고 현관 옆 선반으로 다가가 위에 놓인 작은 바구니에서 뭔가를 꺼내 주머니에 넣고 방으로 들어간다. 매우 자연스러워 이상함을 느낄 수 없는 행동이다.

미옥   (나오며) 왜 굳이 그걸 입는다 그래? 다려줄까?
진우   (소리만) 됐어.

무슨 말을 하려다 출근 준비에 바쁜 듯 서둘러 안방으로 들어가는 미옥.
진우가 까만 셔츠로 갈아입고 방에서 나온다.
안방에서 들리는 헤어드라이어 소리.
진우, 안방 앞에 서 있다. 방문에 손바닥을 댄다. 이마를 댄다. 그렇게 잠시… 마침내 고개를 드는 진우. 후련하다는 표정을 지으며 돌아서서 천천히 나간다.

잠시 후 미옥이 방에서 나온다. 그 사이 머리와 화장은 끝냈지만 아직 옷을 갈아입지는 않았다. 서둘러 다림질 준비를 하는 미옥.

미옥   얼른 다려줄 테니까 갖고 나와. 참, 어제 너희 반 학폭위 가 해자 아빠라는 사람이 전화했더라. 못된 애들 때문에 함정 에 빠졌다나 뭐라나. 자기 아들도 피해자라는 확인서에 사 인을 해달래. 어쩜 그렇게 뻔뻔스럽니. 지 자식밖에 뵈는 게 없는 거지. 엄마 얘기 듣고 있어?

대답이 없자,

미옥   셔츠 다려준다고. 갖고 나와. (사이) 유진우!

다림질 준비를 끝내고 진우의 방문을 여는 미옥. 화장실도 열어 확인한다.

미옥   뭐야? 인사도 없이 갔어? 어릴 땐 안 그러더니 왜 저러나 몰라…

미옥, 뭐라 구시렁거리며 다리미 코드를 뽑고 다시 방으로 들어 간다. 잠시 후 다시 들리는 헤어드라이어 소리.

그 소음에 섞여 불길한 느낌을 주는 무언가가 거실을 휘감는다.

초조하게 흐르는 시계 초침 소리. 비현실적 시간의 흐름.

그때 초인종 소리와 함께 "진우야! 진우야!" 부르며 누군가 현관문을 두드린다.

그 소리 듣지 못하는 미옥 때문에 초조하고 다급한 외침이 제법 길게 느껴질 즈음 헤어드라이어 소리 뚝 그치고 미옥이 방에서 나온다.

미옥　누구세요?

여자　나야. 202호!

미옥이 현관문을 연다. 안색이 파리한 옆집 여자가 허둥지둥 들어온다.

미옥　아침부터 웬 호들갑이야?

여자　자기 차 아반떼 3002 맞지? 하얀색.

미옥　응.

여자　놀라지 마. 그 차가… 저 아래 초등학교 앞에서 애들을 쳤어.

미옥　그게 무슨 소리야? 내 차가 혼자 굴러가기라도 했단 말이야?

허둥지둥 바구니 안을 살피는 미옥.

미옥　차 키 어딨지?

여자　차에 꽂혀있겠지.

미옥　어머! 어제 키를 차에 꽂아두고 내렸나?

여자　진우는…?

미옥   걘 왜 찾아? 당연히 학교 갔지.

여자   운전석에 젊은 남자가 타고 있는데 (조심스럽게) 그게… 진우 같았거든.

미옥   무슨 시답잖은 소리야? 좀 전에 학교 간다고 나간 애가 왜 내 차에 있어?

여자   나도 이상했지. 교복을 안 입고 까만 셔츠 같은 걸 입었더라구.

미옥   (가슴이 덜컥 내려앉아) 확실해? 얼굴도 봤어?

여자   몰라. 119랑 경찰차 오고 난리 났어. 얼른 차 빼라고 빽빽 대는 통에 어쩔 수 없이 올라온 거야. 이럴 때가 아냐. 자기 얼른 내려가 봐.

미옥   아니 이게 다 무슨 일이야. (핸드폰 보면 계속해서 징징 진동이 울리고 있다)

여자   경찰인가?

미옥   경찰이 왜?

여자   차에 자기 전화번호 적어놨을 거 아냐.

미옥   (덜덜 떨며 전화 받는다) 여보세요. 네. 제 차 맞는데요…

미옥, 핸드폰을 툭 떨어뜨리며 무너지듯 주저앉는다.

여자   어머! 괜찮아? 진우야, 진우야! (대신 통화한다) 여보세요. 네, 저는 옆집 사람인데요. 여기가요, 연수화이트빌 201호요. 오르막길로 한 백 미터 올라와서 세탁소 끼고 돌면 바로 보여요. 네. (전화 끊고) 진우야, 괜찮아? 물 한 잔 갖다줄까?

미옥 (간신히 정신을 차려) 운전했다는 그 젊은 남자도 다쳤어?

여자 (봤지만) 몰라. 제대로 못 봤어.

미옥 피는? 피도 흘렸어?

여자 모른다니까. 에어백에 얼굴을 푹 박고 있어서 못 봤어.

미옥 (버럭) 에어백에 얼굴을 박고 있는데 우리 진운지 어떻게 알아? 제대로 보지도 못 했다면서 왜 우리 진우래?

여자 아니 자기 차니까… 그러게. 그게 진우가 아닐 수도 있겠네.

미옥 가서 봐야겠다. 직접 봐야- (일어나려다 다리에 힘이 풀려 다시 주저앉는다)

여자 일단 진정하고 기다려. 경찰이 여기로 온다 그랬으니까.

미옥 경찰이 우리 집에 왜?

여자 사고 차가 자기 차잖아.

미옥 사고 나는 거 어디서부터 봤는지 자세히 좀 말해봐.

여자 그게… 지금도 손이 덜덜 떨려가지고… 그러니까 딸내미 데려다주고 오는 길에 큰길에서 막 우회전하는데 오르막 위에서 흰색 아반떼가 미친 듯이 질주해서 내려오더라구. 그대로 올라가면 부딪치겠다 싶어서 멈칫하는 순간, (몸을 부르르 떤다) 타이어 터지는 것 같은 펑 소리가 나고 사람들이 비명을 꽥꽥 지르고… (슬쩍 눈치를 보고) 근데 거기부터가 좀 이상해. 차가 갑자기 후진을 하는 거야. 그러더니 전속력으로 돌진하더라고. 담벼락이 무너질 정도로 아주 세게. 혹시 그런 게 급발진인가?

미옥 급발진?

여자 평범한 사고로는 안 보였어. 옆으로 지나가면서 간신히 봤는데, 세상에! 말도 못 해. 어우 심장이야…

미옥   누가… 죽은 거 같애?

여자   (뻔한 상황이지만) 몰라. 너무 무서워서 차에서 내릴 수가 있어야지. 눈도 못 뜨겠는데 그 와중에 번호판이 딱 보이더라구. 너무 놀라서 좀 더 가까이 가봤지. 첨엔 자긴 줄 알았거든. 근데 웬 젊은 남자가 운전석에 앉아있는 거야. (약간 겸연쩍어하며) 제대로 보지도 않고 난 그게 진운가 했네.

그때 밖에서 경찰차 경고 소리 들렸다가 꺼진다.

여자   경찰 왔나보다! 자기 괜찮겠어?

미옥   (이를 악문다) 나 좀 일으켜줘.

여자가 미옥을 부축해 일으켜 세운다.
초인종 소리 들린다. 달려가 문을 여는 여자.
지구대 경찰 두 명, 박 경사와 이 순경이 들어온다. 박 경사는 현장냄새 나는 베테랑 경찰이고 이 순경은 신입인 듯 아직 군기가 빠지지 않았지만 어딘지 당찬 면이 있다. 둘 다 지구대 복장이다.

여자   저는 방금 통화한 옆집 사람이구요, 이쪽이 차주.

박경사   (신분증을 보이며) 홍익지구대 박형준 경삽니다. 흰색 아반떼 3002 차주 되시죠?

미옥   네.

박경사   성함이…

미옥   김미옥인데요.

박경사 유진우 군이 아드님 맞습니까?

미옥 우리 앤 아까 학교 갔어요. 고등학교 2학년이거든요.

박경사 네. 저희가 학생증 확인했습니다.

미옥 진우 학생증을요?

박경사 몇 가지 질문을 좀 드려도 되겠습니까?

미옥 왜요? 무슨 일인데요?

박경사 저기… 이 아래 초등학교 앞에서 사고가 났어요.

미옥 그게 저희 애랑 무슨 상관인데요?

박경사 죄송하지만 아드님이 몇 시쯤 집에서 나갔습니까?

미옥 한… 2, 30분 됐나? 잘 모르겠어요.

박경사 (시간을 확인하며) 고등학생은 등교 시간이 더 빠르지 않나요?

미옥 현장학습이라서요.

여자 상진고 오늘 현장학습이란 얘기 못 들었는데.

미옥 자기가 이 동네 학교 스케줄을 다 알아?

여자 아니 난 뭐라도 도움이 될까 해서…

미옥 전혀 안 돼!

박경사 (이 순경에게) 학교에 전화해봐.

이순경 예 알겠습니다.

여자 근데 자기 말이 왜 그래, 도와주려는 사람한테?

박경사 (옆집 여자에게) 이제 그만 댁으로 돌아가셔도 좋습니다.

여자 저 그냥 옆집 사람 아니고 목격잔데요.

박경사 예?

여자 딸내미 학교 데려다주고 오는 길에 사고 나는 거 처음부터 끝까지 똑똑히 다 봤거든요.

134

박경사 아… 댁이 어디시라고…?

여자 바로 옆집이요. 202호.

박경사 네. 일단 댁에 가서 조금 기다려주시면 제가 가든 누굴 보내든 하겠습니다.

여자 제가 이 동네 나름 마당발이에요. 엄마들 단톡방에 올리면 상진고 현장학습인지 아닌지 1분이면 알 수 있는데.

박경사 네. 잘 알겠는데요, 아직은 단톡방에 뭐 올리거나 그러시면 안 됩니다. 확인되지 않은 사실 퍼뜨리시면 큰일 나요.

여자 아… 네. 그럼 뭐…

박경사 (손짓으로 현관문 가리키며) 가셔도 됩니다.

옆집 여자, 가기 싫어하면서 미적미적 사라진다.

박경사 (이 순경에게) 연결 안 돼?

이순경 계속 통화중입니다.

박경사 연결되면 말해. (미옥에게) 놀라셨을 텐데 일단 좀 앉으시죠.

박 경사, 자기가 먼저 소파에 앉는다.
박 경사로부터 최대한 멀리 떨어져 앉는 미옥.

박경사 진우 군이 평소 몇 시쯤 집에서 나가죠?

미옥 그 사람 많이 다쳤어요?

박경사 네?

미옥 웬 젊은 남자가 제 차를 운전했다던데…

박경사 지금 병원으로 이송 중일 겁니다.

미옥 차 키가 없어졌어요. 어젯밤에 차에 꽂아놓고 그냥 내렸나 봐요. 회식 있어서 술을 좀 하는 바람에 대리기사가 운전했거든요.

박경사 그래요? (이 순경에게) 이 순경! 맞는지 주차장 cctv 확인하라고 해.

이순경 예 알겠습니다. (구석으로 가서 전화한다)

박경사 그보다 오늘 아침 아드님한테서 평소와 다르게 이상한 점이라든가--

미옥 진우는 학교 갔다고 몇 번을 말씀드려요! 우리 진우 아니에요!

박경사 네. 저희도 진우 군이 아니길 바랍니다. 하지만 운전자 지갑에서 학생증이 나왔기 때문에 일단 확인이 필요하거든요. 현장학습이니까 교복은 안 입었겠네요?

미옥 ……

박경사 사복 입고 나간 거 맞습니까?

미옥 못 봤어요.

박경사 아드님 나가는 거 못 보셨어요?

미옥 출근 준비하느라 바빠서요.

박경사 혹시 방에 교복 있는지 확인해봐도 되겠습니까?

미옥 왜요?

박경사 그냥 있나 없나 확인만--

미옥 영장 가져오세요. 영장도 없이 남의 집에 쳐들어와서 방까지 뒤지는 건 아니잖아요.

박경사 (이건 뭐지? 하는 표정) 아, 영장이요. 뭐 원하시면 받아오겠지만 영장 나오면 옷장만 열어보진 않을 텐데요. 그래도

정 원하신다면. (이 순경에게) 이봐, 이 순경! 서에 연락해서
영장 청구하라고 전해.

이순경 (뭔 소린가 싶어) 영장이요?

미옥 현장학습이라 사복 입는다고 했나 봐요.

박경사 아까는 못 봤다더니.

미옥 그런 얘길 들은 거 같아서요.

박경사 그럼 영장 없이 옷장 열어봐도 되겠습니까?

미옥 (진우의 방을 가리키며) 저기. 교복은 벽걸이에 걸어놨어요.

박경사 (이 순경에게) 가서 확인해.

이순경 예 알겠습니다.

박경사 아, 잠깐. 내가 확인할 테니까 이 순경은 어머님 물 한 잔
갖다 드리지.

이 순경이 뭔가 낌새를 채고 머뭇거린다.

박경사 진정 좀 하시게. 단순한 차량도난사건일 수도 있잖아. 응?
(강압적인 눈짓) 얼른 갖고 와.

이순경 (마지못해) 예 알겠습니다.

부엌으로 들어가는 이 순경. 박 경사도 진우 방으로 들어간다.
미옥, 어찌할 바를 모른 채 초조하게 손톱을 물어뜯는다. 그러다
불길한지 자리에서 벌떡 일어나 진우 방으로 가려고 한다.
거의 동시에 노트 한 권을 손에 들고 흥분한 표정으로 방에서 튀
어나오는 박 경사.

박경사 이거 아드님 노트죠?

미옥 그게 뭔데요?

박경사 깨끗하게 치운 책상 위에 노트 한 권만 전시하듯이 올려놨더라구요.

미옥 이리 줘봐요!

박경사 (달려드는 미옥을 떼어내며) 중요한 증거품이기 때문에 지금부터는 저희가 보관하겠습니다.

미옥 증거품이라니… 그게 무슨?

이 순경, 물컵을 들고 부엌에서 나온다. 심상찮은 분위기에 멈칫.

박경사 유감스럽게도 유진우 군은 방금 사고 용의자에서 사건 용의자로 전환됐거든요. 아무래도 정식 영장이 필요하겠습니다.

미옥 용의자라니… 그게 무슨…?

박경사 단순사고 가능성이 사라졌단 말이죠. (노트를 들어 보이며) 이 노트는 유진우 군이 남긴 유섭니다.

이순경 선배님…!

미옥 (비틀거리며) 아니야… 아니야… 그게 무슨 말도 안 되는… 아니야!

이 순경, 물컵을 내려놓고 미옥에게 달려가 부축한다. 몸을 축 늘어뜨리는 미옥.

박경사 담임이랑 통화는?

이순경 수업 중이라 연결 안 됐고 서무과랑 통화돼서 전달했습니다.

박경사 긴급이라고 해! 수업이고 나발이고 당장 전화부터 받으라고.

이순경 예 알겠습니다. (미옥을 소파에 앉히고 핸드폰 꺼낸다)

박경사 지금 수업이나 하고 있을 때야? (문득) 잠깐. 수업? 오늘 현장학습 아니고?

이순경 (그제야 아차 싶어) 아뇨. 정상수업이라고 했습니다.

박경사 그 말을 왜 이제 해?

이순경 죄송합니다.

박경사 서에 연락해. 유서 발견됐으니까 영장 청구하라고.

이순경 예 알겠습니다.

박경사 (이때 핸드폰 벨. 받는다) 어. 어떻게 됐어? 여자애는? 여자애도? 알았어. 응. 수고.

한숨 내쉬는 박 경사. 미옥은 불안함을 느끼며 박 경사를 바라본다.

미옥 왜요? 무슨 일인데요?

박경사 유진우 군 방금 사망했다고 합니다.

미옥, 그대로 기절한다. 암전.
불규칙하고 귀에 거슬리는 소음. 시간이 경과한다.

part2.

빌라 밖에서 들려오는 시끌시끌한 소리 점점 또렷해지며 무대 밝아온다.

소파 위에 미옥이 누워있다. 박 경사는 보이지 않고 한 경위가 이 순경에게 뭔가를 지시하고 있다. 한 경위는 경찰대 출신의 엘리트로 현장경험이 적은 탓에 다소 경직되어있다. 사복 차림이다.

악몽에서 깬 것처럼 헉 소리를 내며 몸을 벌떡 일으키는 미옥.

이순경   정신이 드셨습니까?

미옥, 다시 시작되는 공포와 고통에 대답 없이 울먹이기만 한다.

이순경   구급대원이 왔었는데 병원으로 모실 정도는 아니라고 해서 잠깐 주무시도록 놔뒀습니다.

한 경위가 다가와 신분증 보인다.

한경위   유진우 군 사건 담당 마포경찰서 한민국 경윕니다. 많이 힘드시겠지만 협조 부탁드리겠습니다.
미옥   차량도난사건이라 그랬잖아요.
한경위   유감입니다.
미옥   그런 말 하지 말아요. 우리 아들 아니니까. (이 순경에게) 통화됐어요? 우리 애 학교에 있죠? 진우네 반만 야외학습 갔는데 서무과에 전달이 안 됐을 거예요. 간혹 그러기도 하거든요.

한경위 (경찰수첩을 열고) 저희가 주차장이랑 집 앞 cctv를 확인해 봤는데 아드님이 이삼일에 한 번씩 새벽 세 시쯤 차를 몰고 나가는 모습이 찍혔습니다.

미옥 (강하게 부정) 우리 아들은 내가 젤 잘 알아요. 내성적이라 암만 밖에 나가 놀라 그래도 방구석에 틀어박혀 책이나 읽는 애가… 허! 말도 안 돼. 우리 진우가 오밤중에, 그것도 차를 몰고? 절대 아니에요, 절대. 아 맞다! 한 달 전인가 스페어키가 없어졌는데 혹시 누가 훔쳐 간 거 아닐까요? (희망으로) 그러네. 그놈이 내 차를 운전한 거네.

한경위 진우 군이 운전하는 걸 직접 봤다는 주민도 만났습니다.

미옥 누가 그런 소릴 해요? 그 인간 당장 데리고 와요! 함부로 나불대는 주둥아리 내가 확 찢어버릴라니까!

한경위 (한숨. A4용지 내밀며) cctv에 찍힌 모습입니다. 학생증 사진이랑 많이 비슷하던데 진짜 유진우 군 아닌가요?

미옥 (슬쩍 보고는) 교문 앞에 서 있으면 그렇게 생긴 애 백 명은 볼 수 있을걸요?

한경위 한 번 더 자세히 봐주십시오.

미옥 내가 엄마예요! 엄마가 자식새끼 얼굴도 못 알아볼까!

한경위 그럼 혹시 아는 사람입니까?

미옥 몰라요.

한경위 김미옥 씨 차를 지난겨울부터 최소 반년 넘게 몰고 다닌 사람이에요. 본 적이 있거나 적어도 마주쳤던 사람일 겁니다.

미옥 글쎄 이렇게 흐릿하게 찍힌 사진 한 장 들이대면서 아냐 모르냐 물으면 뭐라고 답을 할까요?

한경위 알겠습니다. 그럼 저랑 병원으로 가서 시신 확인을 해주시죠.

미옥 (공포와 경악) 무슨 시신이요? 내가 남의 시신을 왜 봐요?

한경위 사진으로 봐서는 모르겠다면서요. 그럼 직접 가서 아드님인지 아닌지 눈으로 직접 확인하는 수밖에--

미옥 누구한테 뭘 보라 마라 해요? 경찰이라고 그럴 권리 있어요? 핸드폰. 내 핸드폰이 어딨지? 진우한테 전화해서 바꿔드릴게요. 그럼 되는 거잖아요.

한경위 진우군 핸드폰은 저희가 보관하고 있습니다.

미옥 (버럭) 우리 아들 핸드폰을 당신들이 왜 보관하고 있어요?! 내놔요. 내 아들 물건 다 내놔! 당신들 이러고도 무사할 줄 알아? 영장도 없이 책상 뒤져서 공책 가져가고! 핸드폰까지 훔쳐가고!

한 경위, 이 순경 눈치를 슬쩍 보며 수첩을 덮는다. 후배 앞에서 체면이 서지 않아 난처하다는 표정이다.

한경위 아드님 일은 저희도 유감스럽게 생각합니다. 슬프고 경황이 없으시겠지만 진우 군을 위해서라도 협조해주셔야--

미옥 뭐가 진우를 위해선데!

한경위 사건의 실체를 밝혀서 진우 군이 왜 그런 일을 할 수밖에 없었는지 알아내야죠.

미옥 그건 당신네 경찰들을 위한 일이고! 우리 진우를 위해서는 뭘 할 거냐고!

한경위 ……

미옥　(횡설수설) 아니지. 아니야. 내가 뭐라는 거야. 우리 진우는 학교에 있어. 사고랑 우리 진우는 아무 상관이 없어. 스페어키 훔쳐 간 놈이 저지른 짓이니까. 그래. 그 뭐냐 급발진처럼 보인댔는데. 급발진 맞아요?

한경위　cctv랑 블랙박스 확인했습니다. 일차추돌, 이차추돌 모두 다분히 고의성이 있는 데다, 이미 유서까지 발견됐구요.

미옥　(버럭) 아니에요! 진우 노트가 아닐 수도 있는데 나한테 보여주지도 않고 가져갔잖아요! 당신들이 가져가서 무슨 조작을 할지 어떻게 알아요? 내가 다 고발할 거야! 다 고발해서 싸그리 옷 벗게 만들 거야!!

한경위　이제 그만 받아들이고 협조해주십시오.

미옥　(갑자기 참았던 눈물을 터뜨리며) 다 무슨 소용이에요! 우리 애가 죽었다는 거 아니에요! 아침에 현장학습 간다고 나간 애가 죽었다는 거잖아요! 난 못 믿어요. 절대 못 믿어!

한경위　그럼 병원에 가서 시신 확인을 하는 방법밖에는--

미옥　싫어요! 그러다 진짜 우리 진우면… 진우면… 어떡해요. 아니지. 엄마가 봐야지. 맞아. 엄마가 아들 얼굴을 봐야지. 진우야… 엄마가 갈게. 엄마가…! (다리에 힘이 풀려 주저앉는다) 어떡해. 진짜 우리 진우면 어떡해…!

한경위　(난처한 표정으로 이 순경에게) 구급대원 다시 부를까요?

이순경　(미옥을 부축해 일으켜 세우며) 기자들이랑 동네 사람들이 둘러싸고 있어서 접근이 어렵지 않을까요.

미옥　우리 집을요? 왜요? (가슴이 덜컥) 다들… 아는 거네요?

그때 박 경사가 밖에 대고 버럭거리며 최 경감과 함께 들어온다.

최 경감에게 경례를 부치는 이 순경. 최 경감에게는 냉철함과 부드러움을 모두 갖춘 카리스마가 있다.

한경위 (최경감에게 경례하며) 마포서 한민국 경위입니다.

최경감 수고 많으십니다. 행동과학팀 최지습니다.

미옥에게 다가가는 최경감. 미옥은 반쯤 넋이 나간 모습으로 누가 왔는지 쳐다보지도 않는다.

최경감 유진우 군 어머니 되시죠? 저는 서울지방경찰청 행동과학팀에서 나온 최지수 경감입니다. 좀 있으면 저희 팀원들이 와서 진우군 방에 있는 물건들 확인하고 일부는 행동과학팀으로 가져갈 텐데, 동의하십니까?

박경사 (영장 보이며) 이번엔 영장 받아왔습니다.

미옥 ……

최경감 동의하신 걸로 알고 진우군 방부터 살펴보겠습니다.

완전히 혼란스러운 상태의 미옥. 대답이 없다.

이순경 (최경감에게) 홍익지구대 이현아 순경입니다. 제가 안내해드리겠습니다.

최 경감과 이 순경은 진우 방으로 들어가고, 한 경위가 박 경사 곁으로 다가가 목소리를 낮춰 묻는다.

한경위 학교에선 뭐 좀 나왔습니까?

박경사 사차원이었던 모양이에요. 뭐라고 딱 말하기 힘들게 겉도는, 요즘 말로 아싸 기질이 강한 친구 있잖아요. 맨날 이상한 말만 했다길래 어떤 이상한 말이냐니까 '그냥' 이상한 말이래요. 요즘 애들은 다 그러나. 뭘 물어도 대답이 죄다 '그냥'이에요. 이래도 그냥, 저래도 그냥. 그나마 친했다는 친구 한 명을 만나봤는데 2학년 들어 말수가 줄긴 했지만 다들 예민한 시기니까 그러려니 했대요. 원래부터 속을 털어놓는 편도 아니고 자꾸 이상한 말을 해서 최근엔 마주쳐도 못 본 척했다네요. 말해놓고 아차 싶었는지 왕따 시킨 거 아니라고 아주 펄쩍 뛰어요. 학교생활은 대체로 평이한 수준? 있으나 없으나 크게 주목받지 못하는 학생 있잖아요.

한경위 담임선생은요?

박경사 담임은 아예 몰라요. 원래 그런 건지 성적 말곤 학생에 대해 아는 게 하나도 없더라구요.

한경위 괴롭힘 정황도요?

박경사 애들이 거짓말할 수도 있으니까 더 파보긴 해야겠지만 오늘 분위기로 봐선 딱히… 지금부턴 마포서에서 하는 거죠?

한경위 네. 수고하셨고 이제 현장 정리 부탁드리겠습니다.

박경사 (목소리를 더 낮춰) 학교 아니면 아무래도 집안 문제겠죠? 이혼가정에다 아버지도 정상은 아닌가 봐요. 아들이 사고를 내고 죽었다는데 별말 없이 네, 네 거리더니 핸드폰 꺼놓고 회사에서도 사라졌답니다.

한경위 예에?

박경사   세상에 이상한 사람 참 많아요. 혹시 형 애기 들으셨어요?

한경위   아뇨. 왜요?

박경사   서에서 만나면 좀 놀라실 겁니다. 저도 얘기만 듣고 아직
보진 못했지만. 엄마 쪽에선 뭐 좀 더 나왔습니까?

한경위   별로요. 흔한 엄마예요. 아들을 잘 안다고 생각하지만 사
실 아무것도 모르는.

최 경감과 이 순경이 진우의 방에서 나온다. 최 경감은 책 한 권
을 들고 나와 테이블 위에 놓는다.

최경감   (한 경위에게) 여긴 지금부터 저한테 맡기시죠.

한경위   감식반 도착했을 텐데 저희는 현장으로 넘어가겠습니다.

박경사   각오하세요. 그 참혹한 현장을 뭘 보겠다고 그렇게들 몰려
왔는지 주민들에 기자들에 아수라장입니다.

박 경사와 한 경위는 최 경감과 경례 주고받고 '수고하십시오' 등
인사 후 나간다.
최 경감이 미옥 곁으로 가서 앉는다. 뒤에서 대기하는 이 순경.

최경감   자, 무슨 얘길 먼저 해볼까요?

미옥   ……

최경감   많이 힘드시죠?

미옥   ……

최경감   저희 행동과학팀에서는 지금부터 진우 군의 행동패턴을
분석할 겁니다. 왜 이런 일이 일어났는지 그 경위를 알아

보기 위해서지요. 무엇보다 어머니 말씀이 중요한 이유입
니다.

미옥 거기… 가보셨어요? 사고 난 데…

최경감 들렀다 왔습니다.

미옥 정말 그렇게… 참혹한가요?

최경감 사람이 죽은 현장은 어디나 참혹하죠.

미옥 (공포에 질려 부들부들 떨며) 누가… 죽었는데요?

최경감 초등학생 여아 두 명, 등교를 도와주던 엄마가 현장에서
즉사했습니다.

미옥 (입을 막으며) 흐흡!

최경감 즉사한 엄마의 여덟 살 딸도 병원에서 사망했구요. 중상자
가 있어서 사망자는 더 늘어날 수도 있습니다.

미옥 뭔가 잘못된 게 분명해요. 우리 앤 착하고 평범한 학생이
에요. 선생님들한테 물어보세요. 진우가 그런 짓을 할 앤
지. 필요하면 제가 확인서에 사인이라도 받으러 다닐게요.
분명 못된 녀석들이 진우를 함정에 빠뜨렸을 거예요. 저희
애도 알고 보면 피해자…

그러다 문득 아침의 일(가해자 아빠와의 통화)이 생각난 미옥이
몸을 부들부들 떨며 울기 시작한다.
최 경감이 옆에 있는 무릎담요를 끌어다 미옥에게 덮어준다. 욱
해서 그 손길을 거부하며,

미옥 지 자식밖에 모르는 이기적인 엄마라고 욕해도 어쩔 수 없
어요. 그게 에미니까요. 에미는 자식을 보호하기 위해 사

147

는 거니까요!

최경감 ……

미옥 왜 그런 눈으로 봐요? 내가 상종 못 할 인간으로 보여요? 내가 괴물을 키웠다고 생각해요?

최경감 (잠시 사이) 경찰 일을 오래 하다 보면 세상 상식이 다가 아니라는 걸 알게 되죠. 많은 가해자 부모를 만나봤지만 모두가 흔히 생각하는 '문제부모'는 아니거든요. 평범하고, 가끔 훌륭한 부모 밑에서도 그런 일은 일어납니다. 무서운 일이죠. 그러니 지금부터는 냉정해지셔야 됩니다. 고통스럽겠지만 이제 겨우 시작이에요. 오늘보다 내일 더, 내일보다 모레 더 고통스러울 겁니다.

미옥 밖에 사람들이 많이 있다면서요. 기자들이 찍으러 왔어요? 왜요? 어떤 에민지 보고 싶대요? 죽어버리래요? 그런 괴물을 낳은 주제에 살면 뭐하냐고 혀 깨물고 죽어버리래요?

최경감 (부드러운 태도를 버리고) 가장 쉬운 해결책이죠. 하지만 피해자 가족들의 고통은요? 그분들은 쉽게 포기할 수 없을 거예요. 생때같은 자식을 잃었으니까요. 아내와 딸을 한꺼번에 잃은 분도 계세요. 그 고통이 어머니 죽음으로 상쇄될까요?

미옥 그럼 뭘 어떻게 해야 되는데요? 나더러 뭘 어쩌라고! 뭘 어떻게 해야 우리 진우를 용서해줄 건데요?

최경감 용서는 나중 일입니다. 도망치지 마세요. 그분들은 사랑하는 사람을 잃은 이유를 알고 싶을 거예요. 그걸 밝혀내는 게 피해자 가족들에 대한 최소한의 예의지요.

미옥 예의…

148

최경감 그게 가해자 어머니의 도립니다.

미옥 (떨기만 할 뿐) ……

최경감 진우 군한테 형이 있지요? 유현우 군.

미옥 (화들짝 정신을 차려) 현우는 상관없어요! 걔 같이 안 산 지 2년이나 됐고 대학에 들어가면서 저희와는 왕래를 끊었으니까요.

최경감 안타깝지만 결국엔 가족 모두 책임지게 될 거예요. 아버님은 직장에 다닐 수 없게 되고 현우 군은 학교를 그만둬야 할지도 몰라요.

미옥 왜요? 이 일이랑 우리 현우가 무슨 상관이 있다구요?!

최경감 그분들은 자기 고통이 끝나지 않는 것처럼 가해자 가족의 고통도 끝나지 않길 바라니까요. 이사를 가고 이름을 바꿔도 계속해서 신상이 털려요. 피해자 가족이 끝끝내 찾아내기도 합니다. 왜 내일 더, 모레 더 괴로울 거라고 말씀드렸는지 이해하시겠어요?

미옥 (흐느낀다) 진우한테 가야겠어요. 진우를 봐야겠어요. 보내주세요! 우리 아들한테 보내주세요!

최경감 현우 군이 병원에 있습니다.

미옥 우리 현우가요?

최경감 어머니 상태가 불안정해서 현우 군한테 연락했나 봐요. 지금쯤 시신 확인을 했을 겁니다. 신상 털리는 건 시간문제겠지만 현우 군한테도 시간이 필요할 거 같은데요.

미옥 너무들 하네요. 난 에미니까 그애 죄가 내 죄지만 우리 현우까지 불러들여서 그럴 필요는 없었잖아요!

최견감 밖에 피해자 가족, 친구들이 와있어요. 모두 사랑하는 사람한테 벌어진 일을 이해할 수 없어서 가슴을 치면서 울고 있습니다. 그래도 현우 군이 이 일과 상관없다고 생각된다면 나가세요. 병원으로 가서 진우 군도 보고 현우 군도 만나세요!

미옥, 무섭고 고통스럽고… 그래서 몸의 힘이 다 빠져나가는 느낌이다.
드디어 본격적인 이야기를 시작하기 위해 자세를 고쳐 앉는 최경감. 이때부터 날카롭게 몰아붙이기 시작한다.

최경감 언제부터 진우 군한테 변화가 느껴졌죠?

미옥 글쎄요.

최경감 오늘 아침에도 말투나 표정이 평소와 똑같았나요?

미옥 뭐…

최경감 최근 들어 처음 듣는 사람 얘길 한다든가 책에서 본 걸 말하지 않았습니까?

미옥 모르겠어요.

최경감 진우 군이 나이에 비해 상당히 어려운 책을 읽던데요.

미옥 그게 왜요?

최경감 책 얘길 한 적은요? 니체니 초극이니 위버멘쉬니…

미옥 그러니까 왜요? 그 책들은 애아빠가 현우한테 주고 간 거예요. 현우 떠나고 제가 다 내다 버렸는데 그걸 도로 주워다… 그뿐이에요. 어릴 때 방에 틀어박혀 형이랑 어려운 책 읽는 걸 좋아했거든요.

최경감 경찰에서 진우 군 유서로 생각하고 있는, 표지에 '위버멘쉬'라고 적혀있는 노트 아시죠? 이전에 보신 적 있습니까?

미옥　아뇨. 그게 무슨 뜻인데요?

최경감　니체라는 철학자가 〈차라투스트라는 이렇게 말했다〉에서 사용한 단업니다. 우리말로 하면 초인, 초월자라는 뜻이지요. 종교는요? 진우 군한테 종교가 있나요?

미옥　어릴 때 성당에 잠깐 다녔어요.

최경감　(휴대폰을 보고 읽는다) "모든 신은 죽었다. 이제 우리는 위버멘쉬가 등장하기를 바란다.""이제 나는 가볍다. 이제 나는 날아간다. 이제 나는 내 아래 나를 본다. 이제 나를 통해 하나의 신이 춤춘다."

미옥　진우가 쓴 거예요?

최경감　니체의 문장이지만 진우 군 마음이기도 하겠지요. 진우 군은 스스로 위버멘쉬가 되려고 했던 거 같습니다. 끊임없이 파괴하고 새롭게 창조하는 초월자 신.

미옥　우리 진우 아니에요. 그럴 리가 없어요. 어깨 좀 펴고 다니라고 잔소리 듣는 애가 무슨… 제발 우리 애 아니라고, 조사해보니 유진우는 살아있다고, 죽은 건 스페어키 훔쳐 간 놈이고 말해주세요. 우리 진우는 현장학습 잘 마치고 곧 집에 올 거라구요. 네?

최경감　(연민이 일지만 마음을 다잡고) 어머니도 아시잖아요. 진우 군은 안 돌아옵니다.

미옥　왜… 왜 이런 일이 생긴 거죠? 저는 도저히 짐작도 못 하겠어요. 형사님은 진우가 왜 그런 짓을 저질렀는지 아세요?

최경감　이제 알아내야지요.

미옥　악몽이에요. 끔찍한 악몽… 어떻게, 어떻게 이런 일이……

최경감 노트는 대화체로 쓰여 있습니다. (휴대폰을 보고 읽는다) 202*년 **월 **일. 바로 오늘이죠. 진우가 말해요. 홀든, 오늘 드디어 네가 해내지 못한 일을 실행할 거야. 홀든이 대답합니다. 오! 대단한데. 드디어 위버멘쉬가 되는구나. 진우가 다시 말합니다. 나에게도 너처럼 '사람 사냥하는 모자'가 있으면 좋을 텐데. (테이블 위에 놓아둔 책을 들어 보이며) 홀든. 〈호밀밭의 파수꾼〉 주인공이죠.

미옥 그게 정말 우리 진우가 쓴 글이라구요?

최경감 마음은 자세히 안 보면 감춰지기도 하니까요. 저 같은 전문가도 작정하고 감춘 마음을 찾아내는 건 쉬운 일이 아니거든요. 늦었지만 우리는 이 일이 왜 생겼는지 알아내야 합니다. 그래야 제2, 제3의 피해를 막을 수 있어요. 아드님은 가해자인 동시에 스스로를 죽인 피해자니까요.

그때 유리 깨지는 소리가 들린다. 놀라는 두 사람. 뒤에서 대기 중이던 이 순경이 소리가 난 안방 쪽으로 달려갔다가 잠시 후 돌아온다.

이순경 누가 벽돌을 던져 유리창이 깨졌습니다.

최경감 밖에 순경 몇 명 있지요?

이순경 아깐 두 명이었는데 보충한다고 들었습니다.

최경감 순경들 오면 현관 쪽에만 모여 있지 말고 빌라 뒤쪽도… (하다 일어나며) 아니에요. 내가 지시하는 게 빠르겠네요. (미옥에게) 잠시 나갔다 오겠습니다.

최 경감이 나간 사이 열중쉬어 자세로 미옥을 지켜보는 이 순경.

미옥 지구가 멸망해버렸으면 좋겠어요. 지금 당장. 그래서 모든 게 사라져버렸으면… 죽은 사람도 산 사람도 모두 사라져버리면 없던 일이 될 테니까. (몸을 옹송그리며) 이게 다 꿈이라면 얼마나 좋을까요? 어릴 때는 거의 매일 밤 꿈을 꿨어요. 가끔 어디부터 꿈이고 어디부터 현실인지 헷갈려서 거짓말쟁이가 될 때도 있을 정도로. 그러다 어느 순간 꿈속에서 꿈이라는 걸 알아채기 시작해요. 끔찍한 그 일이 사실 꿈이라는 걸 알고 안심을 해요. 엄마가 죽는 꿈을 꿨는데 그게 꿈이라서 다행이었고, 시장에서 동생을 잃어버렸는데 그게 꿈이라서 다행이었어요. 꿈에서 깨면 따뜻한 이불 속인 게 너무 다행이다. 모든 게 원래대로 돌아가서 참 다행이다… (흐느낀다) 아침에 진우 나가는 것도 못 봤어요. 출근 준비가 바쁘다는 핑계로요. 만약 봤다면, 그애 얼굴을 봤다면 뭔가 이상하다는 낌새를 느꼈을까요? 붙잡고 무슨 일이 있는 거냐고 물어봤다면 그애가 멈췄을까요? 사랑한다고, 널 너무나 사랑한다고 안아줬다면 이 끔찍한 악몽은 일어나지 않았을까요? 진우야… 내 아들 진우… 내 새끼… 진우야!!

가슴을 쥐어뜯으며 울부짖는 미옥. 자식 잃은 어미의 울부짖음이다.
무대가 어떤 초자연적인 힘에 지배당한 듯 혼란에 휩싸인다. 마침내 완전한 어둠.

2장. 샐린저 현상

텅 빈 거실. 아무도 없다. 미옥이 방에서 튀어나온다. 뭔가 이상하다고 느꼈는지 주위를 휘 둘러본다. 진우의 방으로 가서 문을 조심스럽게 열어본다. 거의 동시에 화장실에서 진우가 나온다.

진우   엄마.

미옥   으아아악!!

진우   (같이 놀라서) 왜? 엄마 왜 그래??

미옥   진우… 니?

진우   왜? 아들도 못 알아보겠어?

미옥   진우야!!

미옥, 진우 볼에 얼굴을 부비며 격하게 끌어안는다.

진우   하지 마.

미옥   우리 진우 맞는 거지?

진우   왜 이래? 꿈꿨어?

미옥   하느님 고맙습니다. 고맙습니다! 고마워 우리 아들!

진우   징그러우니까 그만해.

미옥을 떼 내는 진우. 엄마의 포옹이 어색한 그저 평범한 고등학생이다.

진우 셔츠 빨아놨어?

미옥 지금 셔츠가 문제야?

진우 그럼 뭐가 문젠데?

미옥 (울컥) 우리 아들이 이렇게 엄마 눈앞에 있잖아.

진우 그게 왜?

미옥 죽었던 아들이 살아온 것처럼 기뻐서…

진우 뭐래? 그만하고 셔츠 어딨는지나 말해.

미옥 옷걸이에 있지.

진우 교복 말고 까만 셔츠.

미옥 (순간 불안해져서) 그건 왜…?

진우 현장학습 가.

미옥 뭐…?

진우 (다용도실로 가며) 오늘까지만 입고 빨아야겠다.

미옥 (화들짝) 다른 거 입어. 구겨졌을 거야. 빨래통 냄새도 날 텐데?

진우, 주방 옆 다용도실 쪽으로 사라진다. 미옥이 다급히 선반 바구니에서 차 키를 꺼내 주머니 안에 감춘다. 진우가 셔츠 냄새를 맡으며 나온다.

진우 냄새 안 나. (셔츠를 내밀며) 구겨진 데만 좀 다려줘.

미옥 현장학습 간다는 말 안 했잖아.

진우 안 했나? 늦었어. 빨리.

방으로 들어가는 진우. 미옥은 불안한 표정으로 진우 뒤를 따라

간다.

미옥   현장학습 가면 학교에서 문자 보내주던데.

진우   보냈는데 못 봤겠지.

미옥   학교에서 보내는 건 잘 읽어봐.

진우   나가. 바지 갈아입을 거야. (미옥을 밀어내고 문 닫는다)

미옥   셔츠 말고 다른 거 입으면 안 돼?

진우   (소리만) 왜? 다려주기 귀찮아?

미옥   아니, 그런 건 아닌데… 알았어. 얼른 다려줄게.

마지못해 셔츠를 다리기 시작한다. 불안해서 집중이 안 되고 허둥거린다.

미옥   엄마 어제 너희 반 그 학폭위 학생 아빠한테 전화 받았어. 너도 그랬잖아. 좀 까불어서 그렇지 못된 애는 아니라며. 걔 아빠가 아주 사정사정 하더라. 나쁜 친구들이 함정에 빠뜨린 거라면서. 자기 아들도 피해자라는 확인서에 사인 해달라는데… (울컥) 해줄까?

진우   (방에서 나오며) 남의 일에 상관하지 마. (다리고 있는 셔츠를 빼앗다시피) 이만하면 됐어.

셔츠를 입으며 방으로 들어가려는 진우를 미옥이 붙잡아 똑바로 마주 본다.

미옥   진우 넌 괜찮아? 아무 일 없는 거야?

진우 무슨 일?

미옥 엄마라고 해서 자식을 다 알 수는 없는 거잖아. 걔도 겉으로는 아무 문제없었다면서.

진우 맨날 다 아는 것처럼 말하더니… 난 아무 문제없어.

미옥 (불안하다) 엄마가 너 얼마나 사랑하는지 알지?

진우 (오글거린다는 듯) 왜 이래? 미쳤어?

미옥 엄만 너 때문에 사는 거야. 너 없으면 엄마도 없어. 알지?

진우 그만 오글거리시고 출근 준비나 하세요.

진우, 미옥을 화장실로 끌고 가 등을 떠민다. 마지못해 화장실로 들어가는 미옥.

진우가 물소리에 잔뜩 신경 쓰며 선반 위 바구니 안을 뒤진다. 찾는 것이 없자 안방에도 들어가 보고 소파 앞 탁자도 살핀다. 그러다 서랍 안쪽 깊숙이 손을 넣어 더듬더듬 마침내 스페어키를 찾아낸다. 미옥이 화장실 문을 벌컥 연다. 스페어키를 얼른 감추는 진우.

미옥 뭐해?

진우 손톱깎이 여기 있나?

미옥 지금 손톱 깎게?

진우 그러게. 학교 갔다 와서 깎아야겠다.

진우, 방으로 들어간다. 미옥은 불길한 생각이 들어 서성이기 시작한다. 초조해서 생각이 잘 나지 않는지 자기 머리를 마구 치는 미옥.

진우가 방에서 나온다.

진우 갔다 올게.

미옥 (다급히) 진우야!

진우, 미옥을 돌아본다. 말없이 쳐다보고 섰다. 가슴이 벅차오르는 미옥.

미옥 사랑해 아들. 사랑해 내 새끼.

진우 뭐래 진짜? 이따 봐.

돌아서서 나가는 진우.
미옥, 진우를 붙잡지 못한 채 불안해하며 주머니에서 차 키를 꺼내 본다.

미옥 꿈이야. 나쁜 꿈. 몸이 안 좋아서 이상한 꿈을 꾼 거야. 괜찮아. 아무 일도 없을 거야. 아무 일도…

주머니에 차 키를 고이 넣으며 나쁜 기분을 떨쳐내려고 애쓰는 미옥. 방으로 들어가려다 문득 생각난 듯 서둘러 진우의 방으로 들어간다. 잠시 후 다 낡아빠진 〈호밀밭의 파수꾼〉과 표지에 '위버멘쉬'라고 적혀있는 노트를 들고 공포에 질린 표정이 되어 거실로 나오는 미옥. 마음을 진정시키려 애쓰며 노트를 펼친다. 몇 장 훑어보더니 경악하며 책과 노트를 떨어뜨리는 미옥. 손으로 틀어막은 입에서 비명이 샌다. 미옥, 비틀거리며 현관을 향해 걷는다. 이상하리만치 느린 동작.

불길한 소리가 거실을 가득 채운다. 초조하게 흐르는 시계 초침
소리. 비현실적 시간의 흐름.

그때 초인종 소리와 함께 현관문을 쿵쿵 두드리며 "진우야, 진우
야!" 부르는 소리. 깜짝 놀란 미옥이 노트와 책을 주워들고 어찌
할 바를 몰라 서성이다 소파 쿠션을 뜯어 그 밑에 노트와 책을 감
춘다. 책 두께 때문에 쿠션이 툭 튀어나오자 책만 다시 뺀다. 계
속 문 두드리는 소리.

미옥   누… 누구세요?

여자   (소리만) 진우야! 나야! 문 좀 열어봐!

미옥, 무릎담요로 책을 덮어놓고 덜덜 떨며 현관으로 간나. 안색
이 파리한 옆집 여자가 허둥지둥 들어온다.

여자   자기 차 아반떼 3002 맞지? 하얀색.

미옥   (비명이 나오려는 입을 틀어막는다) ……!

여자   놀라지 마. 그 차가… 저 아래 초등학교 앞에서 애들을
         쳤어.

미옥, 무릎이 탁 꺾이는 걸 간신히 버텨낸다. 주머니에서 차 키를
꺼내 옆집 여자에게 보여주는 미옥.

미옥   그럴 리가 없어. 차 키 여깄는데.

여자   그래? 자기 찬 거 같았는데 아닌가? 허긴. 운전석에 젊은

남자가 타고 있더라구. 난 그게 진운 줄 알고 너무 놀라서…

미옥 아니야! 내가 분명 차 키를 미리…

미옥, 문득 생각난 듯 다급히 탁자 서랍을 뒤진다.

미옥 스… 스페어키…!?

그대로 기절해버리는 미옥. 암전.

시간 경과. 밖에서 들리는 시끌시끌한 소리들.
미옥이 소파에 누워있고 〈호밀밭의 파수꾼〉은 탁자 위에 놓여있다. 이 순경이 현관 앞에 열중쉬어 자세로 대기 중이다.
나쁜 꿈에서 깨난 듯 헉 소리를 내며 벌떡 일어나는 미옥.

이순경 (급히 다가오며) 정신이 드십니까?

어느 시점인지 잠시 혼란스러운 미옥. 두리번거리다 무너져 내리며 꺼이꺼이 울기 시작한다.

이순경 (당황하며) 괜찮으세요?

가슴을 치며 울음을 삼키고 삼키는 미옥.

이순경 물 한 잔 갖다 드리겠습니다.

이순경이 주방으로 간 사이, 울다 말고 화들짝 놀란 표정으로 〈호밀밭의 파수꾼〉을 무릎담요로 감싸 소파 구석으로 치우는 미옥. 거의 본능적인 행동이다.
박 경사가 들어온다.

박경사 어? 깨나셨네요. (다가와 미옥에게 신분증을 보이며) 홍익지구대 박형준 경삽니다. 차량에 있는 전화번호로 연락드렸는데 기절하셨다고… (얼굴 살피며) 많이 놀라셨죠?

미옥, 터져 나오는 오열을 간신히 삼킨다.

박경사 아이고… 진짜 많이 놀라셨나보네. 이 순경, 여기 물 좀!

이 순경, 물컵을 들고 빠른 걸음으로 다가온다.

박경사 벌써 갖고 왔어? 드려. (슬쩍) 근데 스페어키 찾다 기절하셨다고 안 했나?
이순경 예 맞습니다.
박경사 그러니까, 거의 아무 얘기도 못 듣고 기절하신 거 맞지?
이순경 예 그렇게 들었습니다.
박경사 나 자리 비웠을 때 잠깐이라도 깨나신 적은?
이순경 없습니다.
박경사 확실해?
이순경 확실합니다.

고개를 갸웃거리는 박 경사. 오열을 참는 듯한 미옥의 태도가 어째 수상하다.

박경사   어디 불편하시면 구급차 불러드릴까요? 아까 구급대원이 혈압이랑 맥박 둘 다 정상이라고 했는데.

미옥   아뇨. 괜찮아요.

박경사   (난처해져서) 아, 이거 참…

미옥   좀 쉬면 나아질 테니까 오늘은 이만…

박경사   저희도 쉬게 해드리고 싶은데 몇 가지 확인할 게 있어서요.

미옥   나중에요. 나중에 하죠.

박경사   저 아래 초등학교 앞에서 누가 김미옥 씨 차로 사고를 냈다는 얘긴 들으셨구요.

미옥   …… 네.

박경사   아직 신원확인이 된 건 아니지만 운전자 주머니에서 아드님 학생증이랑 핸드폰이 나왔단 얘기는요…?

미옥   (간신히) 저희 애는 학교에서 현장… (하려다 멈칫) 학교 갔어요.

박경사   (이 순경에게) 학교는 전화 아직이야?

이순경   네. 아무래도 기자들 때문에 전화선을 빼놨지 싶습니다.

박경사   그렇다고 이 난리통에 전화를 안 받아?

이순경   다시 해보겠습니다.

박경사   아니, 여긴 나한테 맡기고 지금 바로 학교로 가봐. 가서 담임도 만나보고 반 친구들 얘기도 들어보고.

이순경   예?

박경사   뭐해? 빨리 안 가고.

이순경 (주저하며) 혼자 계셔도 되겠습니까?

박경사 괜찮아. 서에서 경위님도 곧 온다고 했고.

이순경 그래도…

박경사 그놈의 매뉴얼 타령. 내가 책임질게. 됐어?

이순경 (마지못해) 예… 그럼 다녀오겠습니다.

이 순경, 경례하고 나간다.

박경사 (미옥을 빤히 보며) 아드님이 차 끌고 나간 거, 알고 계셨죠?

미옥 할 말 없으니까 그만 가주세요.

미옥, 소파에 모로 눕는다. 아랑곳하지 않는 박 경사.

박경사 옆집 202호 아줌마가 사고 낸 게 상진고 다니는 유진우라
고 떠벌리는 바람에 학교가 발칵 뒤집혔거든요. 방금 들으
셨을 테지만.

미옥 ……

박경사 (고개를 삐딱하게 돌려 미옥과 눈을 맞추며) 스페어키 없는 거
확인하자마자 기절하셨다면서요? 이상하지 않으세요? 스
페어키가 없어졌는데 왜 기절까지 하셨을까요? (고개 들고)
유진우가 운전했다는 걸 알고 있었잖아요. 그럴만한 조짐
이 있었던 거고.

미옥 ……

박경사 주차장 cctv 확인했습니다. 유진우가 이삼일에 한 번 정도
새벽 세 시 무렵 차를 몰고 나가는 모습이 찍혔어요.

163

미옥   ……

박경사   그것도 알고 계셨군요. 몰랐을 리가 없죠. 최소 지난겨울
부터니까.

미옥   ……

박경사   다시 묻겠습니다. 유진우가 오늘 차를 갖고 나갔다는 사실
을 알고 계셨습니까?

미옥   ……

박경사   그럼 새벽마다 운전했던 건요?

미옥   ……

박경사   주유 시기에 변화가 생겼을 텐데.

미옥   ……

박경사   둔한 겁니까 무심한 겁니까.

미옥   (벌떡 일어나) 흔한 급발진 사고라고 했잖아요. 차가 후진
후에 비정상적으로 돌진했다면서요?

박경사   (피식) 하… 이거 참… 혹시 기절한 척 했습니까?

미옥   (당황) ……

박경사   김미옥 씨는 스페어키가 없어진 걸 확인하자마자 기절했
습니다. 우린 여기 와서 사고와 관련된 이야기는 일절 하
지 않았구요. 방금 나간 이 순경이 매뉴얼 마니아거든요.

미옥   ……

박경사   왜 기절한 척 했을까요? 뭘 알아내고 싶어서…?

미옥   난 할 말 없어요. 묻고 싶은 게 있으면 영장 가지고 다시
와요.

박경사   (헛웃음) 가해자 부모들을 많이 만나봤어요. 비상식은 양반
이고 대부분 몰상식하죠. 남의 자식이야 죽든 말든 지 자식

164

만 중요하고 심지어 자식보다 지 안위가 더 중요한 부모.

미옥   영장 가져오란 말 안 들려요?

박경사   저는 그런 부모를 경멸하거든요. 자격도 없으면서 자식을 낳고, 먹고 살기 바쁘다는 핑계로 책임을 미루고, 방임하는 주제에 존중 어쩌고 씨부리는 부모. (미옥을 빤히 보며) 알고 있었죠? 전부 다.

미옥, 대답 없이 박 경사를 노려보며 몸을 부들부들 떨기만 한다.

박경사   운전면허도 없는 미성년자 아들이 새벽마다 차를 끌고 나가 무슨 짓을 하고 다니는지. 다 알고 있었다면 과연 못 막은 걸까요, 안 막은 걸까요?

미옥   어떤 에미가 알면서도 안 막아요. 아들이 죽으러 가겠다는데 안 막고 내버려 두는 에미가 세상천지에 어딨다고!

박경사   아… 그러니까 유진우가 죽음을 암시하는 말을 하긴 했다는 거네요?

함정에 빠졌다는 걸 인지하는 미옥. 초조해진다.

박경사   차를 몰고 나갈 걸 알고 있었어요. 그래서 키를 미리 숨겨뒀는데 스페어키까지는 미처 생각하지 못했고. 그거였네. (일어서며) 유진우 깨어나는 대로 정식 영장 발부받아 다시 오겠습니다.

미옥   (벌떡 일어나며) 우리 진우 살아있어요?!

박경사   에어백 덕분에요. 의식은 잃었지만 심각한 외상은 없었으

165

니까 목숨은 붙어있을 겁니다.

미옥 (벽시계를 본다) 시간이… 시간이 달라!

박경사 네?

미옥 내가… 일찍 기절했어.

박경사 뭐라는 거야?

미옥 진우를 만나야 돼. 다시 돌려놓을 거야. 우리 진우만 살아있으면, 진우만 살아있으면 다 돌려놓을 수 있어. 어디에요? 어느 병원이에요? 우리 진우 있는 병원! 어디냐구!!

박경사 하 진짜… 경찰밥 먹으면서 뻔뻔한 부모들 어지간히 봤다고 생각했는데 아직도 놀랄 일이 있네. 당신 새끼만 중요합니까? 애기들은요? 당신 자식새끼가 차로 들이받은 초등학생들이 어떻게 됐는지는 하나도 안 궁금해요? 누가 죽었고 몇 명이 죽었는지는 하나도 안 궁금하냐고!

미옥 (멈칫) ……

박경사 현장에서 세 명이 즉사했어요! 애기 둘에 엄마 하나. 중상자가 있어서 사망자는 더 늘어날 수도 있구요!

미옥, 두 눈을 질끈 감는다. 오장육부가 뒤틀리는 것처럼 괴로워한다.

박경사 윗집, 301호 애엄마는 현장에서 즉사했고 1학년 딸은 위중한 상태예요. 겨우 여덟 살 애기가 생사를 왔다갔다 한다고!

놀라 헉 소리 나는 입을 틀어막는 미옥.

166

박경사 유진우가 무슨 짓을 저질렀는지 이제 좀 실감이 나요?

미옥 (도리질하며) 아니야… 아니야…!

박경사 왜요? 모르는 애들 죽은 건 아무렇지 않은데 아는 집이라? 더럽게 엮었다 싶어서?

미옥 (격한 도리질) 아니야!

박경사 하… 혹시 예상이 맞아떨어진 건가? 그래서 놀랐나?

미옥 뭐라구요?

박경사 301호랑 문제 있었죠?

미옥 뭐?

박경사 층간소음. 공부하는데 방해된다고 유진우가 짜증냈잖아요. 차로 싹 다 밀어버리고 싶댔어요?

미옥 무슨 말 같지도 않은!

박경사 난 드디어 말 같은 가설이 나온 거 같은데. 이상한 사고에 이상한 엄마까지 사방에서 이상한 냄새가 코를 찌르는 와중에 층간소음! 얼마나 뻔하고도 말이 됩니까.

미옥 나가요! 당장 나가!

박경사 왜요? 뻔한 건 싫어요?

미옥 당신 미쳤어. 왜 여자경찰이 당신 혼자 놔두는 걸 그렇게 신경 썼는지 이제 알겠네. 당신 망나니지? 그래서 여자경찰이 쫓아다니면서 당신 감시하는 거잖아. 사고 칠까봐!

박경사 (버럭) 그게 뭐? 당신 아들 같은 괴물 새끼들 잡으러 다니면서 사고 좀 치는 게 뭐?!

미옥 당신한테 맞았다 그래도 아무도 의심하지 않을 거란 말이지.

박 경사에게 달려드는 미옥. 박 경사는 버둥거리며 발악하는 미옥을 가볍게 제압한 후 양쪽 팔을 단단히 붙잡는다.

박경사 경찰이 우스워? 어디서 공갈이야?

미옥 (노려보다가 큰소리로) 사람 살려요! 살려주세요!!

박경사 에이씨!

미옥의 입을 막으려고 한쪽 손을 놓아주는 박 경사. 미옥이 머리 위를 더듬거려 손에 잡히는 물건으로 박 경사를 공격한다. 다시 몸싸움. 손에 들고 있던 책이 바닥으로 툭 떨어진다. 순간 당황하는 미옥과 그걸 놓치지 않는 박 경사. 미옥을 빤히 쳐다보며 책을 집어 든다.

박경사 담요에 잘 싸서 소파 구석에 숨겨둔 걸 보면 대단히 중요한 물건인가 봐요.

미옥 (뺏으려 하며) 그냥 책이에요.

박경사 (안 뺏기며) 호밀밭의 파수꾼. (책을 펼쳐) 얼마나 읽었는지 너덜너덜… 밑줄도 많이 쳐놨고. 이 책 이거 미국에서는 한때 금서였는데. 소위 청소년 유해도서. 모르긴 해도 그 바람에 엄청 팔렸을 걸요.

휘리릭 넘기다 쪽지 하나를 발견하는 박 경사. 순간 박 경사의 눈빛이 반짝인다.

박경사 하… 이게 뭔가?

미옥 (불안하다. 뺏으려 하며) 이리 내라니까요!

박경사 (피하며 읽는다) 홀든, 니가 틀렸어. 순수를 지키는 유일한 방법은 순수를 파괴하는 거야. 벼랑 앞을 지킬 게 아니라 함께 벼랑 아래로 떨어지는 거지. 위버멘쉬는 그런 식으로 자기 자신을 초극해야만 한다구. 위버멘쉬?

미옥 나 무슨 짓 할지 몰라. 그러니 빨리 내놓는 게 좋을 거야!

박경사 하이고 무서워라… 잠깐잠깐. 나한테 막 떠오르는 얘기가 있는데 좀 궁금하지 않아요? 평범한 건 싫잖아. 층간소음 너무 흔해서 싫은 거 아니었어요?

미옥 닥치지 못해?!

박경사 (표정을 바꿔) 여아 두 명 사망, 중상자도 여아. 주위에 남자애들도 분명 있었는데 왜 여자애들만 골라서 쳤을까요. 마치 자기 무덤에 함께 묻힐 어린 여자애들이 필요했던 것처럼.

미옥 미친놈! 내가 당신 못 죽일 거 같애? 당신 죽이고 나도 죽어버리면 다 그만이야!

박경사 학창시절에 나도 이 책 읽었어요. 뻐기고 싶어서 대충 훑어본 정도였지만. 나중에 작가인 데이비드 샐린저가 어떤 인간인지 알고 나니까 피비에 대한 생각이 싹 바뀌더라고. 홀든이 끔찍하게 예뻐한 여동생 피비.

미옥 (노려보기만) ……

박경사 〈호밀밭의 파수꾼〉은 성장통을 앓는 순수청년의 이야기가 아니었어요. 샐린저가 생각하는 순수의 세계는 여자아이들이 결코 어른이 되지 않는, 순결을 숭배하는 세계였으니까. 샐린저는 피비 같은 어린 소녀에게만 성적 흥분을 느끼는 변태였거든요. 50대에도, 60, 70대에도 스무 살이나 될까 말까 한 어린 여자애들과 연애를 즐겼지.

미옥 그런 구역질나는 얘길 뭐 때문에 해? 그 추잡한 인간이 우리 진우랑 대체 무슨 상관이 있다고!

박경사 상관이 있을 수도 있고 없을 수도 있고. 수많은 청소년이 책을 읽었지만 모두 누군가를 죽인 건 아니니까요. 근데 누군가는 존 레논과 케네디 대통령을 암살했고 레이건 대통령을 죽일 뻔했죠.

미옥 우리 앤 달라! 우리 진우는 평범한 세상을 견디기엔 너무 순수해서 괴로웠던 거지 미친 게 아니라고!

박경사 (역겹다는 듯) 그게 당신이 생각하는 당신 아들인가?

미옥 사실이니까! 그게 내 아들이니까! 당신들은 절대 모르고 알아서도 안 되는, 내 아들 혼자 감당해내야 했던… 지독한 세상. 엄마인 나조차도 몰랐던 세상…

박경사 대체 무슨 근거로 당신 아들이 특별한 살인자라고 생각하는 건데? 당신이 감싸고 있는 당신 아들 유진우는 사람을 셋이나 죽인 그냥 살인자라구요. 어쩌면 더 많이 죽이고 싶었는지도 모르지. (쪽지를 다시 펼쳐 읽는다) 순수를 지키는 유일한 방법은 순수를 파괴하는 것. 파괴하고 싶은 순수한 애들이 열 명이었으면! 스무 명이었으면!

미옥 우리 진우에 대해 뭘 안다고 함부로 지껄여?

박경사 그럼 당신이 알고 있는 아들은 과연 진짤니까? 당신이 보고 싶고 믿고 싶은 아들 아니구요? 절망적인 진실보다 희망적인 거짓이 받아들이기 훨씬 편하잖아. 안 그래요?

미옥 우리 진우는 중학교 때 몸이 불편한 친구 등교를 3년 내내 도와줬어요. 그걸로 졸업식 때 특별선행상을 받았던 애라구요. 요즘도 불쌍한 길고양이 주려고 가방 속에 참치캔을 넣고 다니는 착한 애가, 그런 애가 왜?! 도대체 왜요!

박경사 어쩌면 샐린저도 고양이를 좋아했을 거예요. 마당에 참치캔을 놓아뒀을 지도 모르죠. 그래봤자 고양이를 좋아하는 소녀 강간범이지만. (핸드폰 벨이 울리자 받는다) 말해. (미옥을 슬쩍 쳐다본다) 여자애는? 여자애도? 알았어.

미옥, 시계를 본다. 짐작하는 바가 있는지 두 눈을 질끈 감는다.

박경사 (전화 끊고) 유감스럽게도 아드님이 사망했다는군요.

미옥 (어깨기 떨린다) ……

박경사 윗집 애기랑 신기하게 거의 동시에 심정지가 왔답니다. 이제 사망자는 유진우 포함 다섯이 됐네요.

미옥 (눈을 질끈 감으며) 주여…!

박경사 (빈정이 확 상해) 벌써 주님을 찾으면 안 되지! 아직 사고현장 핏자국도 안 말랐는데. 유진우는 고의로 사고를 냈어. 그것도 두 번씩이나. 일부러 아이들이 모여 있는 곳을 향해 돌진했고, 2차 추돌 땐 쓰러져있는 애기를 밟고 지나갔다고. 당신 쓰레기 같은 자식새끼가 죄 없는 사람들을 네 명이나 죽여 놓고 벌도 안 받고 사과도 없이 뒈졌는데 주님을 찾아? 어떻게 감히 기도가 나와? 찢어진 입구녕이라고 어떻게 기도가 나오냐고!!

막 들어오던 한 경위가 박 경사를 말린다.

한경위 무슨 짓이에요?! 순경! 순경! (둘러보며) 왜 혼자예요? 순경 어디 갔어요?

박경사 (계속 흥분한 채) 난 당신 같은 부모 많이 봤어. 정신 나간 부모! 괴물을 키워놓고도 새끼랍시고 싸고돌기만 하는 부모! 정작 피해자들을 위해선 가식적인 눈물 한 방울도 흘릴 줄 모르는 부모!

한경위 그만 하세요 박 경사님!

박경사 봐요. 애기들이 죽었는데 누가 다쳤냐 몇 명이나 다쳤냐 묻지도 않더라구요. 지 아들 어떻게 됐는지 그것밖에는 관심 없고 아들 죽었다니까 용서해달라고 기도부터 해요! 저런 인간들은 뭐가 잘못됐는지 가르쳐주지 않으면 끝까지 자기 잘못을 몰라요! 지 새끼 돼진 것만 불쌍하지. 역겨워요. 속이 뒤틀린다구요!!

미옥, 소리를 지른다. 미친 듯이.

미옥 함부로 말하지 마! 우리 진우는 그런 말을 들을 애가 아니야! 그런 애가 아니야! 절대 아니야! 진우야! 진우야! 내 새끼! 내 아들!!

무대가 어떤 초자연적인 힘에 지배당한 듯 혼란에 휩싸인다. 마침내 완전한 어둠.

3장. 호밀밭의 초대

다시 아침. 안방에서 허둥지둥 튀어나오는 미옥. 곧바로 바구니 안에서 차 키를, 서랍을 더듬어 스페어키를 꺼내 주머니에 넣은 후 부엌으로 들어갔다가 곧 다시 나온다. 동시에 자기 방에서 나오는 진우. 진우의 태도는 1, 2장과 미묘하게 다르다. 미옥의 관점이 배제된, 아마도 진우의 본모습일 것이다.

진우 셔츠 빨아놨어?

미옥 아니. 바빠서 못 빨았어.

진우 (퉁명스럽게) 빨아놓으란 지가 언젠데. 맨날 뭐 한다고 그렇게 바빠?

진우는 주방 옆 다용도실이 있는 쪽으로 간다. 침착해지려고 애쓰는 미옥. 그 와중에도 아들을 다시 보니 가슴이 터질 것만 같다. 셔츠 냄새를 맡으며 나오는 진우.

진우 구겨진 데만 다려줘. (셔츠를 툭 던져놓고 방으로 들어가려 한다)

미옥 (울컥) 진우야.

진우 왜?

미옥 엄마한테 얼굴 좀 보여줘.

진우 늦었어.

미옥 잠깐만. 응?

진우   (고개를 슬쩍 돌리지만 눈은 피한 채) 아 왜?

미옥   현장학습도 아닌데 사복을 왜 입어?

진우   현장학습이야.

미옥   아니잖아. 엄마가 학교 홈피 들어가서 확인해봤어.

진우   학교 홈피 같은 것도 봐?

미옥   (붙잡으며) 무슨 일 있지? 엄마한테 말해봐.

진우   (몸을 빼며) 다려주기 귀찮으면 관둬.

진우는 구겨진 셔츠를 그냥 입으며 방으로 들어가려 한다. 미옥
이 그런 진우를 억지로 다시 붙잡는다.

미옥   얘기 좀 해.

진우   (짜증스럽게) 아 쫌! 출근 안 해?

미옥   너… 무슨 일 있잖아.

진우   없어.

미옥   밥도 잘 안 먹고 잠도 못 자는 거 다 알아.

진우   잘 거 다 자는 고딩이 어딨어?

미옥   (어딘지 달라 보이는 아들이 낯설다) 너 변했어. 전엔 안 그랬
는데…

진우   전에 언제? 초딩 때? 제발 꿈 깨.

미옥   (짧은 한숨) 먹고 사는 게 힘들어서 알고도 모른 척했네. 미
안해. 엄마가 눈을 감고 살았어.

진우   고해성사는 성당 가서 하시고. 뵈. 늦었어.

미옥   (다급히) 아직 안 늦었어. 지금이라도 얘기해야 돼. 니가 무
슨 생각을 하면서 사는지, 엄만 또 무슨 생각으로 사는지.

진우 (잔뜩 인상 쓰며) 뭐래?

미옥 왜 그랬니?

진우 뭘?

미옥 언제부터 너한테 무서운 생각이 생겼나 해서.

진우 어떤 무서운 생각? 8시 20분이 다 되도록 학교에 가지 않겠다는 무서운 생각?

미옥 농담 말고.

진우 진담인데. 사실 지각하지 않고 학교에 가는 것 따윈 나한텐 하나도 안 중요해. 그냥 엄마한테 중요한 일이니까 맞춰주는 척했을 뿐이지.

미옥 말 돌리지 마. 엄마가 왜 이러는지 알잖아.

진우 죽을병 걸렸어? 그럼 조용히 죽어. 귀찮게 하지 말고.

미옥 (충격을 받아) 너… 너 어떻게 그런 말을 아무렇지도 않게 하니. 어떻게?

진우 아이씨! 엄마가 아침부터 짜증나게 굴잖아.

미옥 이게 진짜 너니? 엄마가 눈 감고 귀 막고 널 제대로 안 본 거야?

진우 그만해. 늦었어.

미옥 아직 안 늦었어. 이번엔 널… 안 놓쳐.

진우 (짜증난다는 듯) 아 빙빙 돌리지 말고 똑바로 말하든가! 왜 이래?

미옥 널 키우면서 아마 수없이 많은 기회가 있었을 거야. 그걸 몰랐어. 이게 어쩌면 마지막 기횔 지도 모르고.

진우 그래서 뭐? 이제 와서 내가 뭔 생각을 하고 사는지 알면, 그럼 갑자기 뭐가 막 달라져?

미옥   아직 살아 있잖아!

진우   (아주 조금 겁에 질린 듯) 엄마 진짜 죽어? 뭔데? 암이야?

미옥   니가 죽으면 엄마도 죽어 진우야.

진우   결국엔 모두 죽지.

미옥   그치만 살아있는 동안에는 모든 목숨이 소중한 거잖아.

진우   (회피하며) 안 어울리게 웬 철학?

미옥   지금은 혼란스럽고 죽을 것처럼 괴로워도 살다 보면 언젠 가는–

진우   그만해. 훈수질은 사절이니까.

미옥   (간절히) 진우야.

진우   진짜를 알고 싶어? 원한다면 진짜를 알려줄게. 진짜의 비 밀을. '미성숙한 인간의 특징은 어떤 이유를 위해 고귀하 게 죽기를 바란다는 것이다. 반면 성숙한 인간의 특징은 동일한 상황에서 묵묵히 살아가기를 원한다는 것이다.(〈호 밀밭의 파수꾼〉 중)' 아니. 정확하게 그 반대야. 미성숙한 인 간이 묵묵히 살아가기를 원해. 살아가려고 악다구니를 쓰 는 거라구. 진짜 성숙한 인간은 고귀하게 죽기를 바랄 수 밖에 없어. 살려고 악착을 떠는 건 고귀함과는 거리가 멀 거든. 그래서 난 나이 먹은 것들이 역겨워. 자긴 실패한 인 생을 사는 주제에 침을 튀어가며 극성스럽게 이래라 저래 라 훈수 두는 나이 먹은 것들 말이야. 오래 산 거 말곤 딱 히 내세울 것도 없는 나이만 처먹은 것들! 생각만 해도 토 가 나와!

미옥, 아들의 말에 심한 충격을 받아 말문이 막힌다.

진우 엄만 나에 대해 모든 걸 다 안다고 생각하지? 언제 일어나고 언제 밥 먹고 언제 자는지, 그걸 알면 나를 아는 거야? 학교생활은 어떤지, 성적은 어떤지, 그딴 걸 알면 나를 아는 거야? 그런 뻔한 질문은 오랜만에 만난 친척 어른들도 하잖아. 다들 묻기만 하고 대답은 건성으로 듣는, 그래서 물은 걸 묻고 또 묻고. 결국은 말하기 싫어 입을 다물게 만드는 이상하고 끝도 없는 관심. 그건 관심이 아니라 미끼지. 사실은 자기 얘길 하고 싶어서 던지는 일종의 미끼. 상대가 미끼를 물면 얼른 훈수를 두기 시작하거든. 상대가 얼마나 지겨워할지 그런 건 안중에도 없이. 엄만 좀 다르다고 생각해? 미안하지만 엄마도 똑같아. 날 붙잡고 보험 얘길 하잖아. 내가 새로 나온 보험 따위 관심 있겠어? 특히 그 보험 팔러 가서 만난 개그맨 얘기. 주말 저녁마다 지겹도록 해. 관심 없어! 난 그 새끼 얘기 듣기 싫었다구! 그 새끼가 커피에 설탕을 세 스푼이나 넣고, 그래서 당뇨에 걸려 뒤지든지 말든지 나랑 무슨 상관이야? 대체 그 새끼 얘길 왜 저녁 먹는 내내 들어야 되냐구!!

당황하는 미옥. 자기가 알던 아들이 아니다. 완전히 다른 사람처럼 보인다.

미옥 엄만 니가 너무 말이 없으니까… 조용한 게 싫어서 아무 말이라도 하다 보니까… 보험 얘기가 그렇게 싫은지 몰랐어. 엄마가 먹고 사느라 보험 파는 게 너한테 그렇게 지겨운 일인지 몰랐어.

진우 (버럭) 씨발! 그런 말이 아니잖아! 왜 꼭 그런 식으로 비꽈? 난 의미 없는 대화로 망쳐버린 우리 밥상머리 얘길 하는 거야! 웃기지 않는데도 웃는 척했던 시간! 행복한 척했지만 사실 하나도 행복하지 않았던 시간!

미옥 정말 그렇게 불행하기만 했어? 단 한 번도 행복한 적이 없었어?

진우 단 한 번도! 아침에 눈을 뜰 때마다 생각했어. 아 지긋지긋한 삶. 안 끝나고 다시 또 시작이구나. 내 인생은 저주에 걸려버렸다!

미옥 엄마가 몰랐어. 행복한 건 아니라도 남들처럼은 사는 줄 알았어. 미안해. 미안해 아들. 너 혼자 감당하게 해서… 그 세상을 엄마도 몰라서…

진우 미안할 거 없어. 성숙하지 않은 인간들은 어차피 다 거기서 거기니까. 난 엄마를 야금야금 갉아먹고 컸어. 엄마가 줄어드는 걸 보면서 내가 이만큼 커졌다고. 그러니까 엄만 나한테 미안해하면 안 돼. 그리고 나도 엄마한테 미안할 필요 없어. 모든 부모는 장부 들고 기다리는 빚쟁이잖아? 자식이 큰다는 건 장부에 도장 찍을 날이 가까워졌단 얘기지.

미옥 억지 부리지 마! 세상에 그런 부모가 어딨어?

진우 행복한 부모는 있고? 죽는 날까지 행복한 척 기를 쓰는 가식적인 어른들만 있겠지. 어른이 된다는 건 그런 거잖아. 죽지 못해 사는 거잖아. 근데도 자식은 꾸역꾸역 싸질러. 어차피 죽지 못해 살게 될 자식을 왜 그렇게 싸지르나 몰라. (뒤늦게 후회가 밀려와) 좆 됐네… 잊어버려. 엄만 아무것도 못 들은 거야.

미옥　운전은 언제부터 했니?

진우　(흠칫) 뭐?

미옥　새벽에 엄마 차 몰고 나가서 어딜 다녔어?

진우　들켰네.

미옥　말해봐. 왜 그랬는지.

진우　뭘 왜 그래? 그냥 달렸지. 새벽길을 달리면 피가 막 끓어오르니까. 터질 것 같은 긴장감이 날 지옥에서 해방시키니까.

미옥　운전 배운 적도 없잖아.

진우　(헛웃음) 순진한 척하는 거야? 남자애들은 운전을 학원 가서 배우지 않아. 학원은 면허나 따러 가는 데지. 걸릴 줄 알았어. 잘 피해 다녔다고 생각했는데 딱 한 번 찍힌 거 같았거든.

미옥　그래. 속도위반 딱지… 하… 어떻게 그걸 무심코 넘겼을까? 장소도 시간도 도저히 내가 운전했을 리 없었는데. 너에 대해 몰랐던 게 아니었구나. 의심이 들어올 틈을 주지 않으려고 아예 눈을 감고 있었던 거지. 넌 한 번도 문제를 일으키지 않았던 애니까.

진우　(놀리듯) 문제를 일으키지 않는다는 게 문제가 없다는 건 아닌데 말이야.

미옥　그걸 지금에야 알게 되다니… 좀 더 일찍 알았으면 이런 날은 오지 않았을까? 진짜 너무 늦었을까? (주머니에 손을 넣고 뭔가를 만지작거린다)

진우　이제 나에 대해 많이 알게 된 거 같으니까 난 이만-

미옥　(손을 다시 빼고. 단호하게) 멈춰 진우야.

진우　뭘?

미옥 너한테 오늘이 어떤 날인지 알아.

진우 어떤 날인데?

미옥 홀든이 하지 못한 걸 해내는 날.

진우 (멈칫) 무슨 소린지 모르겠네.

미옥 알잖아.

미옥, 진우의 방으로 들어가 노트를 가지고 나온다.

진우 (노트를 빼앗으려 하며) 뭐야? 왜 남의 서랍을 뒤져?

미옥 (안 뺏기며) 여기 적힌 내용! 이거 유서잖아. 죽어버리겠다는 말이잖아!

진우 이리 내!

미옥 말해봐! 애들 몇 명 죽인다고 그 순수의 세겐지 뭔지가 영원히 지켜질 거 같애?

진우 상관없어. 미성숙한 인간들은 내가 하려는 일을 절대 이해할 수 없으니까.

미옥 그런 걸 왜 해? 아무도 이해할 수 없는 짓을 해서 뭐가 달라지는데?

진우 달라지길 바라지 않아. 증명할 뿐이지.

미옥 증명?

진우 유현우가 떠났을 때 난 통쾌했어. 드디어 해냈구나. 나도 형처럼 치밀한 계획을 세워서 이 가식적인 세계, 거짓의 집을 떠나야지. 나만 남겨둔 건 좀 괘씸했지만 난 아직 초극하지 못했기 때문에 더 기다려야 한다고 받아들였어. 그래서 견딜 수 있었던 거야. 근데 유현우가 지금 어떻게 사

는지 알아? (헛웃음) 먹고 살겠다고 알바를 두 개, 세 개 뛰
어. 그게 뭐야? 그게 유현우가 꿈꾸던 위버멘쉬야? 고작
숨구멍이나 부지하는 게? 형도 결국 똑같은 인간이 되길
선택한 거야. 멸망을 두려워하며 초극하길 포기한 노예 상
태의 인간!

미옥   (발을 동동 구르며) 아니 아니. 무슨 말을 하는지 모르겠어.
니가 왜 그런 소릴 하는지 엄만 하나도 모르겠어.

진우   당연히 아무것도 모르지. 엄만 유현우가 왜 떠났는지도 모
르잖아! 우리 둘이 꿈꿔왔던 위버멘쉬가 뭔지 전혀 이해
하지 못하잖아! 엄만 형을 몰라. 전혀 몰라. 그러면서도 온
갖 실패란 실패는 다 해봐서 세상을 훤히 꿰뚫고 있다는
듯이 으스댔어. 나처럼 살지 말라는 말을 무슨 대단한 인
생 조언이라도 되는 양 떠들면서. 엄마도 똑같애. 결국 나
이 처먹은 게 벼슬인 역겨운 인간이라고!

미옥   (칼을 꺼내 진우를 겨눈다) 너… 누구니…? 내 아들 진우는…
어딨니…? 내 아들 내놔… 우리 진우 내놔……!

진우   내가 누구냐면, 난 너무 높이 자라서 외로운 존재야. 대신
저 아래 있는 인간들을 동정할 특권을 지녔지. 한땐 형이
더 높은 곳에 있다고 생각했는데 형도 결국 외로움 대신
괴로움을 택하고 말았어. 차라리 자기 자신을 파괴해서 새
로운 질서를 창조했으면 좋았을 텐데. 쯧쯧… 그렇게 버둥
대더니만 유현우는 결국 위버멘쉬가 되지 못했어. 하지만
난 달라. 나 유진우는 파괴를 두려워하지 않으니까. 위버
멘쉬는 강하기 때문에 벗어난 자가 아니라 벗어났기 때문
에 강한 자거든.

미옥　　형은 돌아올 거야. 엄마가 데려올게. 우리 가족이 다시 예전으로 돌아갈 수 있도록 엄마가 뭐든 다 할게. 그러니까 제발 아무것도, 아무도 파괴하지 마. 제발 진우야…!

진우　　(슬픈 표정으로) 이제야 날 제대로 보나 했는데… 엄만 진짜 아무것도 이해하지 못하는구나. 그래서 위버멘쉬는 외로운 존재야. 누구에게도 이해받지 못하니까. 그게 위버멘쉬의 숙명이니까.

미옥　　(흐느낀다) 어떻게 하면 되니. 어떻게 해야 널 멈추게 할 수 있어.

진우　　(피곤하다는 듯) 자, 이제 그만. 엄만 출근을 하고 난 학교에 가는 거야. 토론이 필요하다면 이따 밤에 다시 하면 돼.

진우가 현관을 향해 간다. 자연스럽게 선반 위 바구니 안을 뒤지지만 차 키가 보이지 않자 탁자로 다가와 서랍을 열고 스페어키를 찾는다. 없다. 무서운 표정으로 미옥을 돌아보는 진우.

진우　　(다가오며) 차 키 내놔.

미옥　　(칼끝을 진우를 향해 겨누며) 넌 이 집에서 한 발짝도 못 나가.

진우　　(헛웃음) 엄마보다는 내가 더 힘이 셀 것 같은데?

미옥　　그럼 엄마부터 죽이고 가든가.

진우　　내가 못 할 거라고 생각하는 거야?

미옥　　난 널 죽이지 못할 거 같니?

진우　　엄마는 못 해. 엄마니까.

미옥　　엄마는 해. 엄마니까!

칼을 치켜드는 미옥. 진우와 미옥이 몸싸움을 벌인다. 칼을 든 미옥의 손목을 진우가 완력으로 잡아 비튼다. 칼이 힘없이 툭 떨어진다. 애초에 의미 없는 싸움이다. 주머니를 뒤져 차 키를 찾아내자마자 미옥을 패대기치는 진우. 미옥이 필사적으로 진우의 다리를 붙잡는다.

미옥   하지 마, 아들! 제발 그러지 마!
진우   놔!
미옥   안 돼! 가려거든 엄마부터 죽이고 가!

필사적으로 매달리는 미옥. 발길질을 해보지만 떨어지지 않자 진우가 미옥의 목을 조르기 시작한다.

진우   모른 척 하지! 그냥 살던 대로 살지! 왜! 왜!! 이제 와서 왜!!!

힘이 빠져 마침내 진우의 다리를 툭 놓는 미옥. 진우도 목을 조르던 손을 놓는다. 기침을 콜록거리며 다시 진우를 잡아보려 하지만 이미 몸이 말을 듣지 않는 미옥. 진우, 눈물을 펑펑 쏟는다. 엄마에게서 고개를 돌려, 떠난다.

미옥   (힘없이) 진우야… 내 새끼… 내 새끼……

무대가 어떤 초자연적인 힘에 지배당한 듯 혼란에 휩싸인다. 마침내 완전한 어둠.

4장. 삶이여! 자, 다시 한 번!

다시 아침이다. 이상하리만치 고요한 거실.

진우가 방에서 나온다. 안방 기척에 신경 쓰며 현관 옆 선반 바구니에서 차 키를 꺼내 주머니에 넣는다.

진우   엄마! 아직 자?

미옥이 차분한 모습으로 방에서 나온다. 화장 안 한 수수한 얼굴이지만 외출복으로 갈아입었다.

진우   (당황하며) 뭐야? 벌써 출근해?

미옥   (애써) 잘 잤니?

진우   셔츠 빨아놨어?

미옥   아직 못 빨았는데.

진우   그거 빨아놓으라고 말한 지가 언젠데!

다용도실로 가는 진우. 미옥은 바구니에 차 키가 없는 걸 확인하고는 뭔가 결심한 듯 소파로 가서 앉는다. 진우가 셔츠 냄새를 맡으며 돌아온다.

진우   (주며) 구겨진 데만 빨리 다려줘.

미옥   그래. (다림질을 하며) 근데 왜 꼭 이 셔츠야? 다른 옷도 많잖아.

진우 (퉁명스럽게) 남이사.

미옥 전부터 궁금했어. 오늘 왜 꼭 이 셔츠를 입어야 되는지.

진우 뭐래?

미옥 말해봐.

진우 이유가 어딨어. 입고 싶으니까 입는 거지.

미옥 아… 엄만 무슨 특별한 의미가 있나 했지.

진우 (어깨를 으쓱한다) 엄마가 그랬잖아. 이거 입고 있으면 꼭 신부님처럼 보인다며.

미옥 (흠칫) …… 뭐?

진우 일종의 빨간 사냥 모자 같은 거야.

미옥 그게… 뭔데?

진우 소설에 나와. 주인공에게 힘을 주는 모자. 나도 옳은 일을 하고 있다는 확신이 필요하거든.

미옥 (숨이 멎을 듯) 확신이 부족할 땐 안 하면 되잖아.

진우 무슨 일이든 때가 있으니까. 이미 그 때가 왔고.

미옥 그걸 누가 정하는데?

진우 (뻐기듯) 당연히 내가 정하지. 때가 왔다는 건 자기 자신만 알 수 있거든.

미옥 그래서 지금부터 뭘 하려고?

진우 말해준다고 엄마가 알아? 빨리 셔츠나 다려.

미옥 그래도 말해줘. 어차피 마지막이잖아.

진우 (빤히 본다) …… 뭐가 마지막인데?

미옥 때가 왔다며. 그렇다면 뭔가 끝난 거잖아. 안 그래?

진우 (인상 쓰며) 토론이 필요하면 나중에 해.

미옥 나중은 없어.

진우 왜?

미옥 위버멘쉬가 되면 우리 아들 진우는 사라지고 없으니까.

진우 …… 엄마가 그걸 이해한다구?

미옥 만약 뭔가를 파괴해야 초극이 되는 거면 엄마랑 해. 엄만 사실 그게 뭔지 아직 잘 모르겠고 어떻게 하는 건지도 모르겠지만, 엄마랑 하자.

진우 뭐래? 어디 아파?

미옥 엄만 니가 어디까지 자랐는지 몰랐어. 그저 밥 먹여 학교 보내주면 잘 크는 거라고 생각했지. 몸과는 다르게 생각이 높이 자라고 있다는 걸 몰랐네. 이제 와서 널 따라잡을 수가 없어. 엄만 니가 하는 말을 하나도 알아들을 수 없고 넌 엄마가 하는 말이 귀에 들어오지 않을 테니까. 우린 한 집에서 서로 완전히 다른 세상을 살아온 거지.

진우 그래서?

미옥 이해하고 싶었어. 다시 기회가 주어졌을 때, 널 이해하면 돌이킬 수 있을 줄 알았어. 이해하면 설득할 수 있을 거라고… 하지만 또 실패하고 또 실패했어. 엄마가 이해할 수 없는데 어떻게 널 설득해. 완전히 다른 곳에 있는 널 엄마 세상으로 데려올 방법이 없잖아. 그래서… 엄마가 가려고.

진우 내 세상으로 오겠다고?

미옥 꿈을 꿨어. 같은 말이 반복해서 들렸어. "신기하게 거의 동시에 심정지가 왔다는군요." "신기하게 거의 동시에 심정지가 왔다는군요."

진우 (버럭) 짜증나게 자꾸 뭐라는 거야?

미옥 꿈속인데도 왜 그랬을까 생각했어. 왜 그 여자애랑 거의

186

동시에 같이 떠났을까? 의식은 잃었지만 큰 외상이 없어서 목숨은 건질 거라고 했는데… 그러다 문득 어떤 생각이 드는 거야. 내가 아들을 잃어야 죄 없는 어린애들을 살릴 수 있구나. 그래서 널 데려간 거였어. 니가 여자앨 데려간 게 아니라 여자애가 널 데려간 거였어. 에미인 나한테 널 막으라고. 어떻게든 널 막으라고.

진우   (괴로워하며) 그만해! 무슨 말인지 전혀 모르겠으니까.

미옥   진우야.

진우   제발 아무 말도 하지 마.

미옥   우리 둘이서만 가자. 애들은 다 놔두고 우리 둘이만.

진우   뭐 잘못 먹었어? 왜 이래 대체?!

미옥   다시 기회가 주어질 때마다 널 살릴 생각밖에 못 했어. 어떻게 하면 널 구할까. 내 아들. 내 새끼. 니가 무슨 짓을 했건 엄마한텐 목숨보다 소중한 아들이니까. 근데 널 살리라고 준 기회가 아니었어. 넌… 넌 어차피 이 세계에 속할 수 없으니까.

진우   (파르르 떨며) 잘 아네. (채 다려지지 않은 셔츠를 서둘러 걸친다)

미옥   우리, 형한테 갈까?

진우   (멈칫) 뭐?

미옥   마지막으로 현우 보고 싶다. 2년이나 못 봤잖아.

진우   2년이나… 입에 담지도 않았지. 그 이름.

미옥   그래. 그랬지.

진우   버린 거 아니었어?

미옥   아들을 어떻게 버려. 20년 동안 품은 아픈 손가락을.

진우   유현우 책 몽땅 갖다버렸잖아. 옷도 신발도.

미옥 아주 오래된 얘기가 있는데 들어볼래? 형이 복사를 그만 둔다고 했을 때 주임신부님한테 불려가서 면담을 했거든. 그런 말을 하더라. 요셉을 병원에 데려가 보는 게 좋겠다고. 그런 죄악은 일찍 뿌리 뽑지 않으면 큰일 난다고. 그만 두는 게 아니라 쫓겨나는 거란 사실도 그때 알았지. (잠시 숨을 참고) 어떤 남자아일 좋아했대. 잠깐 그러다 만 게 아니라 몇 년 동안 연애편지를 보내고 끈질기게 따라다녔대. 복사단에선 엄마 빼고 모르는 사람이 없었다고 하더라. 받아들일 수가 없었어. 그런 걸 쉽게 받아들일 부모는 많지 않거든. 그래서 성당을 그만두고 먼 동네로 이사 와 버렸어. 현우가 많이 힘들었을까? 강제로 그렇게 한 거 때문에 엄말 용서하지 못했을까? (사이) 너도 알고 있었지?

진우 …… (힘겹게 입을 연다) 어렸을 때 엄마가 회사에 가면 형이 엄마 옷을 입고 놀았어. 엄마 화장품도 바르고. 어느 날 나한테 그러더라. 누나라고 불러봐. (잠시) 형은 내가 그때 일을 기억하고 있는지도 모를 거야. 우린 서로를 속이는 거짓말 놀이에 너무 익숙했으니까.

미옥 니 말이 다 맞았네. 우린 거짓의 집에서 살았어. 행복하지 않으면서 행복한 척 서로에게 그럴싸한 가면을 씌워놓고 보고 싶은 것만 봤어. 미안해 아들. 기회가 있었는데 엄마가 바보 같아서 다 놓쳐버렸어. 용서해줘. 그리고 엄마랑 같이 가자. 그게 어디든 같이 가는 거야. 니가 가고 싶은 곳 어디든 엄마가 같이 갈게. 같이 갈게 진우야.

그 말에 울컥하는 진우. 엄마가 모든 걸 알고 있다는 사실을 깨닫는다.

미옥   (구겨진 셔츠 자락을 문지르며) 아직 구겨졌네. 이 옷 말고 다른 거 입을까? (울컥) 형이 태권도복 입지 않겠다고 엉엉 울던 거 기억나? 그렇게 싫다는데 억지로 도복을 입혀서 도장에 보냈어. 너한테도 그랬을 거야. 엄마가 좋다고 생각하는 걸 강요했을 거야. 미안해.

진우   (한참 사이) 난… 태권도복 싫지 않았어.

미옥   그래. 좀 구겨졌으면 어때. 오늘 이거 입고 싶은 날이면 그냥 입으면 되지. (바구니를 살피며 짐짓) 차 키 어디 갔지?

진우   화장대 위에 있나?

미옥   나중에 어디서 나오겠지 뭐. (서랍을 열고 더듬더듬 스페어키를 꺼낸다) 여기, 스페어키.

진우   어? 거기 있었어? 한 달 전인가 스페어키도 못 찾아서 난리였잖아.

미옥   그러게. 찾아서 다행이다. 이제… 갈까?

미옥이 진우에게 손을 내민다.
그 상태로 무대 서서히 어두워진다.

그녀의 발에 관한 서사

달팽이 여자

···················

2022년 한국문화예술위원회 창작산실 대본공모 선정

등장인물

달팽이 여자 현재. 20대
여자의 엄마 과거. 20대에서 30대
여자의 아빠 과거. 30대에서 40대
중년의 남자 현재. 50대
술 취한 사내 현재. 40대

달팽이집

나무로 된, 오래되고 낡은, 살아있는 집이다.

육중한 계단이 거실 전체를 감아 돌며 2층을 향해 있고 2층 난간 안쪽으로는 어둠에 잠긴 음침한 공간이 보인다. 계단 옆으로 작은 쪽창이 하나 있지만 언제나 커튼이 드리워져 있어서 실내는 어두컴컴하다. 1층 전면은 거실. 부엌으로 통하는 좁은 복도와 그 안쪽에 방이 하나 있다. 난간 바로 아래 육중한 느낌을 주는 원목 책상이 놓여있다. 예전엔 어울렸을지 모르겠지만 지금은 좀 뜬금없다는 인상을 준다. 전체적으로 폐쇄적인 느낌을 주는 집이다. 빛으로, 소리로, 움직임으로, 달팽이집은 자기가 존재하고 있음을 끊임없이 상기시킨다.

어슴푸레한 빛 속에서 2층을 왔다 갔다 하는 엄마의 모습. 어딘가 불안한 걸음걸이가 오래된 마루를 거니는 끽끽 소리에 특이한 리듬을 준다.

여자가 거실 소파에 앉아있다. 되는대로 껴입은 옷차림을 하고 아무렇게나 길게 자란 머리카락을 풀어헤쳤다. 어딘지 야생적인 느낌이다.

여자는 옛날식 카세트플레이어를 틀어놓고 있다. 어린 여자와 젊은 엄마의 끝말잇기 놀이다. 카세트에서 흘러나오는 소리를 들으며 즐거운 놀이에 빠진 것처럼 엉덩이를 들썩거리는 여자. 이미 여러 번 들어 토씨 하나 틀리지 않고 따라 하지만 문제를 맞히는 척하며 즐거워한다. 나이를 짐작하기 어려운 유치한 행동이다.

놀이가 한창 무르익어갈 무렵 젊은 엄마의 다급한 목소리.

젊은엄마(E)아빠다! 지금부터 숨바꼭질 시작. 꼭꼭 숨어라 머리카락 보일라. 꼭꼭 숨어라 머리카락 보일라.

녹음된 소리는 거기서 끝난다. 놀이가 끝난 걸 서운해 하며 엄마 목소리를 따라 해보는 여자.

여자   꼭꼭 숨어라 머리카락 보일라. 꼭꼭 숨어라 머리카락 보일라.

어느새 계단참에 내려앉는 엄마(20대 초반). 책을 꺼내 읽는다.
2층에서 아빠(30대 초반)가 모습을 드러낸다.
엄마의 뒷모습을 뚫어져라 쳐다보며 조금 멀찍이 자리 잡고 앉는 아빠. 엄마와 아빠는 20여 년 전 과거 모습이지만 일부러 젊음을 꾸밀 필요는 없다.

아빠   무슨 과?

엄마   (주위를 두리번거리더니 자기한테 묻는 거냐는 눈빛으로) 저요?

아빠   여기 학생이랑 나, 둘뿐이잖아.

엄마   왜 다짜고짜 반말이세요?

아빠   아. 미안. 난 건축과 교수야.

엄마   교수치곤 너무 젊은 거 같은데…?

아빠   고맙네. 젊게 봐줘서.

엄마, 다시 책을 읽는다.

아빠 거기 앉아 책 읽는 거 몇 번 봤어. 주로 심각한 책을 읽나봐.

엄마 심각한 책이 아니라 심오한 책이에요. 철학과거든요.

아빠 오… 철학소녀로군. 오늘은 혼자야? 남자친구는?

엄마 선배는 수업 중이에요.

아빠 복학생 선배?

엄마 대답할 의무 없죠? (다시 책 읽는다)

아빠 의무는 없지만 말해주면 좋은 거 아닌가?

엄마 (못 들은 척) ……

아빠 호의를 적의로 받아버리는군.

엄마 (의식하지만 애써) ……

아빠 그래, 알았어. 책 읽는데 귀찮게 하지 말란 거지? 무안하니까 난 그만 일어나야겠군.

엄마 ……

아빠 암튼 반가웠어. 또 봐, 철학소녀.

휘파람을 불며 2층 어둠 속으로 사라지는 아빠. 엄마의 등 뒤로 끈적한 시선을 잔뜩 남기고.

여자 꼭꼭 숨어라 머리카락 보일라. 꼭꼭 숨어라 머리카락 보일라.

엄마, 아빠가 완전히 사라질 때까지 책에 고개를 묻고 있지만 읽지는 않는다. 아빠가 사라졌다고 느낄 때쯤 천천히, 조심스럽게 뒤를 돌아보는 엄마.

달팽이집이 움직인다. 어쩌면 움직이지 않는다. 움직이는 것처럼, 살아있는 것처럼 존재를 드러내고 있을 뿐이다.

엄마는 무엇엔가 쫓기듯 주위를 두리번거리며 서둘러 자리를 뜬다. 어둠 속으로 완전히 사라진다.

2층에서 술에 취한 아빠의 성난 목소리가 들려온다. 그 목소리에 화들짝 놀라 몸을 웅크리는 여자.

아빠 (어둠 속에서) 왜 이렇게 불을 환하게 켜놨지?

아빠가 난간에 모습을 드러낸다.

아빠 어떤 놈한테 보내는 신호야? 어디로 보내는 신호냐구! 말해! 어서!! 내가 다 해주잖아. 부족한 거 없이 다 해주잖아. 대체 뭘 더 해줘야 완전히 굴복할 건데? 그런 눈으로 보지마! 수렁으로 떨어진 널 구해준 건 나야. 너 때문에 모든 걸 팽개친 건 나라구. 내 희생에 무릎을 꿇어! 내 발등에 이마를 찧어! 넌 그래야 마땅해. 그래야!

여자, 벌벌 떨며 전등을 끈다. 완전한 어둠이 달팽이집을 에워싼다.

달팽이 여자와 중년의 남자 이야기

낡은 소파에 웅크리고 앉아 고개를 파묻고 있는 여자. 중년의 남

자가 여자의 하얀 발을 애무하고 있다. 남자는 발가락들을 어루
만지며 이따금 앓는 소리를 낸다. 그는 여자의 발을 사랑하는 게
분명하다.

2층으로 올라가는 계단 중간 참에 여자의 엄마가 몸을 숨기고 앉
아 두 사람을 훔쳐보고 있다. 사실 그녀는 딱히 훔쳐보는 게 아니
라 1층으로 내려오지 못한 채 이제나저제나 일이 끝나기를 기다
리고 있는 것이다.

여자, 갑자기 고개를 번쩍 들더니 엄마와 눈이 마주친다. 흠칫. 화
들짝 놀란 엄마도 2층 어둠 속으로 후다닥 몸을 숨긴다.

남자 왜?

여자 ……

남자 무슨 일 있어?

여자 왔어.

남자 누가?

여자 그만할래.

남자 이제 시작인데.

여자 오늘은 끝.

남자 제발. 조금만 더.

여자 싫어!

남자 (다급히) 빨리 끝낼게.

여자 (속사포처럼) 그 여자가 나타났어.

남자 뭐?

여자 (입모양만) 그.여.자.

남자	누구?
여자	지금은 안 보여. 하지만 들어봐. 그 여자 걷는 소리 들리지?

남자와 여자, 똑같은 자세로 귀를 기울인다. 2층에서 특이한 발걸음 소리 들린다.

여자	들려?
남자	보일러 돌아가는 소리?
여자	그거 말고.
남자	(집중해서 들어보지만) 모르겠어.
여자	안 들려?
남자	제발… 응?

하며 남자가 은근슬쩍 여자의 발을 잡아 빼려 하자 거칠게 발길질을 해대는 여자. 남자, 중심을 잃고 쓰러진다.

남자	야! 무슨 짓이야?
여자	그만. 내가 그만이라고 하면 그만하는 거야.
남자	재수 없게 말하지 마.
여자	집에 가!
남자	나쁜 년.
여자	영업 끝났어!
남자	쌍년!
여자	꺼져! 늙어빠진 변태새끼!

남자, 폐부를 찔린 듯 더는 대꾸하지 못한다. 기죽은 얼굴로 바닥만 쳐다보는 남자. 여자는 소파 위에 웅크리고 앉아 집안의 공기를 살피고 있다. 둘 사이에 흐르는 무거운 침묵. 마침내 남자가 먼저 입을 연다.

남자　넌 누가 너한테 화냥년이라 그러면 좋아?

여자　사실이잖아.

남자　사실이라고 다 말로 뱉는 건 아니지.

여자　말만 안 하고 있으면 화냥년이 화냥년 아닌 게 돼?

남자　(짧은 한숨) 이 얘기가 너한텐 너무 어렵니?

여자　나한테 너무 어려운 얘기 같은 건 없어. 아는 거 아니면 모르는 거. 더 모르거나 너무 모르는 얘기 같은 건 없단 말이야. 알아들어?

남자　그렇겠지. 넌 화냥년 주제에 늘 너무 비싸게 굴어.

여자　(허공을 바라본다) 뱅글뱅글 도는 먼지들 보이지?

남자　난 이미 돈을 냈어. 이 시간을 너한테 산 거라구.

여자　금지된 방이 열린 거야. 오래된 것들이 움직이기 시작했어.

남자　그러니까 니 발은 한 시간 동안 내 꺼란 말이야.

여자　(벌떡 일어나) 아저씨 여기 있으면 안 되겠다.

남자　너한테 산 시간이 아직 20분이나 남았고 난 20분 더 여기 있을 권리가 있어.

여자　가야 돼.

남자　싫어.

여자　죽고 싶어?

남자　(발에 매달리며) 차라리 죽여. 제발.

여자, 남자를 때리고 물어뜯는다. 굳이 피하지 않고 여자의 폭력을 받아들이는 남자. 여자가 스스로 지쳐서 그만둘 때까지.
여자, 마침내 때리는 걸 멈추고 쓰러져 씩씩거린다.

여자　등신같이 왜 그냥 맞고 있어?

남자　……

여자　맞는 게 좋아?

남자　좋을 리가 있겠어?

여자　그럼…?

남자　맞아도 싸잖아. 가끔 벌을 받아야 변태 짓 할 때 마음이 좀 편하지.

여자　양심적인 변태 나셨네.

엄마의 움직임. 여자, 2층을 올려다본다. 담배를 꺼내 불을 붙이는 남자.

여자　지금 안 가면 나도 책임 못 져.

남자　이름이 뭐야? 진짜 이름 아니라도 괜찮아. 뭐라고 불리고 싶은지 궁금해서. 우리 서로 알게 된 지 한 달은 넘었잖아.

여자　난 아저씨 몰라. 알고 싶지도 않고.

남자　그래? 난 니가 점점 더 궁금한데 아쉽네.

여자, 돈통에서 만원짜리 한 장을 꺼내 남자에게 던진다.

여자　만 원 까주면 되지?

떨어진 지폐를 흘깃 쳐다보고는 담배를 길게 빠는 남자.

남자   일부러 그러지 않아도 기분 잡쳐서 어차피 갈 거야. 이거
                  나 다 피고. (피우던 담배 건네며) 너도 필래?

여자   ……

남자   담배는 못 배웠구나? 술은? 술도 못 해?

여자   ……

남자   서 있지 말고 이리 앉아.

여자, 그대로 서 있다. 일부러 반항하는 사춘기 소녀처럼.

남자   근데 왜 금지된 방이야?

여자   금지됐으니까.

남자   왜 금지됐는데?

여자   나쁘니까.

남자   그러니까 왜 나쁘냐구.

여자   아빠가 넥타이로 목을 맸거든.

남자   (담배 든 채 멈칫) ……

아빠(E)   (흐느끼는 소리) 돌아와. 제발… 내 작은 철학소녀…

여자   혓바닥이 이따만큼 빠졌어.

남자   ……

여자   눈깔이 이따만큼 튀어나오고.

남자   ……

여자 지독한 냄새가 났어.

남자 니가 발견했어? 아빠… 시신. 죽은 몸.

여자 그럼 누가 발견했겠어. 나밖에 없는데.

남자 엄마는?

여자 엄만 뒈졌지. 그 전에 벌써.

남자 혼자서 어떻게 했는데?

여자 문을 닫았어. 금지시켜버렸어.

남자 아무한테도 알리지 않고?

여자 아무 누구?

남자 아무 어른이라도. 친척이나… 친척도 없으면 동네 어른이
      라도.

여자 ……

남자 그럼 시신은…?

여자 금지된 방은 아무도 열지 않아.

남자 방에 그대로 뒀다고?!

여자 무서워?

남자 (잠시. 헛웃음) 하마터면 믿을 뻔했네.

여자 아저씨 몇 살이야?

남자 그건 왜?

여자 이렇게 늙었는데 어떻게 아직도 무서운 게 있어?

남자 늙은 건 맞지만 무서운 건 아니야. 그리고 늙었다고 해서
      무서운 게 없어지는 것도 아니고. 오히려 사는 게 점점 더
      무서워지지.

여자 왜?

남자 넌 삶이 단순해서 좋겠다. 몸 팔아서 몸을 먹이는 아주 단

순한 삶.

여자 나 사는 게 쉬워 보여? 더러운 놈들한테 몸 팔아 먹고 사는 게?

남자 나도 더러운 놈이지? 미안… (사이) 이 세계 입문한 지는 얼마나 됐어?

여자 뭘 해?

남자 일 시작한 지 얼마나 됐냐고. 몸 판 지.

여자 아마 열세 살. (부엌으로 들어간다)

남자 대찬 년…! 초경은 하고 시작한 거야?

여자 (귤을 까먹으며 나온다) 줄까?

남자 원조교제였어? 조건만남 뭐 그런 거?

여자 새벽에 슈퍼에서 먹을 거 훔치다 아저씨한테 걸렸는데 창고로 끌고 가더니 치마를 올렸어.

남자 뭐?!

여자 완전히 나쁜 건 아니었어. 큰 비닐봉지를 나한테 줬거든. 뭐든 담을 수 있는 만큼 가득 담아가라면서.

남자 개자식!

여자 컵라면, 우유, 구운 달걀, 빵… 더 넣을 수 없는데도 사탕이랑 껌까지 꽉꽉 담았어. 비닐봉지가 터질 정도로. 집에 와서 그것들을 토할 때까지 먹고 살아났어.

남자 미친년아! 신고했어야지 그걸 왜 처먹고 있어?!

여자 착한 아저씨였어. 찾아갈 때마다 커다란 비닐봉지를 줬으니까.

남자 강간의 대가잖아!

여자 강가이 왜? 그게 어때서?

남자   넌 겨우 열세 살이었어. 그건 아주아주 나쁜 짓이고. 더구나 어른이 어린애한테 할 짓은… (죄의식에 혼잣말처럼) 하… 내 주제에 무슨 훈계질이냐.

여자   그 아주아주 나쁜 짓이 없었다면 난 굶어 죽었을 거야. 슈퍼아저씨가 날 살렸어.

남자   살린 게 아니지. 그 짓이 아니라도 도와줄 방법은 얼마든지 있었을 테니까.

여자   굶어 죽은 다음에?

남자   대신 니 영혼을 죽였잖아. 밥 먹고 숨 쉰다고 다 살아있는 건 줄 알아?

여자   꺼져! 이래라 저래라 하는 남자 딱 질색이니까.

남자   그때 신고했으면, 그래서 그 인간한테 계속 당하지 않았더라면, 좀 더 인간 같은 인간들을 만나면서 살았을 거 아냐!

여자   인간 같은 게 어떤 건데?

남자   적어도 발가락이나 핥아대는 늙은 변태는 아니겠지.

여자   됐어. 죽은 다음 찾아와서 시체 잘 치워줄 좋은 인간 같은 거 필요 없으니까.

남자   인간은 쉽게 죽지 않아.

여자   내가 아는 인간들은 다 쉽게 죽었어.

남자   ……

여자   살아있을 때 찾아왔다고 쳐. 좋은 인간들이 날 어떻게 했을 거 같아? 기껏해야 좋은 원장할아버지가 있는 고아원으로 보냈겠지. 그럼 좋은 원장할아버지가 내 치마를 올렸을 테고. 경찰에 신고하라고? 경찰은 다를 거 같아? 늙은 경찰, 젊은 경찰 돌아가면서 내 치마를 올렸을 거야. 다 그런 거랬어.

남자 누가?

여자 슈퍼아저씨가.

남자 그 나쁜 인간 말은 다 잊어버려! 그 인간이 틀렸어. 세상엔 좋은 사람들이 더 많아. 그 사람들이 널 도왔을 거고 넌 지금보단 나은 삶을 살았을 거야.

여자 뭐 약간 더 나았을지도 모르겠네. 어쩌면 열네 살이나 열다섯 살까진 몸을 팔지 않았을지도 몰라.

아빠, 술에 잔뜩 취한 채 얼마 남지 않은 소주병을 흔들며 난간 앞으로 나온다. 수척한 얼굴에 눈빛이 상했다.

아빠 꼬맹아! 술 가져와. 술 떨어졌다.

난간 앞에 쭈그리고 앉아 빈 소주병을 혀로 핥고 있는 아빠.

여자 엄마 죽고 나서 아빤 밥 대신 술을 먹었어. 아침에 눈 뜨면 술짝에서 소주 다섯 병을 2층 아빠방 앞에 갖다 놔. 어떨 땐 다섯 병으로도 모자라 더 가져오라고 하지. 아직 어린 나는 아빠가 죽어버릴까봐 무서워. 그래서 계란후라이를 해서 가져가지. 그럼 아빤 칭찬을 해줘.

아빠 쪼끄만 화냥년. 그래도 꽤 쓸모가 있단 말이야. (빈 병을 들고) 자, 건배하자. 천국에서 취하고 지옥에서 깨어나리!

아빠, 웃는 건지 우는 건지 꾹꾹 이상한 소리를 내며 사라진다.

여자 하지만 계란후라이가 소용없었나봐. 아빠마저 죽어버렸
으니까. 이 집에 나 혼자. 이 넓고 추운 집에 나 혼자. 아
무도 아빠에 대해 묻지 않았어. 왠지 알아? 말을 걸었다
가 나쁜 병균을 자기들한테 옮겨 놓을까봐. 그게 비결이
야. 열세 살 어린애가 아무도 모르게 혼자 살아남은 비
결. 더러움, 불결함, 모두를 도망치게 만드는 역겨움. 하
지만 슈퍼아저씨는 날 친절하게 대했어. 모르는 걸 물어
보면 친절하게 가르쳐줬어. 몰라서 다시 물어봐도 절대
화내지 않았어. 가끔은 치마를 올리지 않고도 웃으면서
비닐봉지를 줬어.

두 사람 사이에 흐르는 오랜 정적.

남자 (마침내) 미안하다.

여자 뭐가?

남자 내가 어른이라는 게 창피해. 나이 먹으면 저절로 좀 나은
인간이 되는 줄 알았어. 별다른 노력 없이도 저절로. 그런
데, 오히려 젊었을 때만 못하다고 느낄 때가 많아. 비겁하
고 누추해. 고집은 세지고 부끄러움은 줄어들어. 늙으면
욕망에서 해방될 줄 알았는데, 아니야. 새빨간 거짓말이었
어. 늙으면 욕망도 늙어. 젊고 싱싱하지 못한 욕망은 추하
고 쭈글쭈글해.

여자 (뭔가 위로의 동작을 해보려고 노력하며) 아저씬 내가 만난 어

른 중에 제일 좋은 인간이야.

남자   거짓말.

여자   진짜야. 특히 겨울 고객으론 최고야. 양말만 벗으면 되니까 감기에도 안 걸리고.

남자   (웃는다) 칭찬이지?

여자   (같이 웃으며) 웃긴 얘기해줄까? 그 아저씨가 갑자기 슈퍼를 관뒀어. 내 생각엔 들켜서 쫓겨난 거 같아. 대신 순진하게 생긴 안경 낀 남자애가 왔는데 일단 물건을 고르는 척하면서 잠깐 고민했지. 배는 고프고, 어떡할까. 먼저 강간을 해달라고 말할 순 없잖아.

남자, 혀를 차며 고개를 절레절레 흔든다.

여자   그러다 문득 좋은 생각이 떠오른 거야. 남자애한테로 가서 (스웨터를 들춰 젖가슴을 홀랑 드러내며) "같이 창고로 가지 않을래?"라고 했지.

남자, 배꼽을 잡고 웃는다. 여자도 같이 낄낄거린다.

남자   작작 좀 놀려먹지 그랬냐.

여자   그 다음부터가 진짜 재밌어.

남자   진짜 창고로 간 거야?

여자   아니. 돌아서서 집으로 왔지. 난 매달리기 싫은 여자니까. 근데 그 병신이 졸졸 쫓아오잖아? 슈퍼 문도 열어놓고. 따라오는 걸 알면서도 모른 척하고 집까지 올라왔어. 그리고 대문을 살짝 열어놓고 들어왔지.

남자 이거 보통 선수가 아닌데.

여자 처음이었어. 먹을 거 대신 돈 받고 치마를 올린 첫 남자.

남자 얼마 받았는데?

여자 팔천 원.

남자 장난하나!

여자 가난한 재수생이랬어. 근데 아저씨 재수생이 뭔지 알아?

남자 대학시험에 떨어져서- (관둔다) 그런 게 있어.

여자 벙어리 엄마랑 단둘이 산댔어.

남자 그 뒤로도 만나러 왔고?

여자 세 번인가 네 번. 돈이 없어서 못 온다길래 김치나 쌀 있냐
고 했더니 정말 김치를 가져왔어. 총각김치를.

남자 (낄낄거리며) 화대로 총각김치를… 웃기다. 정말 웃겨.

여자, 슬픔인지 분논지 모를 감정을 느끼며 입을 다물고 있다.

남자 (웃음을 거두며) 왜? 웃어서 화났니?

여자 나 말고 개가. 벙어리 엄마가 담근 김치 때문에 화가 난 건
지 울고불고 소리를 지르고 가버리더니 다신 안 왔어.

남자 그 얼뜨기 재수생이 니 첫사랑이었구나.

여자 첫사랑 좋아하네!

남자 이것 봐. 얼굴 빨개졌다.

여자 시끄러! (벌떡 일어나며) 귤 먹을래?

남자 귤 말고 밥.

여자, 부엌으로 들어가며 중지를 치켜든다. 뭐가 좋은지 계속해서 히죽거리는 남자.

엄마가 난간 사이로 얼굴을 내밀자 형광등이 깜빡거리다 갑자기 꺼져버린다. 어둠 속, 엄마의 모습만 뚜렷하다. 괴기스럽다.

엄마　아긴 건드리지 말아줘요.

남자　정전인가?

엄마　부탁이에요. 내 아긴 아무 잘못도 없잖아요.

남자　(큰소리로) 부엌에 초 있니?

여자(E)　(큰소리로) 조금 있으면 다시 켜져.

형광등이 다시 들어온다.

남자　진짜네.

여자가 귤을 까먹으며 부엌에서 나온다. 후다닥 숨는 척하지만 멀리 가지 않고 그들을 힐끔거리고 있는 엄마.

남자　평소에도 정전 자주 돼?

여자　가끔.

남자　사람 불러서 손 좀 봐야겠다. 합선 그냥 놔두면 위험해. 불 날 수 있어.

여자　불나면 좋겠다.

남자　애가 뭐래?

여자　다 타버리면 떠날 수 있잖아.

남자 떠나고 싶니?

여자 그때 날 먼 데로 데려다줄 수 있어? 최고로 먼 데까지.

남자 최고로 먼 데가 어딘데?

여자 거긴 아마… (오래 생각하지만 떠오르지 않는다)

남자 … 어딘지 생각나면 말해.

여자 (딴청) 이번엔 눈이 쭉 째지고 사납게 생긴 뚱보가 왔어.

남자 (웃옷 들치는 시늉을 하며) 계속해서 같은 영업방식?

여자 경찰에 신고하겠다고 전화기를 집어 들길래 냅다 도망쳤지. 그 뚱보새끼, 분명히 30초 동안이나 내 젖꼭지를 뚫어지게 쳐다봐놓구.

남자 인내심이 끝내주는군. 나 같으면 30초 동안 쳐다보기만 하는 그런 고문은 견딜 수 없었을 텐데.

여자 슈퍼는 다 틀린 거 같고 다시 쫄쫄 굶다가 길거리로 나갔지. 제정신이 아니었어. 무작정 아무 말이라도 해볼 생각이었어.

남자 어떤 말? 화대 없으면 총각김치도 받는다고? (낄낄거린다)

여자 (버럭) 그게 그렇게 웃겨?

남자 아니. 미안. 첫사랑을 놀릴 생각은 아니었어.

여자 첫사랑 아니라니까!

남자 알았다 알았어. 그래서 첫 번째 길거리 호객행위는 성공했어?

여자 그게 뭔데?

남자 남자가 붙었냐구.

여자 어지러우니까 일단 쪼그리고 앉았지. 지나다니는 남자들을 빤히 쳐다보면서. 드디어 어떤 아저씨가 천원짜리를 내미는 거야. 걸렸다! 돈을 받으면서 아주 간절한 눈빛으로 아저씨를 쳐다봤어. 다른 손은 치마 속에 넣고 천천히 문지르면서⋯ '제발, 나를, 사주세요!' 그리고는 천천히, 무심한 척 집으로 돌아왔지.

남자 따라왔구나.

여자 응. 나중에 알게 된 건데 그때 너무 빨리 걸어도 안 되고 너무 늦게 걸어도 안 돼. 너무 빨리 걸으면 따돌리는 줄 알고 가버리고 너무 늦게 걸으면 생각이 많아져서 포기하거든.

남자 그런 특급 노하우를 스스로 터득하다니!

여자 (뻐기듯) 학교에선 이런 거 안 가르쳐 줄걸? 공부 많이 배웠어도 굶어 죽으면 다 꽝인데.

남자 학교는 어디까지 다녔니?

여자 ⋯⋯

남자 중학교는 마쳤어?

여자 가끔은 아저씨처럼 스스로 찾아와서 초인종을 누르기도 해. 참! 아저씬 어떻게 알고 찾아온 거야?

남자 나도 너 따라왔어.

여자 난 아저씨 달고 온 기억 없는데.

남자 지나다 큰길에 서 있는 거 두어 번 봤거든. 니 옷차림이 좀 튀는 편이란 건 알지?

여자 그래? 어디가? (살핀다)

남자 아냐. 개성 있어. 눈에 딱 띄고 좋아.

여자 아저씨도 이 동네 살아?

남자 아냐. 난 여기 안 살아. 직업상 서울 시내를 구석구석 누비고 다니지. (핸들 돌리는 시늉을 한다)

여자 (흥분하며) 아저씨 택시기사야?

남자 응.

여자 나 택시 되게 좋아하는데! 태워주라!

남자 그래. 말만 해.

여자 지금!

남자 지금 당장?

여자 응.

남자 지금 빼고 언제든지.

여자 거짓말했어.

남자 오늘은 차 없어. 여기 오는 날은 일 안 하니까 차 놓고 와.

여자 나한테 거짓말했어!

남자 거짓말 아니야. 다음엔 차 갖고 올게.

여자 진짜?

남자 응.

여자 약속할 수 있어?

남자 그래. 약속할게. (한숨) 넌 너무 까다로워. 까다로운 애인 비위 맞추기엔 내가 너무 늙었다.

여자 애인 아니야.

남자 그럼 단골?

여자 열 번도 안 팔고 단골은.

남자 열 번 사려면 부지런히 와야겠네. (여자의 이마에 살짝 입을 맞춘다) 잘 자, 애인.

남자, 코트를 걸치고 떠난다. 엄마가 그 모습을 빤히 쳐다보고 있다. 갑자기 나타난 아빠가 엄마의 머리카락을 잡아챈다. 중심을 잃고 그대로 엉덩방아를 찧는 엄마. 아빠가 엄마의 머리채를 질질 끌고 간다.

엄마　놔! 아악! 이거 놔!!

아빠　아직도 몰라? 넌 끝났어. 이렇게라도 구제해주는 나한테 고마워해야 한다고.

엄마　살려줘요! 도와주세요!

아빠　누가 널 돕겠어? 봐. 다들 슬금슬금 피하잖아. 니 별명이 뭔지 알아? 철학창녀.

엄마　당신 짓이잖아! 당신이 퍼뜨렸잖아!

아빠　응. 내가 지었어. 너한테 어울리는 정말 기막힌 별명이지? 게다가 난 관대하기까지 해. 니 죄를 묻어두기로 했거든. 기꺼이 씻어주기로 했다고. 세례. 정결례. 어려운 책 좋아하니까 그 정돈 알지? 그러니 감사하란 말야. 복종해. 경외하라구.

엄마　용서 못 해! 당신 저주할 거야!

아빠　얼마든지. (더 거칠게 끌고 간다)

엄마　아악! 놔! 그 더러운 손 치워!!

아빠, 2층 어둠 속으로 엄마를 질질 끌고 사라진다. 엄마의 끔찍한 비명도 서서히 사라진다.

달팽이 여자와 여자의 엄마 이야기

여자, 거실 중간 커다란 원목책상 주위를 천천히 돌고 있다. 발소리도 거의 들리지 않게. 조심스럽게.

잠시 후 엄마가 트렁크를 끌고 계단을 내려온다. 허둥거리는 것도 같고 원래부터 불안증에 시달리는 사람처럼 느껴지기도 한다. 기우뚱하던 걸음걸이는 계단을 내려올 때 보니 확연히 절룩거린다.

만취한 아빠가 나타나지만 여자의 기억 속에만 존재하기 때문에 영혼 상태인 엄마와는 서로 소통하는 게 아니다. 여자, 아빠 쪽을 의식하며 공포감으로 어깨를 둥글게 말아 웅크린다.

아빠 고개 숙인다고 니 찢어진 입술이 안 보일 줄 알아? 차라리 똑바로 쳐다봐. 대놓고 경멸하란 말이야. (애원조로) 알잖아. 널 갖기 위해 교수 자리도, 가족도, 친구들도 전부 버렸어. 너 하나 갖기 위해서! 넌 알잖아… 모르면 안 되잖아…

엄마 쉿! 아가. 우린 오늘 여길 탈출할 거야.

아빠 (흐느낀다) 들키지 말았어야지. 누굴 생각하고 있는지 들키지 말았어야지! 그게 내가 아니라는 걸 모르게 했어야지, 이 화냥년아!!

엄마 (창밖을 몰래 살피며) 다행이야. 아무도 안 보여.
여자 (아빠를 의식하면서도) 아무도 없으니까.

214

엄마 그들을 따돌리려면 이른 새벽에 움직이는 게 낫겠어.

여자 아무도 없어. 이제 아무도 없다는 걸 엄마도 알잖아.

엄마 니 아빤 호락호락한 사람이 아니야. 분명 어딘가에 사람들을 심어놨을 거야.

여자 종일 술에 취해 지냈어. 아빤 아무것도 못 해. 완전히 망가졌고 그나마 썩어 없어진 지 오래야.

엄마 잘 들어 아가. 아빤 무서운 사람이야. 니가 알고 있는 것보다 훨씬 더.

아빠 여긴 안전해. 이리 와, 내 작은 철학소녀. 이제 아무도 널 괴롭히지 못해. 내가 지켜줄 테니까. 내 작은 철학소녀…

여자 무서웠지. 엄마도 나도 완전히 복종할 수밖에 없었지.

아빠 여긴 숨은 집. 숨겨진 집. 아무도 모르게 세상을 속일 수 있는 집.

여자 엄마, 이 집은 나쁜 비밀을 너무 많이 알고 있어.

아빠 숨겨놓은 여자. 그 여자의 어린 창녀 같은 딸.

여자 태워버려야 해. 비밀들을 삼켜버리도록 불을 질러야 해.

엄마 우린 오늘 새벽에 떠날 거야. 동이 트기 전에.

여자 엄마 혼자 가.

엄마 뭐?

여자   혼자 가. 거긴 누구랑 같이 갈 수 있는 곳이 아니니까.

엄마   너 혼자 두고 엄마가 어딜 가?

여자   난 오래전부터 혼자였잖아.

엄마   그렇게 말하지 마. 너무 슬퍼.

여자   엄마가 슬퍼해야 할 일은 따로 있어. 먹을 게 없어 굶어 죽어갈 때, 너무 맞아 기절해버렸을 때, 살기 위해 아저씨들한테 다리를 벌릴 때 슬퍼했어야지. 그때 슬퍼했어야지.

엄마   거짓말.

여자   거짓말 아니야. 엄마 눈으로 똑똑히 봤잖아!

엄마   쉿! 목소리 낮춰. (바깥소리에 귀 기울이며) 누가 들을지도 몰라.

여자   아무도 없어! 아빠도 죽었어!

엄마   (두려워하며) 아빠는 있어. 보이지 않는 것뿐이지.

여자   엄마, 이제 그만 떠나. 엄마 발의 족쇄는 벗겨졌어. 엄만 이제 완전히 자유야.

엄마   잘 들어, 아가. 오늘 새벽 우린 여길 떠날 거야. 새벽 동트기 전에.

여자   그날 새벽 동트기 전에 떠난 사람은 엄마뿐이었어.

엄마   지금 떠나야 돼. 곧 해가 뜰 거야.

여자   싫어. 무서워 엄마!

엄마   (여자의 입을 막으며) 쉿! 조용히 해, 아가. 겁내지 마. 입 다물어!

여자   가지 마! 아빠가 죽일 거야. 가지 마, 엄마!

엄마   가야 돼. 다시는 기회가 없을지도 몰라. 아빠가 눈치채기 시작했단 말이야!

여자   난 안 가! 엄마 혼자 가!

엄마   아가!! 제발!!

여자   엄만 선택해야 했어. 난지 엄만지.

엄마   다시 와서 널 데려가려고 했어. 둘 다 잡히면 죽기 전엔 도망칠 수 없었을 테니까.

여자   난 태어나서 한 번도 저 문을 나가본 적이 없었어.

엄마   할 수 있어, 아가. 해야만 해, 아가.

여자   밖으로 나가면 무슨 일이 벌어질지 상상할 수 없었어. 너무 무서워서 숨을 쉬기도 힘들었어.

엄마   널 두고 간 게 아니야. 다시 와서 널 데려가려고 했어. 미안해. 다시 돌아오지 못해서…

여자   잠이 들었어. 울며 기다리다 지쳐서. 문이 열리고 환한 빛이 눈을 찌르듯 쏟아져 들어왔을 때, 난 엄마가 드디어 날 데리러 왔다고 생각했어. 엄마! 엄마야? 돌아온 거야? 하지만 다가오는 검은 그림자는 털이 곤두선 채 송곳니를 드러낸 짐승이었어. 그 짐승이 내 위에 올라타 목을 졸랐어!

아빠   (어둠 속에서 튀어나와 여자의 목을 조르며) 엄마 어디 갔어? 이 걸레 같은 년 어디 갔냐구! 넌 알지? 어디로 간 건지 넌 알잖아!

여자   몰라요 아빠. 정말 몰라요.

아빠   엄마 부르는 사인을 보내. 그 화냥년이 보고 달려올 수 있게. 너한테 무슨 일이 생기면 보내라는 사인 같은 거 있을 거 아니야! (여자의 옷을 거칠게 벗긴다) 빨리 사인을 보내! 내가 딸년한테 무슨 짓을 하고 있는지 알려! 널 구하러 오

217

게 사인을 보내란 말이야!

여자   아빠 잘못했어요… 용서해주세요! 잘못했어요…

아빠   널 갖기 위해 내가 버린 걸 너도 잃어봐. 그게 얼마나 고통스러운 일인지 너도! 너도!

여자   엄마, 날 버리고 가지 마.

엄마   아가, 어미는 자식을 버릴 수 없어.

여자   (강간당하며 엄마를 돌아본다) 그러니까, 당신은, 어미가 아닌 거야.

달팽이집, 절규하며 어둠에 휩싸인다.

달팽이 여자와 여자의 아빠 이야기

어둠 속에서 철컹철컹 소리가 규칙적으로 들린다. 노래라고 하기엔 너무 이상한 노랫소리도 들린다. 서서히 달팽이집이 밝아온다. 아빠가 2층 방에서 나와 손목시계를 보며 서둘러 계단을 내려온다. 술에 취하지 않은 멀쩡한 모습이다.

아빠   밤에도 작은 등 하나만 켜놔. 집안에서 무슨 일이 벌어지는지 밖에서 알면 안 된다는 거 알지?

엄마가 기둥 뒤에서 모습을 드러낸다. 처참한 몰골로, 오른쪽 발목에는 기둥과 이어진 족쇄를 차고 있다. 철컹거리는 소리의 정체는 족쇄다. 말은 하지 않고 아빠의 눈치를 살피며 고개만 까딱하는 엄마.

아빠, 늦었는지 서두르는 기색이 역력하다. 엄마가 고개를 쭉 빼고 바깥 소리에 귀를 기울이는데 나갔던 아빠가 갑자기 다시 들어온다. 엄마, 깜짝 놀란다.

아빠   갑자기 추워졌네. 코트 좀 갖다 줘.

엄마, 다리를 질질 끌며 몇 걸음을 떼지만 얼핏 보기에도 2층까지 올라가기엔 줄이 짧다.

아빠   (답답하다는 듯) 꼬맹아! 숨어있지 말고 나와 봐. 어서!

여자, 아주 조금 모습을 드러낸다. 굳이 아이처럼 보일 필요 없다.

아빠   아빠 방 올라가서 코트 좀 가져와. 옷걸이에 걸려있는 회색 코트.
여자   (엄마를 돌아보며 머뭇거린다) 엄마…?
아빠   아빠 늦었으니까 빨리!

여자, 놀라 쪼르르 2층으로 올라가더니 회색 코트를 들고 내려와 아빠에게 건넨다. 입고 있던 겉옷을 벗어 여자에게 건네는 아빠. 양복 입은 아빠 모습이 어색한지 여자가 조금 놀란 표정으로 아빠를 훔쳐본다.

아빠   (빙그레 웃으며) 왜? 아빠 멋있어 보여?

여자는 부끄러운지 엄마 뒤로 몸을 숨기고 고개만 내민다.

아빠 밖에 나가면 안 되는 거 알지? 밖엔 전에 보여준 영화에
나오는 좀비들이 쫙 깔렸어. 며칠 전에도 어린 남자애 하
나가 살점이 뜯어지고 내장이 줄줄 빠져나온 몰골로 길에
버려졌더라. 배가 고파 먹을 걸 구하러 나갔겠지. 아빠도
없는 애였을 거야. 꼬맹이 넌 아빠가 밖에 나가서 먹을 걸
구해오니까 다행이지? 아빠한테 감사해야 돼. 알았어?

여자 (엄마 뒤로 더 숨으며) ……

아빠 (엄마에게) 갔다 올게.

엄마 조심히 다녀오세요.

아빠 (여자에게) 엄마 잘 지키고 있어.

아빠, 나간다. 여자는 아빠가 벗어준 겉옷을 들고 우두커니 서
있다.

엄마 아빠 방에 갖다 놔.

2층으로 올라가는 여자. 계단 중간 참에서 갑자기 멈춰 선다.

엄마 왜?

여자 엄마……

엄마 말해봐, 아가.

여자 주머니 속에 그게 있어.

엄마 뭔데? (잠시 바깥 소리에 귀 기울인 후) 주머니에 손 넣어봐.

여자 (현관문을 보며 고개를 젓는다)

엄마 괜찮아. (현관문 쪽으로 몸을 좀 더 움직인다) 차는 벌써 출발했어. 다시 돌아오면 소리가 들릴 거야. 엄마가 잘 듣고 있을게.

조심스럽게 겉옷 주머니에 손을 집어넣는 여자. 부들부들 떤다. 손을 쉽게 빼지 못한다. 간신히 손을 빼면, 여자의 손에 들려있는 반짝거리는 열쇠 꾸러미.

엄마 (침착하려 애쓰지만 다리에 힘이 풀려 주저앉는다) 이리 가져와. 어서. 그거 엄마한테 줘.

여자 (고개를 가만가만 젓는다)

엄마 괜찮아. 아빠 눈치 못 챘어. 그냥 갔어. 아니, 눈치챘어도 다시 돌아오지 못할 거야. 너무 늦었거든. 아빠는 술 취하지 않았을 땐 약속을 잘 지키는 성실한 사람이니까.

여자 난 엄마를 향해 걸어갔어. 5분이나 어쩌면 그 이상, 아주 오랜 시간이 걸렸던 거 같아.

엄마 (답답하지만 참을성 있게) 어서, 아가! 그래, 잘한다. 그렇게 걸어오면 돼.

여자 작은 손안에서 열쇠꾸러미가 찰랑거리는 소리를 냈어. 초겨울인데도 목에서 땀이 났지. 갑자기 참을 수 없이 오줌이 마려웠지만 다리에 힘이 풀려 움직일 수가 없었어. (천

천히 주저앉는다) 난 계단에 주저앉아 오줌을 싸기 시작했
어. 다리 사이로 누런 오줌이 주르륵 계단을 타고 흘러가
는 게 보였어. 아빠한테 혼날 텐데… 얼음이 담긴 욕조 속
에 집어넣고 백을 세라고 하겠지? (공포로 인해 정신을 잃을
것처럼 보인다)

엄마 괜찮아, 아가. 엄마한테 와. 엄마가 치워줄게. 아빠 모르게.
옷도 빨아줄게. 깨끗하게.

여자 (고개를 저으며 흐느낀다)

엄마 정신 차려, 아가. 엄마만 봐. 엄마만 보고 와.

여자 엄마…!

여자, 간신히 남은 계단을 내려가 엄마의 손에 마침내 열쇠 꾸러
미를 쥐어준다. 엄마, 안도의 한숨을 내쉬며 덜덜 떨리는 손으로
족쇄를 푼다.

엄마 가자, 아가. 도망치자. 아빠 돌아오기 전에!

여자, 완강하게 고개를 가로젓는다.

엄마 지금이 기회야. 이런 기회 다시는 안 올지도 몰라.

여자 싫어. 무서워.

엄마 엄마가 같이 있는데 뭐가 무서워?

여자 거짓말이야. 한순간도 엄마랑 떨어지지 않았지만 한순간
도 무섭지 않은 적은 없었으니까.

엄마   가야 돼, 아가. 제발…!

여자   무슨 말을 해도 엄만 내 고집을 꺾을 수 없었어. 아빠와 바깥세상에 대한 공포 속에 12년을 살았으니까. 엄만 드디어 지쳤어. 더는 날 설득하길 멈췄지. 대신 그날 밤 해가 질 때를 기다려 밖으로 나가서 똑같은 열쇠를 하나 더 만들어 왔어.

엄마   떨어진 동전들을 몰래 모아두길 잘했어. 그 돈으로 똑같은 열쇠를 하나 더 만들었으니까.

여자   엄만 아주 용감했어. 땀으로 젖은 손에서 반짝거리는 새 열쇠, 안으로 잠긴 지옥문을 열어줄 열쇠가 엄마 손에 들려있었지.

멀리서 들려오는 아코디언 소리. 엄마와 여자가 웃으며 춤을 춘다. 자유를 꿈꾸는 절제되지 않은 춤이다.
춤이 절정에 이른 순간, 갑자기 음악이 뚝 끊긴다.

여자   다음날 이른 아침, 아빠가 예고도 없이 돌아왔어. 어제의 친절했던 모습은 사라지고 원래의 아빠가 되어.

아빠, 잔뜩 화난 모습으로 씩씩거리며 들어온다.
한쪽 발을 여자에게 맡기는 엄마. 여자가 기둥 뒤에 숨어 재빨리 엄마의 발에 족쇄를 채우고 사라진다.

아빠 별일 없었어?

엄마 네.

뭔가 이상한 걸 느낀 사람처럼 집안을 휘 둘러보고 고개를 갸웃거리더니 이윽고 2층으로 올라가 버리는 아빠. 여자가 다시 나타난다.

여자 아빠가 고개를 갸웃거렸을 때 엄만 가슴이 철렁 내려앉았다고 했어. 하지만 그날따라 몹시 피곤하고 잔뜩 화가 나 있던 아빤 집안에서 풍기는 이상한 공기를 눈치채지 못했던 거야.

엄마와 여자, 다시 춤을 추기 시작한다. 자유의 춤이 점점 더 대범해진다. 더 큰 공간을 더 크게 움직인다.

여자 엄만 점점 더 대범해졌어. 낮에도 밖에 나갔다 왔으니까. 난 엄마가 다시는 돌아오지 않을까봐 두려워지기 시작했어. 그래서 엄마 다리에 매달리며 나가지 말라고 울기도 했어. 아빠한테 이르겠다고 협박하기도 했어. 열쇠를 아빠한테 줘버리겠다고도 했어. 그때마다 엄만 날 달래느라 애를 먹었지.

엄마 도망쳐야 해. 죽을 때까지 여기서 살 순 없어. 기회는 단한 번뿐일 거고 그 순간을 위해 엄만 철저히 준비할 거야.

여자 혼자 두지 마, 엄마! 제발 나 혼자 이 집에 두고 가지 마!

엄마 걱정 마, 아가. 널 놔두고 아무 데도 안 가니까.

매달리는 여자를 떼어내고 뒷걸음질로 현관문을 나서는 엄마. 여자, 쫓아가지만 현관문 앞에서 멈춰 선다. 도저히 밖으로 나갈 용기가 나지 않는다. 그렇게 우두커니 서서 두려움과 싸우고 있다. 쾅쾅 거칠게 문 두드리는 소리. 여자는 과거의 아픈 기억에서 깨어난다. 문이 벌컥 열리더니 술 취한 사내가 신발도 벗지 않고 들어와 대자로 뻗어버린다.

여자 뭐야? 다신 오지 말라 그랬지!

사내 잡년이 어따 대고 훈계야?!

여자 술 처먹고 오지 말라고, 이 개자식아.

사내 걸레 같은 게 누구더러 개자식이래?

사내, 여자의 머리채를 잡는다. 하지만 술이 너무 취해 비틀거리다 같이 쓰러진다. 지지 않고 남자를 걷어차는 여자.

여자 술 처먹었으면 집에 가서 곱게 자빠져 자, 이 새끼야!

사내 난 술 처먹으면 떡을 쳐야 잠이 오거든.

여자 그럼 니 마누라랑 떡을 치든가! 고자새끼…

사내 고자!?

여자 고자 아니면 세워 봐! 세워 보라고!

사내 안 닥쳐?!

여자 못 세우지?

사내 닥치랬다?

여자 세우지도 못하는 게 왜 술만 처먹으면 찾아와서 행패야!

사내 (여자의 멱살을 쥐고 흔들며) 주둥아릴 찢어야 닥칠래?

사내, 여자의 뺨을 때리며 치마를 강제로 벗긴다. 반항해보지만 속절없이 붙잡혀 치욕을 당하는 여자.

여자 안 비켜? 이거 놔, 고자새끼!!

사내 돈 주면 될 거 아냐? 돈만 주면 벌리는 넌 주제에!

사내, 주머니 안에서 지갑을 꺼내 던지더니 벨트를 푼다. 그 틈을 타 도망치는 여자. 하지만 남자에게 발목을 붙잡혀 '콰당' 넘어진다. 통증으로 꼼짝 못 하는 여자의 머리채를 잡도리해 질질 끌고 안쪽 방으로 들어가는 남자.

사내 너 따위가 감히 날 무시해? 쥐도 새도 모르게 없애버려도 아무도 찾지 않을 년! 무덤 같은 집에 살면서 죽은 것처럼 썩은 악취를 풍기는 년!

잠시 후 들려오는 저열한 교성과 욕설, 여자의 안쓰러운 고통의 비명소리. 사내가 흥분해서 여자를 때리는 소리도 들린다.
구타의 소리는 엄마로 하여금 끔찍한 기억을 불러일으킨다. 두려움에 떨며 귀를 막는 엄마.

엄마 이 집은 사랑하는 여자의 비명을 가둬놓기엔 정말 안성맞춤이지. 아무리 소리를 질러도 누구 하나 간섭하는 사람이

없거든. 비명은 멀리서 메아리칠 땐 신음처럼 들려. 밤낮
으로 사랑을 나누는 신혼의 뜨거운 열기…

여자의 비명 소리가 커질수록 더욱 몸이 굳어가는 엄마.

엄마 걱정 마, 아가. 이 집은 입이 무거워서 비밀을 아주 잘 간
직하거든. 가져야만 직성이 풀리는 여자를 몰래 빼돌려 숨
겨놓기 좋은 집. 돌아갈 곳을 잃어버린 그 여자는, 점점 불
러오는 배를 보고서야 그날의 기억이 꿈이 아니었다는 걸
알게 된 여자는, 체념한 듯 보이지만 사실 사랑하는 남자
의 아일 지키는 중이었단다. 숨어라, 아가. 학대와 구타 속
에서도 살아남은 널, 맨몸뚱이로 엎어놔도 죽지 않은 널,
저 인간은 끔찍하게 싫어한다. 두려워한다. 숨어라, 아가.
지금부터 숨바꼭질 시간. 꼭꼭 숨어라 머리카락 보일라!
꼭꼭 숨어라 머리카락 보일라!

엄마, 책상으로 달려가 힘겹게 책상을 밀쳐낸다. 카펫에 가려 숨
겨져 있던 비밀의 문이 드러난다. 그 문을 활짝 열어젖히는 엄마.
달팽이집이 끼이익거리며 비명을 지른다. 엄마는 두려워하며 몸
을 숨긴다.
곧이어 얻어터진 몰골로 여자가 뛰쳐나온다.

여자 그만하랬지, 고자새끼!! (열린 지하실 문을 발견한다) 지옥문
이 열렸어! 금지된 방이 아가리를 벌렸다! (엄마를 찾아 두리
번거린다) 엄마! 엄마!!

사내가 뒤이어 쫓아온다. 훌렁 벗은 아랫도리에서 발기되지 못한 성기가 흉물스럽게 덜렁거리고 있다. 아직도 분이 안 풀리는지 씩씩거리는 사내.

사내 죽여 버릴 거야. 내가 그 얘기 안 했지? 난 죽은 년이랑 씹할 때만 서. 죽은 년은 고분고분 새색시 같아서 보고 있으면 저절로 흥분이 되거든. (문을 보고) 이건 뭐냐? 니 관짝 뚜껑이냐?

사내가 문 가까이 다가가자 있는 힘껏 밀쳐 계단 아래로 굴러 떨어뜨리는 여자. 급히 지하실 문을 닫고 잠금장치를 걸어버린다.

여자 니 관짝 뚜껑이다 왜?

여자, 책상을 질질 끌어다 덮어버리고 재빨리 멀찍이 떨어진다.
한동안 쿠당탕 소리와 욕설 들리다 잠잠해지는가 싶더니 갑자기 찢어지는 비명 소리. 공포에 질린 비명이다.
달팽이집, 꿈틀거린다. 소리 지른다. 그러다 마침내 서서히 어두워져 완전한 암흑.

중년의 남자와 여자의 엄마 이야기

현관문 앞에서 남자를 맞이하는 여자. 앞치마를 두르고 실내용 슬리퍼까지 신은 모습이 남편을 기다리는 아내 같지만 딱히 어디

랄 것 없이 어색하기만 하다. 남자가 눈을 털며 들어오다 입을 틀어막는다.

남자 욱! 냄새! 이게 무슨 고약한 냄새야?
여자 청국장 끓였어.
남자 (설마) 청국장 냄새라고?

여자, 봐달라는 듯 뱅그르르 돈다.

여자 나 어때?
남자 웬일이야? 앞치마 했네?
여자 어울려? 서랍에서 찾아냈어.
남자 머리도 얌전히 묶지.

쪼르르 서랍장으로 달려가 머리끈을 꺼내 질끈 묶는 여자. 잘 묶진 못한다.

남자 (잔머리를 쓸어주며) 묶으니까 훨씬 낫다.
여자 나 엄마놀이 하고 있었어.
남자 엄마놀이 같은 것도 해?
여자 난 별별 놀이를 다 해.
남자 (인상 쓰며) 근데 너 괜찮아? 냄새 장난 아닌데.
여자 청국장 있으니까 오늘은 밥 먹고 가.
남자 야… 이 냄새를 맡고 어떻게 밥을 먹냐…?
여자 싫으면 관두든가.

남자 이거 청국장 냄새 아냐. 뭔가 썩는 냄새지.

여자 에이 씨! 나 안 해!

여자, 머리를 다시 풀어헤치고 앞치마도 벗어던진다. 슬리퍼도 한 짝씩 벗어 멀리 날려버린다.

남자 왜 그래?

여자 됐으니까 꺼져!

남자 (앞치마를 주워주며) 다시 해. 잘 어울리던데…

여자 비켜! 엄마놀이 끝났어.

여자, 소파에 웅크리고 앉아 머리를 무릎 사이에 파묻는다. 남자, 슬리퍼를 주워서 소파 밑에 가지런히 놓아준다. 여자의 눈치를 살피며 괜스레 앞치마를 차곡차곡 개는 남자.

남자 어디 다녀왔어?

여자 ……

남자 세 번이나 왔는데 허탕 쳤잖아. 택시도 갖고 왔는데.

여자 ……

남자 미안. 화 풀어.

여자 ……

남자 오늘도 그냥 갔으면 좋겠니?

여자 … 아팠어.

남자 진짜?

여자 열이 펄펄 났어. 초인종 누르는 소리 들었는데 못 일어났어.

남자 이제 괜찮아?

여자 거의 다 나았어.

남자 어쩐지 얼굴이 축났다 했네.

여자 뭐?

남자 말랐다고.

여자 난 원래 말랐는데.

남자 더 말랐단 얘기지. 참! 밖에 눈 오는 거 알아?

여자 눈 와?

남자 그럴 줄 알았어.

남자, 커튼을 젖히고 창문을 활짝 연다.

남자 봐. 눈이야. 첫눈.

여자 (내다보며 어린애처럼) 와!

남자 (심호흡) 신선한 공기 마시니까 살겠다. 좀 열어놓을까? 눈 오는 것도 볼 겸.

여자 응.

남자 이상한 집이야. 처음 왔을 때 대문이 숲을 향해 나 있는 구조가 정말 특이하다 싶었는데 이 넓은 집에 창문은 달랑 쪽창 하나뿐이고. 숲으로 통창을 냈으면 근사했을 텐데… 왜 환기나 채광 같은 걸 전혀 신경 쓰지 않았을까? 도대체 컨셉이 뭐지? 혹시 처음부터 매음굴로 지었나?

여자 그게 뭔데?

남자 … 이냐.

여자   숨겨진 집.

남자   응?

여자   사랑하는 여자를 숨겨놓기 좋은 집.

남자   ······

여자   아빠가 지었대.

남자   건축가셨어?

여자   몰라. 내가 볼 땐 그냥 주정뱅이였어. 엄만 가끔 교수님이
      라고 불렀지만.

남자   오~~ 건축과 교수였나 보네.

아빠, 술에 잔뜩 취한 채 허리띠를 말아 들고 어둠 속에서 비척비
척 걸어 나온다.

아빠   니년 딸을 때려줄 거야. 그게 더 아프지? 넌 웬만한 고통
      에도 눈썹 하나 까딱 안 하고 날 노려보니까. 이리 와, 꼬
      맹이! (허리띠를 팽팽하게 고쳐 쥐며) 숨으면 안 돼. 화가 많이
      나면 널 죽여 버릴지도 모르거든. 도망쳐봤자 더 많이, 더
      오래 맞는 거야! 어서 나와 봐, 쥐새끼 같은 화냥년!

여자   (비밀을 말하듯) 엄마는 손톱 세 개가 없어. 아빠가 엄마 손
      을 문 사이에 넣고 꽝. 그래서 피가 엄청 나고 손톱이 세
      개나 빠졌대.

남자   (흠칫) 뭐?

여자   비밀이니까 아저씨만 알고 있어야 돼.

남자   실수였겠지.

여자 몰라. 그거 말고도 엄마 몸엔 상처가 많았어. 발목에 생긴 오래된 상처는 약을 발라도 없어지지 않았어. 없어지기 전에 다시 생기고 없어지기 전에 다시 생기니까.

남자 엄만 어쩌다 돌아가셨어?

여자 아빠가 발목을 붙잡고 놔주지 않았지만 엄마가 기어코 발길을 돌렸기 때문에 죽었대.

남자 누구 말이야?

여자 엄마 말.

남자 돌아가셨잖아.

여자 엄만 달팽이야. 달팽이는 발도 없이 무거운 집을 이고 살잖아. 그래서 멀리 떠날 수 없어. 엄마도 아빠가 만든 이 집에서 한 발짝도 벗어나지 못해. 엄만 발이 없어. 그래서 떠나려던 발걸음을 멈췄어.

아빠 (무너져 흐느끼며) 가지 마… 내 작은 철학소녀…

여자 엄마 죽고 1년 동안 아빤 2층에서 거의 안 내려왔어. 밥 대신 술만 먹다 어느 날 목을 매 죽어버렸지.

남자, 긴가민가한 표정으로 2층 어둠을 올려다본다.

남자 (다시 밀려드는 거북함) 아무래도 어디 쥐새끼 같은 게 죽어 있는 모양이야.

여자 가끔 쥐도 죽고 고양이도 죽어. 뭐든 태어나면 죽는 게 당연한데 괜히 유난을 떨고 난리야.

233

남자 유난 떠는 게 아니야. 이 냄샌 코가 없어도 맡을 지경이라구.

남자, 돌아서다 약간 삐딱하게 놓인 책상을 발견한다.

남자 어?

여자 왜?!

남자 책상이 비뚤어졌는데? (하며 다가간다)

여자 놔둬! 만지지 마.

남자 실수로 밀릴 크기가 아닌데… 일부러 만졌어?

여자 (밀치며) 됐어. 저리 가! 내가 할 거야.

남자 너 오늘 되게 이상해. 원래도 이상했지만 특히 더 이상해.

여자 아저씬 백배나 이상해. 여긴 내 집이지 아저씨 집이 아니잖아?

여자, 책상을 반듯하게 돌려놓는데 그 동작이 상당히 신경질적이다. 소파에 앉아 양말을 벗어 탈탈 터는 여자.

여자 빨리 하고 가. 몸이 아직 별로니까.

남자 오늘은 아무것도 하지 말고 쉬어.

여자 3주나 쉬었어. 나도 먹고 살아야 할 거 아냐.

남자 돈 필요하면 줄게.

여자 돈 줄 거면 해! 난 받으면 하는 여자야.

남자 ……

여자 뭐해? 빨리 하고 가라니까.

남자   나 슬퍼.

여자   웃기고 있네.

남자   진짜야. 니가 화내니까 슬퍼.

여자   화내는 거 아니야. 됐지?

남자   얼굴 봤으니까 그만 갈게.

여자   얼굴 보러 왔어? 하러 왔으면 하고 가. 세 번이나 와서 허탕 쳤다며.

남자   오늘은 슬퍼서 아무것도 하기 싫어졌어.

남자가 쪽창 아래 눕더니 한 줌 하늘을 바라본다. 그런 남자를 신기하게 보던 여자도 남자 옆에 누워 똑같이 하늘을 본다. 바람이 불어 눈송이가 집안으로 날아든다. 한동안 그대로.
남자, 몸을 돌려 여자를 빤히 쳐다본다.

남자   닮았어.

여자   누구를?

남자   몰라. 기억이 안 나.

여자   아저씨 울어?

남자   (훌쩍) 아니.

여자   언제부터 변태였어?

남자   ……

여자   어쩌다 발을 사랑하게 된 거야?

남자   ……

여자   말하기 싫어?

남자   기억하고 싶지 않아.

여자 괴로워서?

남자 응.

여자 얼마나 괴로운데?

남자 신이 기억을 전부 가져가길 바랄만큼.

여자 신을 믿어?

남자 믿고 싶지.

여자 왜?

남자 니 나이 땐 나도 신이 필요 없었어. 젊었을 땐 신이 지팡이나 틀니처럼 아무짝에도 쓸모없는 존재니까. 늙은 꼰대 같은 신보다는 젊고 패기 넘치는 자기 자신이 언제나 가장 옳은 법이거든. 남의 말도 들리지 않는데 침묵의 신에게 귀 기울일 이유가 있나. 하지만 어느 순간 항상 옳았던 젊음이 결국 자길 배반하고 떠나버렸다는 걸 알게 돼. 강철 같았던 신념이 겨우 아집이었다는 것도 깨닫게 되고. 그제야 후회가 밀려들면서 나 역시 별수 없는 인간이라는 걸 겨우 인정하지만 이미 너무 늦은 거야. (잠시 사이) 잠들기 전에 늘 신께 빌어. 아침에 깨어나지 않기를, 깨어난다면 모든 기억을 앗아갔기를. (너털웃음) 하지만 끝끝내 아무 일도 일어나지 않아. 난 멀쩡히 눈을 뜨고, 더 뚜렷해지는 기억과 싸우면서 비루한 하루를 또 살아내거든. 내가 그것밖에 안 돼서 너무 슬퍼.

여자 (남자의 눈물을 닦아주며) 그 기억 나 주면 안 돼?

남자 너한테?

여자 응.

여자, 남자의 입에 입술을 갖다 댄다. 천천히 입술을 떼고 남자를 바라보는 여자.

여자 그 기억 나한테도 줘.

남자 (한참의 침묵 후에 일어나 앉는다) 사랑하는 여자가 있었어. 아주 많이 사랑했어. 첫눈처럼, 흰 눈송이처럼 깨끗한 여자였어. 그런데 왜 그런 일이 생겼을까? 어느 날 뒤에서 수군대는 사람들이 생겼어. 나이 많은 남자랑 여관에서 나오는 걸 봤다느니, 이 남자 저 남자 바꿔가며 만난다느니. 윤간을 당했다, 그게 아니라 집단섹스였다. 못된 소문은 괴물처럼 부풀었어. 순식간에 감당할 수 없는 지경이 됐지. 시간이 지나면 소문이 사라질 줄 알았는데 어느 날 그녀가 사라져버렸어. 난 이미 도망치듯 입대해 훈련소에 있었고 첫 휴가를 나왔을 땐 아무도 그녀의 소식을 알지 못했어. (사이) 제대 후, 학교로 돌아갈 수가 없었어. 택시를 몰고 다니며 그녀의 흔적을 찾아 헤맸지. 그러던 어느 날 거짓말 같은 일이 벌어진 거야. 어느 날 택시 앞으로, 바로 내 눈앞으로 그녀가 달려왔어. 오랜 세월이 흘렀지만 단번에 알아볼 수 있었어. 나를 향해 달려오는 그녀를. 몹시 불안한 표정으로 절뚝거리면서. 심장이 쿵쾅거렸어. 그녀도 날 봤을까? 날 알아보고 내게로 달려오는 걸까? 차들이 속도를 줄이지 않는 내리막 교차로였어. 안 돼! 안 돼, 인화야. 조심해! (소리친다) 뛰지 마! 조심해!! (절규하듯) 순식간에 버스가 그녀를 삼켜버렸어! 순식간에… 거짓말처럼 그녀를 삼켜버렸어!!

발목이 잘려나간 엄마가 천천히 엉금엉금 기어서 거실을 가로 질러 간다. 남자와 엄마를 번갈아 쳐다보는 여자. 호흡이 거칠 어진다.

남자   검붉은 피가 사방으로 튀었는데 그 속에 잘려나간 두 개의 발이 보였어. 비현실적으로 깨끗한 두 개의 발. 그 하얀 발 이 도저히 지워지지 않아. 자고 일어나면 더 선명해지고, 자고 일어나면 더 뚜렷해져. 끝끝내 돌아오지 못한 너의 발…

긴 사이.
여자, 그게 누구의 이야긴지 이해한다.

남자   이게 내가 눈을 뜨면 슬픈 이유야. 신을 믿고 싶은 이유고.
여자   아저씨……
남자   거봐. 우울하잖아. 괜히 들었지? (벌떡 일어나며) 어딘가 쥐 새끼가 죽어있나 봐. 찾아보고 올게.

남자, 부엌으로 들어간다. 여자의 시선은 집요하게 엄마를 쫓고 있다.

여자   (엄마에게) 나한테 왜 한 번도 친아빠에 대한 얘기 안 해줬 어?
엄마   ……
여자   사랑했어?

238

엄마 ……

여자 아니면 소문처럼 누군지도 모를 남자의 아이였어?

엄마 사랑하는 그이가 나를 안았네
두 번 세 번 그리고 네 번
모두 그이였다고
그이였다고
눈을 꼭 감고 나는 믿었네
모두 사랑하는 그이였다고

여자 말해봐. 아저씨가… 내 친아빠야?

엄마 ……

남자 (나오며) 부엌이 아닌가봐. 저쪽은 냄새도 덜 나.

여자 말해봐!

남자 응?

여자 (남자를 붙잡아 엄마 앞으로 데려가며) 똑똑히 봐. 누군지 똑똑
히 보란 말이야!

남자 누굴 보란 거야?

여자 아저씨야? 이 사람이 엄마가 사랑했던 그 남자야?

남자 엄마?

여자 (남자에게) 아저씨! 난 세상에서 가장 더러운 시궁창에서
태어났어.

아빠 (어둠 속에서 나타나며) 넌 세상에서 가장 더러운 시궁창에서
태어났어! 니년을 밴 자궁은 어떤 놈이 오물을 싸질러 놨

는지 악취가 진동을 했지!

여자 악취가 진동을 했지. 아빠 말이 맞아. 아기들은 모두 악마야. 미끈거리고 쭈글쭈글한 몸뚱이로 살을 찢고 나오면서 살아보겠다고 꽥꽥대는 악마!

여자, 다리 사이에 양손을 넣고 출산의 시늉을 하기 시작한다. 진통하듯 신음하며,

여자 악마가 나온다! 악마가 나와!!
남자 너… 애기를 낳아봤니?
여자 악마가 소리를 지르게 놔두면 안 돼!
남자 어떻게 됐어? 애긴 어떻게 됐어?!
여자 악마가 숨을 쉬게 놔두면 안 돼!
남자 죽였어? 설마 니 손으로 아길 죽였어?
여자 얼마나 아픈지 아저씬 상상도 못 할 거야. 기절했다 깨나보니까 애기 몸뚱이가 잠지 사이로 빠져나와 있었어. 머리는 아직도 안에 처박혀 있고. 발을 잡고 쭉 잡아 뺐어. 근데 숨을 안 쉬어. 여자애였어. 온몸이 보라색이었는데 사람이 아니라 꼭 펭귄 같았어. 실눈을 뜨고 있길래 처음엔 살아있는 줄 알았다니까.
남자 그만해!
여자 아직 안 끝났어. 둘째는 남자애였어.
남자 (경악) 뭐?!
여자 조그만 게 목청이 어찌나 좋은지, 시끄러워서 이불로 덮어

놨잖아.

남자　주… 죽였어?

여자　다행히 꽤 착한 악마였나 봐. 울음을 금방 그쳤거든. 그래
　　　서 첫째 옆에 보관했어. 아빠, 첫째, 둘째.

남자　세상에!!

여자　그러고 보니 셋째는 꼬추가 달렸는지 확인도 안 했네.

남자　그만해! 그만!!

여자　내 애기들은 시궁창에서 나온 악마였지만 악마치곤 다들
　　　순한 편이었어. 울음을 빨리 그쳤거든.

남자　그만… 그만하라고…!!

여자　셋째는 둘째 옆에 보관했어. 아빠, 첫째, 둘째, 셋째. 이렇
　　　게 나란히. 숨이 끊어진 줄 알았던 셋째가 더듬거리며 옆
　　　에 누워있는 둘째를 건드리는 바람에 하마터면 둘째의 왼
　　　손 뼛조각이 부서질 뻔했잖아. 어쩔 수 없이 조금 떨어진
　　　곳에 셋째를 눕혀놨지. 불쌍하게 따로 누워있는 셋째… 하
　　　지만 혼자 있는 것보단 나을 거야. 다 같이 있으니까.

남자　이 악취… 그것 때문인 거야?

여자　첫 번째 고개. 아니.

남자　뭐?

여자　두 번째 고개. 뭘 묻는 건지 모르겠어.

남자　스무고개 하자는 거야?

여자　세 번째 고개. 응.

남자　좋아. 이 악취… 사람 썩는 냄새니?

여자　네 번째 고개. 응.

남자　니가… 죽였어?

241

여자 다섯 번째 고개. 응.

남자 지금 어딨지?

여자 여섯 번째 고개. '응, 아니'로만 대답할 수 있어.

남자 집안이야?

여자 일곱 번째 고개. 응.

남자 부엌?

여자 여덟 번째 고개. 아니.

남자 2층?

여자 아홉 번째 고개. 아니.

남자 (둘러본다) 혹시 눈에 보이지 않는 숨은 공간이 있는 거니?

여자 열 번째 고개. 응.

남자 벽장 같은 거?

여자 열한 번째 고개. 아니.

남자 아니면… 지하?

여자 열두 번째 고개. 응.

남자 이 안에 지하로 통하는 문이 있는 거지?

여자 열세 번째 고개. 응.

남자 (천천히 책상과 그 밑에 깔려 있는 카펫을 본다) 저거구나!

책상으로 다가가는 남자. 카펫 채로 책상을 밀어내자 지하실로 통하는 문이 드러난다. 인상을 쓰며 코를 막는 남자. 망설이다 문을 활짝 연다. 악취 때문에 금방이라도 쓰러질 것 같다.

남자 젠장!!

여자 지옥으로 가는 문이 열렸군. 금지된 방이 드디어 아가리를 벌렸어.

남자 금지된 방이… 아빠 방이 아니었단 말이야?

여자 열네 번째 고개. 응.

남자 그럼 아빠가 목을 맨 곳도…?

여자 열다섯 번째 고개. 아니.

남자 뭐? 무슨 소리야?

여자 열여섯 번째 고개. '응, 아니'로만 대답할 수 있어.

남자 망할!

잠시 뒤틀리는 속을 가라앉힌 후 수건으로 입을 틀어막고 라이터를 켜는 남자. 결심한 듯 계단을 내려간다.

여자 아빠… 내가 죽였어. 술에 취해 깊이 깊이 잠들어 있을 때 손을 묶고 넥타이로 목을 졸랐지. 금지된 방으로 옮기느라 얼마나 힘들었는지 몰라.

아빠 (소주를 병째 마시며) 질긴 년! 시궁창에서 나온 것들은 더럽게 질겨. 기분 나쁘게 질겨.

여자 (부푼 배를 쓰다듬으며) 아빠, 당신 애기예요.

아빠 닥쳐!! 닥치라고!! (어둠 속으로 사라진다)

공포에 질린 남자의 비명소리. 남자, 허둥지둥 우당탕 계단을 올라온다.

형광등이 깜빡거리기 시작한다. 엄마, 천천히 기어서 지하실 쪽으로 간다. 욕지기를 참으며 간신히 계단을 기어 올라오는 남자. 엄

243

마와 눈이 마주친 것처럼.

남자　누구야?

여자　열일곱 번째 고개. '응, 아니'로만 대답할 수 있어.

남자　저 시체! 누구냐구?

여자　글쎄. 시체가 한둘이어야지. 세 고개 남았어.

남자　니가 죽였어?

여자　열여덟 번째 고개. 응.

남자　왜?

여자　열아홉 번째-

남자　(마구잡이로 여자를 흔들며) 빌어먹을! 대답해!!

여자　나는 나한테 했던 그대로 돌려주는 여자니까.

남자　저 남자가 널 죽이기라도 했단 말이야?

여자　날 때렸어. 죽이려고 했어!

남자　이렇게 살았니? 이렇게… 짐승처럼…?

여자　짐승이 뭔데? 짐승도 불행을 느껴? 나한테 행복이란 건 상상 속에만 있어. 엄마 이야기 속에만 있어. 아저씨도 기억하고 있을 오래된 이야기 속에.

남자　그게… 무슨 말이야?

여자　한 여학생이 손수건을 떨어뜨렸대. 뒤따라오던 선배가 주워서 건네주었고. 그때, 하늘은 파랗고 연못은 햇살에 반짝거리고. 선배는 갓 씻고 나온 것처럼 말간 얼굴로 물끄러미 여학생을 바라보았지. 먼 곳에서 아코디언 소리가 들려왔대. 그게 어떤 소릴까 난 상상했어. 그 이야기를 할 때 엄마 얼굴에 퍼지는 간지럼 같은 표정이 행복일까? 나한테는 절대 일어나지 않는 일. 행복은 기억만으로도 저런 표정을 짓게 하는구나.

남자, 천천히 무너진다.

남자 니가⋯ 인화 딸이구나⋯

여자 스무 번째 고개. 응.

계단참에 발 없는 다리를 늘어뜨리고 앉아있는 엄마. 남자, 간신히 몸을 일으켜 휘청거리며 2층으로 올라간다. 남자가 엄마 곁을 지나갈 때 엄마가 남자를 뚫어지게 쳐다본다. 달팽이집이 끼이익 소리를 내며 움직이기 시작한다. 전등이 깜빡거린다.

여자 엄마⋯ 이제 엄마 얘길 해줘. 엄마와 아빠 얘길.

2층에서 고통의 비명 소리가 지속적으로 기분 나쁘게 들려오는 가운데,

엄마 내 몸은 아직 남자를 모르고 순결했지만 더러운 소문이 들불처럼 학교에 번졌어. 여학생들의 비수 같은 눈빛이 날아들었어. 남학생들의 노골적인 희롱이 끊이지 않았어. 어느 날 선배가 날 안았어. 전교생이 다 맛봤다는 자기 여자를 처음이자 마지막으로 안았어. 그날, 나는 처음으로 여자가 됐는데⋯ 선배도 알았을 텐데⋯ 다시 돌아가기엔 너무 늦었나봐. (사이) 난 윤간을 당했어. 날 능욕하면서 저희들끼

245

리 하는 얘길 듣고 그게 다 교수님이 꾸민 일이란 걸 알게 됐지. 하지만 그 기억이 진짜 맞을까? 내가 나를 위해 꾸며낸 기억은 아닐까? 교수님이 그랬어.

아빠   대체 어디까지 갈 거야? 어디까지 타락해야 직성이 풀리겠냐고!

엄마   교수님이 그랬어.

아빠   신성한 강의실에서 벌거벗고 남자들이랑 놀아났다며? 남자들이 줄을 서서 니년 위로 올라탔다고?

엄마   교수님이 그랬어.

아빠   스스로 멈추지 못하면 강제로 멈출 수밖에 없어. 널 위해! 널 위해서!

엄마   교수님이 그랬어.

아빠   구제불능으로 타락한 여자를 다스리려면 좀 과격한 방법이 필요하거든.

아빠, 엄마의 머리채를 잡아 질질 끌고 간다.

엄마   아아! 도와주세요. 누가 좀 도와줘요!

아빠   아무도 널 도와주지 않아. 구정물이 튈까봐 인상을 찡그리고 멀리 도망쳐버리지.

엄마   교수님이 그랬어.

아빠   재미난 소문을 더 많이 만들어 퍼뜨리려면 어떻게 해야 할까? 이렇게 대놓고 하는 거야. 니 머리채를 끌고 간 남자가 젊은 놈이더라, 늙은 놈이더라. 교수더라, 놈팽이더라. 한 명이더라, 여러 명이더라. 기둥서방이더라, 바람 난 여편네를 가르치는 남편이더라.

아빠, 엄마를 아무렇게나 팽개치고 씩씩거리며 사라진다.

엄마   난 생각했어. 내가 진짜 그런 여자일까? 교수님의 말이 다 사실일까? 선배는…? 선배는 진짜 존재할까? 고통이 만들어낸 가짜일까? 내가 아는 나와 진짜 나 사이에는 대체 얼마나 큰 오해가 존재할까…?

아빠가 사라진 곳에서 모습을 드러내는 남자. 목에 올가미를 쓰고 있다. 2층 난간에 올가미의 끝을 단단히 묶는 남자.

남자   그날도 눈이 나렸지
하얀 식빵 같은 너의 속살이 처음 열린 날
허리를 안아도 안아도 다 채울 수 없어 애를 태웠던 그 밤
눈이 나렸지

247

겁먹은 몸뚱이 위로
하얀 기억을 점점이 찍으며
눈이 흐느껴 나렸지

남자가 난간 아래로 몸을 던진다. '덜커덩' 소리를 내며 난간에 매달린 몸. 여자는 별로 놀라지도 않고 그런 남자의 모습을 바라보고, 엄마는 엉금엉금 기어서 남자에게 다가간다.

엄마   선배… 왜 이렇게 늙어버렸어? 못 알아봤잖아. 못 알아봤잖아…

마지막으로 몸을 푸르르 떠는 남자. 그리고 더 이상 움직이지 않는다. 시계추처럼 천천히 흔들리고 있을 뿐.
오랜 사이.
일어나 지하실 문으로 다가가는 여자. 아무 미련도 없다는 듯, 한 치의 망설임도 없이 지하실로 들어가 문을 닫아버린다. 쿵.
깜빡거리던 전등이 결국 나가버린다. 어둠이 달팽이집을 집어삼킨다.

끝.

소풍

....

2004년 시선집중-극작가전 참가작
국립극장 별오름극장 초연

등장인물

최장수   남편. 60대 후반.
안혜숙   아내. 60대 후반.

장수와 혜숙이 들어온다. 혜숙은 큼지막한 가방 하나를 짊어졌고 장수는 달랑 돗자리 하나만 들었다.

혜숙　거봐. 여기가 좋지. 저쪽으로 호수도 보이고 나무 그늘 때문에 덥지도 않구.

장수　제정신이야? 추워 죽겠는데.

혜숙　자외선 해로운 것도 몰라?

장수　(돗자리를 던지며 못마땅하다는 듯) 깔어.

혜숙　(익숙하다는 듯 시키는 대로 하며) 여기가 그 유명한 호수공원이라잖아.

장수　누가 호수공원도 못 와 본 줄 알고?

혜숙　와봤어? 언제? 누구랑 왔는데?

장수　알아서 뭐 하게.

혜숙　모르면 모른다고 타박이나 말든가.

혜숙, 가방에 든 걸 주섬주섬 꺼내놓기 시작한다.

장수　아주 이사를 왔구만.

혜숙　(담요를 꺼내 장수 무릎에 덮어주며) 다 필요한 거야. 짐보따리 무겁다고 잔소리했으면 이거 없네, 저거 없네 투덜거리지나 말든가. 무거운 짐보따리 나 혼자 다 들었구만 필요할 때 척척 내놓는다고 고마워하길 해?

장수　(듣기 싫다는 듯 귀를 후비며) 1절만 해라.

혜숙　나서기 전부터 잔소리는 당신 혼자 다 해놓고 왜 나한텐 1절만 하래?

장수 알았어. 특별히 1.5절까지만 해.

혜숙 오늘이 무슨 날이게?

장수 당신 생일은 여름이잖아.

혜숙 45년 같이 살면서 둘이서만 나온 첫 소풍.

장수 난 또 뭐 대단히 중요한 날이라고. 기왕이면 날이나 풀리고 하지 이 추운 겨울에 무슨 얼어 죽을 소풍은…

혜숙 나무에 새순 돋는 것도 안 보이나? 동장군 물러간 지 오래네~

장수 (몸을 옹송그리며) 동장군인지 똥장군인지 나한텐 아직 겨울이라네~ (일부러 콜록거린 다음) 봐, 기침 나잖아.

혜숙 (그러려니 하고) 저기 햇볕 잘 드는 쪽은 새순이 삐죽 올라왔구만. 보여? 멀리서 봐도 파릇파릇한 게 봄 냄새가 여기까지 나네. 저기 저건 뭐지? 커피트럭인가? 이따 추우면 우리도 저기 가서 한 잔 사먹을까?

장수 두리번거리지 마. 촌스러워.

혜숙 내가 좀 촌스럽지. 그래서 이제부터 세련되게 살아볼라구.

장수 무슨 수로?

혜숙 (피식 웃고) 뭔 수를 내긴 낼 거야. 관짝 드러누워서 억울하다고 울기 싫으니까.

장수 (덜컥 겁이 나는지) 뭐야? 어디 디질 병이라도 생겼어? 그래서 생전 안 하던 짓 하는 거야?

혜숙 그럼 좋겠네. 당신 좋아하는 청승맞게 생긴 새마누라도 얻구.

장수 ……

혜숙 미안하지만 아직 아니야.

장수 (안도의 한숨을 쉬었다가 버럭) 간 떨어지는 줄 알았잖아!

혜숙 겁은 나?

장수 (구시렁) 그러니까 뭐가 급하다고 이 날씨에…

혜숙 지금이 제일 한가하잖어. 다음 달은 막둥이 산달이니까 언제 소식 올지 모르지, 5월엔 어린이날이다 어버이날이다 해서 애들이 좀 들락거려? 거기다 어머니 제사, 아버님 제사도 일주일 상간으로 연달아 있어서 정신없고. 경진아부지! 이제 그만 제사 합칩시다. 일주일 상간인데 한날 지내면 좀 어때?

장수 1년에 딱 두 번뿐인 기제사를 뭐가 힘들다고 합쳐?

혜숙 내가 힘들어서 그러나? 두 번씩 왔다 가려면 애들이 번거로워서 그렇지.

장수 (버럭) 번거로우면 오지 말라 그래! 나 혼자 지내면 그만이지. 당신은 내 생일에 당신 생일 얹어서 해먹으면 좋겠어?

혜숙 당신 생일은 겨울이고 내 생일은 여름인데 그걸 어떻게 합쳐?

장수 봐. 당신도 기분 나쁘잖아.

혜숙 기분 나쁜 게 아니라, 말이 조리에 안 맞으니까 그렇지.

장수 요리에 맞든 조리에 맞든. 안 돼. 무조건 안 돼! 무조건!

혜숙 알았어. 관둬. (구시렁) 입만 열면 돈돈 하면서 제사 지낼 때 드는 돈은 어떻게 안 아깝나 몰라.

장수 지금 그 말 어머니 귀에 들어가면 어떻게 되는지 알지?

혜숙 알다 뿐이야? 시집살이는 당신 아니라 내가 했거든. 그리고, 막말로 당신 효도는 나한테 이거 해라 저거 해라 입으로 한 입효도 아냐. 어머니 병수발로 몸 바쳐 고생한 건 나고.

장수 하여간 한 마디도 안 지지. 그게 머리 나쁜 사람들 특징이야. 한 마디라도 더하면 이긴 줄 아는 거.

혜숙 나 머리 나쁜 덕은 당신이 젤 많이 봤어. 별 거지 같은 소릴 다 듣고도 까먹고 사니까.

장수 뭐? 거지 같은 소리? 뭐가 거지 같은 소린데?

혜숙 까먹었다고.

장수 아이고, 내가 부처지. 부처기만 해? 머리까지 좋아서 죄다 기억나. 아주 생생해.

혜숙 그래. 나랑 사느라 고생한다.

장수 왜 이래? 벌써 끝내자고?

혜숙 끝내긴. 이제 겨우 시작인데.

장수 뭐지? 이 선전포고 같은 느낌은?

혜숙, 약 올리듯 웃으며 펼쳐놓고 사과를 꺼내 깎기 시작한다.

혜숙 사과 꿀 들었네. 이것 봐. 달겠다.

장수 치워. 보기만 해도 셔.

혜숙 이게 왜 셔? (껍질 하나 주워 먹어보곤) 안 셔. 달기만 한데 괜히 그래. (계속 껍질을 주워 먹는다)

장수 그걸 왜 주워 먹고 있어?

혜숙 영양분은 여기 다 들었대.

장수 보기 싫으니까 그만 먹어.

혜숙 아이고 달다.

장수 먹지 마. 누가 보면 사과 하나도 못 먹인 줄 알 거 아냐.

혜숙   보긴 누가 봐. 아낄려는 거 아냐. 진짜야. 난 껍질이 더 달아.

장수   (측은하게 보다가) 경진이 호주서 나오면 같이 오자니까 하여간 고집은… 평생 안 하던 짓 늘그막에 하느라고 욕본다.

혜숙   평생 안 하던 짓이니까 지금이라도 해볼라 그런다.

장수   거… 그 꽃박람회가 언제지?

혜숙   5월 달일걸?

장수   그때 한 번 더 오든가. 당신 그… 꽃 좋아하잖아.

혜숙   (흐뭇해져서) 그땐 막둥이네도 같이 올까? 애기 데리고 다니긴 너무 이른가? 막둥이 시집보낸 게 엊그제 같은데 걔가 벌써 엄마가 되네. 경진이네 들어와서 다 같이 모이면 시끌시끌하겠어. 중학생부터 갓난쟁이까지 손주만 여섯이잖아.

장수   불효막심한 놈. 늙은이들이 손자 보는 재미 말고 무슨 낙이 있다고… 제사 때도 못 들어온다 그러지?

혜숙   호주서 여기가 어디라고 제사를 지내러 와?

장수   올해는 설에도 못 들어왔으니 하는 말 아냐!

혜숙   대신 여름휴가 때 나온다고 했잖어. 외국회사라 설에 쉬는 것도 아닌데 자꾸 말하면 뭐 해?

장수   당신이 그런 식으로 역성을 들어주니까 애들이 엄마 치마폭 뒤에만 숨으면 단줄 아는 거야.

혜숙   그래. 나 욕해. 애들 앞에 두고 그런 소리 하지 말고 나 욕하라구. 다 지들 사정이 있어서 나간 건데 장남이 어떻고 장손이 어떻고! 듣기 싫어 죽겠어.

장수   나 같으면 억만금을 준다 그래도 그 먼 데까지 안 가. 차남도 아니고 장남이잖아!

혜숙 자식들한텐 개들 인생이 있어. 부모라고 해서 뭘 자꾸 기대하면 즈이들 딴엔 쌔빠지게 한다고 해도 서운할 수밖에 없지. 난 경진이가 호주 아니라 아프리카 어디 가서 산다고 해도 상관 안 해. 즈이들 행복 찾아서 가겠다는데 부모가 돼서 그걸 왜 막어. 지들도 자식 위해서 그런다는데 그 마음을 왜 막냐구.

장수 그래, 지들 좋아 나갔으니까 부모고 나발이고 편하게 살라 그래. 나 죽어도 절대 제사 같은 거 지내지 말고. 허긴 호주에서 제사를 지내줄까마는 지내준대도 멀어서 못 가겠네!

혜숙 나이 먹을수록 소갈딱지만 좁아져서는… 늙으면 없던 넉넉함도 생긴다는데 당신은 왜 그래?

장수 성인군자는 내 적성 아니야. 난 안 할 테니까 당신 혼자 다 해. 내 속 밴댕이라 허구한 날 삐치는 거 애들도 잘 알겠다, 난 그냥 이렇게 살다 죽을래.

혜숙 이제 부끄럽지도 않지.

장수 부끄러울 게 뭐 있어?

혜숙 관둬. 말해봐야 입만 아파.

장수 입 아파서 안 하는 말 있나?

혜숙 (사과를 찍어 건네며) 이거나 드셔.

장수 싫어. 저리 치워.

혜숙 안 셔. 진짜야. 한 입만 먹어봐.

장수 당신 안 시다는 거치고 진짜 안 신 게 얼마나 돼.

혜숙 시면 약이다 생각하고 좀 먹어! 신게 몸에는 좋대잖아.

장수 오래 살 생각 없어.

혜숙 누가 믿어 그 말을?

장수 서방이 말을 하면-

혜숙 아, 사과 한 쪽 먹는 거 가지고 훈계도 길지! 결국 안 먹어? 먹을 거면서 왜 꼭 싫은 소리를 늘어놔야 직성이 풀리냐구.

장수 먹기 싫은 건 안 먹고 살 수 없어? 이거 먹어라 저거 먹어라, 어디서 고약하고 괴상한 건 다 갖다가 먹으라니 원!

혜숙 그 덕에 이만큼 건강한 줄이나 알어.

장수 그래. 당신 대한민국에서 제일가는 현모양처다. (사과를 받아먹는다)

혜숙 아무렴.

장수 얼씨구! 진짜 줄 아네? 이 사람아, 여자는 자고로 말뽄새가 좋아야 다른 걸 좀 대충하고도 대접받고 사는 거야.

혜숙 다른 걸 다 제대로 하면 말뽄새 하나쯤은 봐줘도 되는 거 아냐?

장수 알고도 못 고치니 병이다.

혜숙 안 고치는 거야.

장수 (기겁하며) 안 고쳐?

혜숙 말뽄새까지 이뻐 봐, 당신이 얼마나 더 못돼 보였겠나.

장수 (어처구니 없다는 듯) 점점…

혜숙 존댓말 그거 아무것도 아니야. 꼬박꼬박 이러셨어요 저러셨어요 하면서 속으로 사람 취급도 안 하고 사는 여편네들이 얼마나 많은데. 말뽄새는 없을지 몰라도 당신 꽁무니 졸졸 쫓아다니면서 아쉽지 않게 떠받들고 살아줬으면 됐잖아.

장수 서방이 뭘 원하는지 제대로 알고 해봐. 그저 자기 속 편하

자고 해 바치는 거 말고. (돌아앉는다)

혜숙 (사과 뼈다귀를 갉아먹으며) 난 그렇게밖에 못 배웠어. 그저 하늘처럼 떠받들고 살라는 말만 듣고 시집 왔으니까.

장수 소 귀에 경 읽기다.

혜숙 당신은 내가 왜 그렇게 못마땅해?

장수 마누라 좋아하는 얼빠진 놈도 다 있나?

혜숙 (수긍하며) 허긴…

장수, 혜숙이 너무 순순히 수긍하자 이상하다는 듯 돌아본다.

혜숙 우리가 부부로 안 만나고 어디 다른 사람 서방, 마누라로 알게 됐다면 어땠을까? '저 영감 멋있게 늙었네.', '저 할망구 곱게 늙었구만.' 하지 않았을까?

장수 나야 나가면 아직도 여편네들이 줄을 서지. 광장시장에서 파고다 공원까지.

혜숙 내 덕에 이만큼이라도 된 줄 알어. 시집이라고 왔는데 신랑이 얼마나 촌국물이 줄줄 흐르는지. 지금이야 듬성듬성 하지만 젊어선 숱도 숱도 그렇게 많을까. 새카만 머리카락이 어찌나 수북헌지 처음엔 장난으로 뭘 얹어놨나 했다니까. 멋이라곤 눈곱만큼도 없던 사람을 이 꼴이라도 만드느라 내가 -

장수 꼴?

혜숙 극성이지. 누가 보든 말든 빤스까지 다려 입혔으니까.

장수 그 빤스 입고 나가서 다른 여편네한테 보여라도 봤으면. 그리고, 처자식 벌어먹이느라 고생하는 서방한테 그 정도도 안 하고 사는 여편네도 있나?

혜숙 있긴 어딨어? 요즘 세상에 삼시 세 때 따순 밥으로 끼니 챙겨주는 여편네가 나 말고 있는 줄 알아? 혼자 차려 잡수 라고 볼일 보러 나가는 적이 어디 한 번이라도 있었냐고. 호강이 뻗쳤지, 호강이 뻗쳤어.

장수 요강이 뻗치면 뻗쳤겠지.

혜숙 (버럭) 요강 깨지는 소리 하고 자빠졌네!

장수 깜짝이야… 왜 이래?

혜숙 드런 놈의 팔자. 한평생 공치사 한마디를 들어봤어야지. 입에 발린 소리라도 잘했다, 수고했다 소리 한 번 해주면 하늘이 무너져?

장수 나 원… 남편 도리 이만큼 하고 살았으면 됐지, 바라는 것 도 많다.

혜숙 부부가 도리만 하고 살면 그만이야?

장수 도리만 다하고 살기도 힘들어.

혜숙 그렇다 쳐. 그래도 기본적으로 사랑은 있어야 될 거 아냐.

장수 이 여편네가… 낯간지럽게 무슨… (심하게 더듬으며) 아니, 그리고, 말을 안 하다 뿐이지, 그게 없으면 무슨 수로 애들 을 넷씩이나 낳나?

혜숙 애야 사랑 없이도 너무 잘 들어서서 걱정이었구만.

장수 아이고… 늙어가면서 얼굴만 두꺼워져서는!

혜숙 얼굴만 두꺼워졌나? 손도 발도 허리도 다 두꺼워졌지.

장수 뭐… 자네가 수고하긴 했지. 박봉에 알뜰하게 살림해서 애 들 넷 번듯하게 키워 시집 장가 다 보내고. 아이고… 그 세 월, 아마득하다. 그렇게 고생하고 살아 늘그막에 겨우 열

259

여덟 평짜리 아파트 한 채 남았네. 그저 죽기 전까지 한뎃 잠이나 면할 손바닥만한 아파트 한 채.

혜숙 소갈딱지는 밴댕이 콧구멍만 한데 손바닥만 더럽게 크네.

장수 암튼 말뽄새 때문에 80점 받을 거 30점뿐이 못 받어. 말만 잘하면 80점이 100점 되는 걸 왜 몰라.

혜숙 말뽄새 타령 그만 좀 해. 난 죽을 때까지 하고 싶은 말, 뽄새 없이 다 하면서 살다 갈 거니까. 젊어서도 못 고친 걸 이 나이에 왜 고쳐?

장수 그래, 당신 잘났다. 평생 그렇게 살다 죽어라.

혜숙 고맙다. 이렇게 살다 죽게 해줘서.

장수 배고파! 아까 보니까 김밥 싸는 거 같던데 안 줄 거야?

혜숙 주지 왜 안 줘. 소리 안 질러도 줄 때 되면 다 알아서 줄까.

혜숙, 찬합을 꺼내 뚜껑을 열고 마호병에 들어있는 따뜻한 보리차를 컵에 따른다. 그 와중에도 중얼중얼 잔소리를 늘어놓는다.

혜숙 나나 되니까 살아줬지 누가 그 성질머릴 받아줘. 나 먼저 죽고 아들네랑 살고 싶으면 그 성질머리부터 고쳐. 큰애나 작은애나 당신 비위 맞춰줄 도량은 아니니까.

장수 재수 없게시리… 나보다 먼저 가기만 해. 저승까지 쫓아가서 잡아 올 테니까.

혜숙 (나무젓가락을 갈라 찬합 뚜껑 위에 내려놓으며) 그거 지금 덕담이라고 하는 소리지?

장수 내 입에서 나오는 소리는 듣기 좋든 싫든 뭐다? 덕담이다.

혜숙 아이고, 그 덕담 참 듣기 좋네.

장수　나보다 하루라도 더 살고 죽어. 나 혼자선 하루 아니라 반 나절도 못 사니까.

혜숙　할망구 하나 들이면 되지 뭐가 걱정이야? 여편네들이 저기 어디부터 파고다 공원까지 줄을 나래비로 선다면서.

장수　홀아비 돼봐라. 구질구질해서 누가 좋다 그러나.

혜숙　알면 나한테 잘하든가.

장수　몰라서 못 하나? 사나이 체면에 안 하는 거거든!

혜숙　체면이 밥 먹여줘?

장수　그럼 당신이 밥 먹여줘?

혜숙　(김밥을 입에 넣어주며) 밥 먹여주지.

장수　(우적우적 씹으며) 먹을 만하네. 우엉도 넣었어?

혜숙　우엉 안 들어간 김밥 먹기나 해? 암튼 갖출 건 다 갖췄어. 꼴에 입은 또 고급이라서-

장수　꼴에?!

혜숙　취소! 그건 취소다.

장수　이 여편네가 듣자듣자 하니까!

혜숙　취소했잖아.

장수　암튼 당신은 그 말-

혜숙　말뽄새?

장수　알면 고쳐!

혜숙　당신 먼저 고치면 나도 한 번 고쳐보고.

장수　내가 고칠 게 뭐가 있다고 고쳐?

혜숙, 기가 차다는 표정으로 장수를 쳐다본다.

장수 관둬. 당신도 살던 그대로, 나도 살던 그대로 우리 앞으로도 쭈욱 이렇게 살다 죽으면 그만이니까.

혜숙 죽으면 정말 그만이라고 생각해?

장수 무슨 소리야?

혜숙 얼마 안 남은 인생, 남은 몇 년이라도 좀 다르게 살아볼 수 있잖아.

장수 다 늙어서 무슨…

혜숙 왜? 늙은이들은 다르게 살면 안 된다는 법 있나?

장수 법이 문젠가? 돈이 문제지.

혜숙 마음이 문제지. 오늘 당장 집 팔아서 그 돈으로 팔도강산 유람 떠나자면 못할 이유가 뭐야.

장수 유람 갔다 돌아오면? 그때부턴 공기만 마시고 살 거야?

혜숙 안 돌아오면 되지.

장수 길에서 뒤지겠다는 거구만.

혜숙 몰랐어? 난 역마살이 있어서 그런가 원래 객사가 꿈이었는데.

장수 점점…?

혜숙 지레 겁먹지 마. 당신 잘 보내주고 나도 천천히 뒤따라 갈 테니까.

장수 아서. 늙은이들이 살던 대로 사는 것만도 감지덕지지.

혜숙 (의미심장하게) 난 살던 대로 안 살려고 오늘 당신이랑 여기 온 거야.

장수 (미심쩍어) 소풍 한 번 나왔다고 픽이나 다르게 살아지겠다.

혜숙 일단 김밥부터 먹어.

장수 말 꺼냈으면 끝까지 해. 하다 끊지 말고.

262

혜숙 (장수를 물끄러미 보며) 아침에 일어나서 씻고 밥 먹고 같이 앉아 테레비 보고 신문 보고, 점심 먹고 또 테레비 보고 낮잠 자고, 저녁 먹고 테레비 보다 씻고 자고. 당신 퇴직하고는 벌써 몇 년째 그러고 있어. 어떤 날은 주고받는 말까지 똑같애. 지난 45년 동안 해왔던 얘기 중에 먹고사는 데 필요한 최소한의 말들만 추려내서 하고 있단 말이야.

장수 그게 내 탓인가?

혜숙 누구 탓도 아니지. 그러니까 이제 씻어낼 건 씻어내고 싶어. 그러면 달라지는 게 생길지도 모르잖아.

장수 두꺼워진 낯짝 박박 문질러 씻는다고 어디가 좀 달라져?

혜숙 당신 그 썰렁한 우스갯소리 좀 안 하면 안 돼? 애들도 억지로 웃어준다는 거 모르지?

장수 이 사람아, 썰렁한 우스갯소리라도 해주면 좋은 거야. 숨도 맘대로 못 쉬게 하는 남자들이 얼마나 많은데 나 같은 서방 만난 복인 줄도 모르고.

혜숙 그래. 복이지. 내 복이지.

장수 당신은 내복 입었어?

혜숙 (이건 또 무슨 소린가 싶은 얼굴로) 뭐?

장수 혼자만 입었어? 추운데 나는 안 주고?

혜숙 (피식 웃으며 흘러내린 담요를 다시 덮어준다) 애기처럼 꽁꽁 싸매줄게. 됐지?

장수 아~ (김밥 달라고 입을 벌린다)

혜숙 (장수 입에 김밥을 넣어주고 자기도 하나 먹으며) 당신 기억나? 어머니 칠순 때. 하필이면 전날 먹은 고등어가 탈나는 바람에 온 식구가 화장실 왔다갔다 난리였잖아. 큰맘 먹고 준비한 잔치 음식은 손도 못 대고. 난 맛있는 거 먹을 때마다 이상하게 그날 일이 생각나더라.

장수 기억나지. 당신 혼자 멀쩡했잖아.

혜숙 그래서 놀렸던 건? 동냥질을 해먹고 자랐나 상한 음식 먹고 배탈도 안 나는 거 보라고.

장수 내가… 그런 소릴 했어?

혜숙 응. 가난한 친정이 평생의 한이고 짐이었던 나한테 당신이 그랬어.

장수 그런 일은 좀 잊지. 중요한 건 까먹으면서 꼭 이상한 것만 기억한다니까.

혜숙 그때 왜 나만 멀쩡했나 이젠 알겠어?

장수 … 발라만 주고… 당신 입엔 한 점도 못 넣었겠지 뭐.

혜숙 (피식 웃으며) 나이 들면 저절로 알아지는 것들이 왜 젊었을 땐 어렵기만 했을까? 당신은 다시 살면 잘 살아질 거 같애?

장수 다시 살기 싫어.

혜숙 왜?

장수 다 살아봤는데 그걸 뭐 하러 두 번이나 해? 힘만 들지.

혜숙 그런가? (사이) 당신 칠순잔치 할 거야?

장수 그럼 안 해?

혜숙 요즘은 안 하고 그냥 여행 갔다 오는 사람들도 많더라.

장수 난 할 거야. 기생들 불러서 풍악도 울리고 제대로 할 테니까 경진이한테도 미리 얘기해놔. 그때 가서 휴가를 내니 못 내니 딴소리 못 하게.

혜숙 난 잔치 안 할 건데.

장수 왜 안 해?

혜숙 우리 엄마 아부지 두 분 다 환갑잔치도 못 하고 돌아가셨잖아. 그래서 나도 안 하려구.

장수 그러니까 더 해야지.

혜숙 젊어선 살기 바빠 생각도 못해봤는데 어느 날 보니 내가 엄마보다 더 늙었어. 지금부터 1년을 더 살건 10년을 더 살건 다 덤이다 싶더라구. 부모보다 오래 살았으니 남은 인생은 엄마 아부지가 덤으로 주신 거다. 그랬더니 하루하루가 잔치 같애. 근데 뭐 하러 잔치를 또 해?

장수 덤으로 사는 인생이니까 삐까뻔쩍 더 요란하게 누려야지.

혜숙 그보다 기왕 덤으로 살게 된 인생인데 맨날 어제처럼 사는 건 억울하잖아. 그치 경진아부지?

장수 뭐야 그 표정은…?

혜숙 당신이랑 살면서 얹힌 것처럼 가슴팍에 걸린 게 있어.

장수 그게… 뭔데?

혜숙 나 당신한테 비밀 하나 있거든.

장수 비밀?

혜숙, 찬합 속 김밥을 하나 집어먹는다.

혜숙 너무 식었네. 일단 김밥부터 먹고 하자.

장수 그 비밀 얘기 듣고 열 받아서 먹던 김밥 목에 걸려 저승가?

혜숙 죽진 않을 거야. 그래도 먹던 김밥은 마저 먹어. 아무래도 목에 걸리긴 할 테니까.

장수 왜 갑자기 장르가 공포로 변하는 거 같지?

혜숙 공포는 무슨. 요즘은 119에 전화하면 5분도 안 걸려서 도착한대.

장수 그야 다 하는 소리고.

혜숙 아는 이한테 들은 얘긴데, 남편 쓰러져서 전화했더니 정확하게 3분 걸리더라잖아. 수화기 내려놓고 화장실 가서 오줌 누고 나오니까 띵똥 하더래.

장수 그 여편네 오줌 한 번 길게도 눈다.

혜숙 우리 나이 땐 찔끔찔끔 오래 싸. 마렵던 오줌도 남편 그러는 바람에 쑥 들어가서 나오지 않았을 거구.

장수 그저 늙으면 죽어야지. 그래도 오늘 죽으면 아까워서 안돼.

혜숙 뭐가 또 아까운데?

장수 엊그제 쌀 샀잖아. 그건 다 먹고 죽어야지.

혜숙 당신 이렇게 짠돌인 거 파고다 공원까지 줄 선 여편네들도 알아?

장수 벌레 낄까봐 그런다. 나 죽고 당신 혼자 다 먹으려면 1년도 넘게 걸릴 거 아냐.

혜숙 걱정 마. 떡 해서 애들이랑 나눠 먹고 이웃에도 돌리고, 그래도 남으면 냉동실에 얼려뒀다가 출출할 때마다 한 덩어리씩 꺼내 먹을 거니까.

장수 아예 대놓고 잔치를 하겠다는 거구만. 칠순잔치는 안 해도 웬수 같은 서방 죽었으니 삐까뻔쩍 오지게 놀아보겠다?

혜숙 그럼. 산 사람은 놀아야지. 근데 우리 둘이 좀만 더 놀다 천천히 가. 이 담에, 나중에…

한동안 멍하니 호수 쪽을 바라보는 두 사람. 혜숙이 찬합을 주섬 주섬 챙기기 시작한다.

혜숙 커피 대신 단술 데워왔는데.

장수 뭐든 줘봐. 어째 으슬으슬하네.

혜숙, 마호병을 열어 컵에다 단술을 따른다. 남편 한 잔, 자기 한 잔. 장수가 단술을 호로록 마신다.

혜숙 준비됐어?

장수 (짐짓) 뭐가?

혜숙 비밀 얘기 들을 준비.

장수 나 원래 남의 비밀 얘기 듣는 거 아주 질색이야. 자기 입으로 떠벌려놓고 비밀은 무슨.

혜숙 안 떠벌려. 딱 당신한테만 털어놓는 거야. 당신은 알아야 하니까.

장수 왜 이래? (눈에 띄게 당황해서) 다음에 해. 당신 알지? 나 허약체질이라서 걸핏하면 체하는 거.

혜숙 알지. 그래서 오래 살라고 이름도 최장수잖아.

장수 얼른 일어나. 집에 가서 활명수 하나 먹고 자야겠으니까.

혜숙 좀 참아. 난 35년 동안 얹힌 채로 살았어.

장수 (가슴이 철렁) 아니 이런 날씨에 뭐 하러 비밀 얘길 털어놓는다고 난리야? 좋은 얘기도 열두 번은 더 생각해야 될 날씨에. 아무튼 머리 한 번 더럽게 안 돌아가요.

혜숙 그 더럽게 안 돌아가는 머리로 생각하고 또 생각해봐도 오늘 해야 돼. 말 꺼냈을 때 못 하면 정말 묻어버리고 싶을 테니까.

장수 그럼 그냥 묻어. 안 듣고도 용서해줄 테니까 다 잊어버려.

혜숙 나 당신한테 용서받자고 이 얘기 꺼낸 거 아니야.

장수 그럼 뭐?

혜숙 난 지난 45년 동안 당신 마누라였어. 하지만 당신이 질리도록 봐온 내 모습이, 이 얼굴이 다가 아니야. 당신은 모르는 내 얼굴, 한순간이지만 그 일로 인해 당신 앞에서 가면을 쓰고 지낸 35년 얼굴을 오늘 보여주겠다는 거야. 그러는 게 45년 동안 남편 자리 지켜준 당신에 대한 예의라고 생각하니까.

장수 (혼란스럽다는 표정으로) 당신…

혜숙 35년 전에 나한테도 로맨스라는 게 있었다면 당신 믿을 수 있겠어?

놀라는 장수. 거의 한 방 얻어맞은 표정이다. 그대로 모든 것이 정지된 것 같은 순간.

혜숙 왜 아무 말도 안 해?

장수 ……

혜숙 뭐든 할 말이 있을 거 아냐.

장수 ……

혜숙 아니면 궁금한 거라도-

장수 (버럭) 입 닥쳐! 어디서 뚫린 주둥아리라고…!

혜숙 그래. 그렇게 화라도 내야지.

부들부들 떨며 혜숙을 노려보는 장수.

혜숙 당신 느낄 배신감 알아. 한 대 때리고 싶어도 평생 지켜온 신조 때문에 참고 있다는 것도.

장수, 화를 삭이지 못하겠다는 듯 벌떡 일어나 성큼성큼 걸어 나간다.

혜숙 어디 가?

장수 죽고 싶지 않거든 내일 들어와!

혜숙 시간 지난다고 없어질 일이야? (장수가 나간 곳을 향해 큰소리로) 이 얘긴 죽어서라도 했을 거야. 무덤에 나란히 누워서라도 했을 거라구. 그래야 돼. 왜냐면, 이 얘긴 결국 당신하고 나에 대한 거니까.

장수, 급한 걸음으로 다시 들어온다.

장수 미쳤어? 그 지저분한 일에 왜 나까지 끌어들여? 그게 어떻게 당신하고 나에 대한 얘기야?!

소나무를 냅다 걷어차는 장수. 새들이 푸드득거리며 날아가는 소리. 한동안 침묵이 흐른다.

장수 다 됐고, 어떤 놈인지나 말해. 내 당장 쫓아가서 모가지를 비틀든지 칼부림을 내든지 할 테니까!

혜숙 일단 앉아봐.

장수 싫어!

혜숙 앉아.

장수, '싫어! 싫어!' 소리를 내지르며 소나무를 몇 번이고 더 걷어 찬다.

혜숙 나무가 무슨 죄라고 거기다 대고 화풀이야?

장수 (씩씩거리고 다가와서) 내 탓이었다고 변명할 생각이라면 관 둬.

혜숙 변명할 생각 같았으면 묻어놨지.

장수 어쭈? 당당해? (헛웃음을 웃으며) 뻔뻔해도 이 정도면 아주 뻔뻔올림픽 금메달감이다. 로맨스니 어쩌니 꽃치장 하지 말고 차라리 미쳐서 그랬다고 말해. 무릎 꿇고 싹싹 빌면 애들 앞에서 험한 꼴은 면하게 해줄 테니.

혜숙 묻어두면 편한 얘길 꺼낸 이유가 고작 무릎 꿇고 빌기 위해선 줄 알아?

장수 그 주둥아리 좀 닥쳐. 평생 지켜온 신조고 뭐고 눈깔 뒤집 힐 거 같으니까.

혜숙, 입을 꾹 다무는 시늉. 그저 시늉일 뿐이다.

장수 자식 위해서라면 못할 짓이 없는 것처럼 굴더니 그 자식들 을 앞에 두고… 가만. 35년 전이면… 뭐야. 막둥이까지 애 가 넷일 때야? (차마 말을 잇지 못한다) 어휴… 아낀다고 담

270

배도 끊었는데. 40년 전에 끊은 담배 생각이 다 나네. (허탈하게) 나 뭐냐. 미친 듯이 돈벌레로 살았던 내 인생 뭐냐고.

혜숙   나 말해도 돼?

장수, 노려볼 뿐이지만 그게 허락이란 걸 아는 혜숙.

혜숙   겉으론 어떻게 보였든, 지난 35년 동안 속죄하듯이 살았어.

장수   (어이없다는 듯) 속죄?

혜숙   입 다물어 다시?

장수   (씩씩거리다가) 어디 들어나 보자. 그 속죄ㄴ지 뭔지, 아니 로맨슨지 뭔지부터. 들어보고 오늘 저녁 9시 뉴스에 우리 둘이 나가든지 그놈이랑 셋이 나가든지 담판을 짓자고.

어디선가 바람이 불어온다. 담요를 장수 무릎에 덮어주는 혜숙. 장수, 휙 걷어찬다.

장수   열불 나 죽겠구만! (사이. 버럭) 안 할 거야?!

혜숙   알았어. 해, 한다구. 청심환 먹고 왔는데도 막상 하려니까 떨려서 그래.

장수   뭐? 청심환? 치밀하네. 언제부터 그렇게 치밀했나? 아니지. 35년 비밀유지가 쉬워? 안혜숙 이 여자, 엄청 무서운 여자였구만.

혜숙   양말공장 할 때야. 큰애가 열 살, 우리 막둥이는 겨우 아장아장 걸어 다닐 때. 공장이래봐야 우리 집 지하실이었으니까 열댓 평이나 됐나? 직원도 세 명뿐이었는데 한 식구처

럼 지내면서 내가 밥까지 해먹였잖아. (잠시) 그때 당신이
데리고 있던 애야.

장수 (더 충격을 받은 듯) 뭐?

혜숙 잠깐 있었는데… 생각날지 모르겠네. 야간 대학에 다니는
고학생.

장수 (생각난 듯) 그… 그 허여멀건한 놈…?

혜숙 결혼해서 10년 동안 애는 줄줄이 넷이나 낳았지, 1년마
다 월세 집 옮겨 다니면서 안 해본 고생 없었고, 당연히 누
가 날 여자로 봐줄 거란 생각은 꿈에도 해본 적 없었어. 당
신한테도 여자처럼 안 보였을 테니까. 근데… 그 사람한테
내가 여자였나봐. 그 사람이 날 여자로 봐주더라구.

장수 눈깔이 뺐나?!

혜숙 그래. 눈깔이 뺐나봐. 점심 먹고 나면 다른 직원들은 나가
서 담배 피우고 노닥거리기 바쁜데 그 사람 혼자 남아서
설거지를 도와주곤 했거든. 당신, 45년 살면서 나랑 나란
히 서서 설거지해본 적 없지?

장수 내가 설거지를 왜 안 해줘? 엊그저껜가도 내가-

혜숙 나란히. 나란히 서서.

장수 그게 무슨 방귀 뀌다 똥 싸는 소리야. 나란히 서서 설거지
안 해줬다고 바람을 폈냐?

혜숙 누군 바람을 피고 싶어서 피나? 지나고 보니 그게 바람이
었구나 싶은 거지.

장수 그래. 기왕 뻔뻔하기로 한 거 대놓고 막 뻔뻔해라. 금메달
은 진작 따났으니까.

혜숙 고마워.

장수 뭐?!

혜숙 (무시한 채) 처음엔 아무 생각 없었어. 그냥 친절한 총각이라고 생각했지. 관두라고, 됐다고 하는데도 막무가내로 도와줬으니까. 근데… 나란히 서서 설거지를 하다 보니까 어쩐지 기분이 이상해지는 거야. 처음엔 아무렇지도 않았는데 그 일이 하루 하루 보태지다 보니 어느 날부터 자꾸 그 시간이 기다려지더란 말이지. 어쩌다 눈이 마주치면 한 번씩 씨익 웃어주는 그 얼굴이 자려고 누워있으면 자꾸 떠오르고.

장수 아주 제대로 했네. 제대로 했어, 안 여사.

혜숙 얘긴 또 얼마나 조곤조곤 재미나게 해주는지. 못돼먹은 고아원 원장 골탕 먹인 얘기, 중학교 마치고 도망 나와 고생한 시절 얘기, 재미있게 읽은 명작소설, 새로 개봉한 영화, 들어본 적도 없는 먼 외국 얘기까지… 그렇게 한 달쯤 지나니까 제법 친해지대.

장수 그래서, 한 달 만에 손이라도 덥석 잡아주던가?

혜숙 응.

장수 뭐?!

혜숙 설거지통 속에서. 얼른 빼내긴 했지만 가슴이 얼마나 뛰는지 심장소리가 귀에 들릴 지경이었어. 생각해봐. 애를 넷이나 낳긴 했지만 겨우 서른한 두어 살이잖아. 얼마나 어릴 때냐고.

장수 그래서? 잤어?!

혜숙 진도가 왜 글루 튀어? 다음 날 손에 바르라면서 크림을 하나 사왔더라구.

장수 아주 영화를 찍었구만.

혜숙 애들 넷 키우면서 당신 뒷바라지하랴 공장 식구들 치다꺼리하랴, 그때까지 정작 나를 위해서는 아무것도 해본 게 없었어. 손 아니라 얼굴에도 로숀 하나 발라본 적이 없었으니까. 당신은 나랑 한 이부자리 속에서 자고, 사내로서 필요할 때마다 얼마든지 날 만졌지만 정작 손을 잡아 준 기억은 가물가물했지. 그런데 그 사람이 거칠고 마디 굵은 내 손을 만지면서 그러는 거야. 이렇게 강하고 아름다운 손을 부끄러워하지 말라고. 그 한마디에 온몸의 피가 손끝으로 몰리는 거 같더라.

장수 바보 같은 여편네야! 그게 얼마나 뻔한 수작인지 몰라서 걸려들었냐?

혜숙 진심이었을 거야. 그 사람은 평생 엄마 손을 본 적도 만진 적도 없잖아.

장수 (가슴을 치며) 어이구~ 머저리! 그래서 그 뺀질이 놈이 당신 자식 넷을 먹여 살렸어?! 그놈이 당신 입에, 자식들 입에 밥 한 숟가락이라도 넣어줬냐구!

혜숙 사람이 어떻게 밥만 먹고 살어.

장수 밥을 먹어야 로맨슨지 불륜인지도 할 수 있는 거지! 밥 안 먹고 할 수 있는 일이 이 세상에 하나라도 있으면 말 해봐! 해보라구!

혜숙, 입이 마르는지 마호병에 남아있던 단술을 컵에 따른다. 장수가 낚아채더니 마셔버린다. 묵묵히 다시 컵을 채우고 마시는 혜숙.

장수   미친놈! 허세 덩어리! 지가 대단히 특별한 부류라도 되는 것처럼 으스대기나 하고! 그런 놈은 지가 무슨 소설 주인 공인 줄 알아. 정상적이지 않은 짓을 해야 특별한 줄 착각한다구. 하지만 대부분 남자들은 정상적으로 살아. 당신 눈엔 한심하고 쪼잔해 보이겠지만 이 세상은 그런 한심한 남자들이 쪼잔하게 일한 대가로 굴러간다구.

혜숙   그땐 그걸 몰랐지. 나도 어렸으니까. 공부해서 서울대 갈 거라고 틈만 나면 영어단어를 중얼거렸는데 그땐 그게 그렇게 멋있어 보이더라.

장수   잘했군. 아주 잘했어. 더 들을 게 남았어?

혜숙   진짜 중요한 얘긴 지금부터 시작이야.

장수   됐다. 지금도 충분하니까 그만해.

혜숙   이제부터는 당신 얘기야.

장수   뭐?

혜숙   그 사람이 같이 도망치자고 했어.

장수   (이마를 누르며) 어이구 머리야!

혜숙   그땐 이미 제정신이 아니었으니까 애들도 눈에 안 들어오대. 살림살이는 진작부터 엉망이었고. 근데… 당신 어땠게? 마누라는 애를 넷씩이나 놔두고 도망칠까 말까 고민하고 있는데 당신은 내 안색이 안 좋다면서 며칠 쉬라는 거야. 공장 식구들 점심은 자기가 라면을 끓여 먹이든 알아서 할 테니까.

장수   등신 팔푼이 짓을 했구만.

혜숙   괜찮다는 나를 억지로 들여보내면서 당신이 아궁이 구멍 열어놓는 걸 봤어. 엄동설한에도 웬만해선 열어놓는 법 없

275

는 아궁이 구멍을 말이야. 갑자기 눈물이 핑 돌더라. 당신
이란 남자… 그래. 그런 사람이지. 말주변은 없어도 마음
이 깊은 사람. 여편네가 외간 남자랑 나란히 서서 설거지
를 해도 의심스런 눈길 한 번 안 주는 사람. 그게 믿음이란
걸 처음 알았어. 날 향한 당신이란 남자의 믿음. 그 남자의
불안한 표정에는 없는 마음.

장수   ……

혜숙   그날 이후 당신 뜻 거스르지 않으려고 애쓰면서 살았어.
다른 여자 누가 서방한테 잘한다는 얘기 들으면 따라 해
보려고 애도 써보고. 당신 보기엔 많이 부족했을지 몰라도
나름대로 하느라고 한 거는 같아. 그걸로도 다 갚지 못한
빚은 죽은 다음에라도 두고 두고 갚을게.

장수   (사이. 긴 한숨) 그래서 그놈이랑은 어떻게 됐는데?

혜숙   뒷얘기 궁금해?

장수   누가 궁금하댔어? 하지 마! 하지 마. 절대 하지 마.

혜숙   공장에 불났잖아. 기계랑 양말 재고랑 다 태우고, 우리도
빚더미에 앉아서 다시 한 칸짜리 사글셋방으로 옮기면서
다 끝났지 뭐. 공장 식구들한테 퇴직금 대신 얇은 봉투 하
나씩 쥐어주면서 당신 펑펑 울 때, 그 사람도 나도 그 기분
에 묻혀 같이 울고 끝났어.

장수   자발적으로 끝낸 게 아니라 마지못해 헤어졌구만?

혜숙   자의든 타의든 끝난 게 어디야.

장수   어쭈?

혜숙   (살짝 추억에 젖은 미소로) 나한테는 잊지 못할, 빨갛게 타오
르는 단풍 같은 가을이었어.

276

장수 (황당해서) 이 여자가 미쳤나…?

혜숙 걱정 마. 지금은 얼굴도 생각 안 나. 그냥 그랬다고. 나한테도 그런 시절이 있었다고.

장수 … 진짜 그걸로 끝이었어? 그 뒤로 한 번도 안 만났냐고.

혜숙 몇 년 뒤에 동대문 어디선가 우연히 봤어. 그때도 낮에는 일하고 밤에는 공부하면서 유학 준비를 하고 있다나. 그 시절에 미국 유학까지 생각했던 거 보면 당신 말마따나 확실히 허영심이 있었나봐. 진짜 유학을 갔는지 그 뒤론 본적도 없고 소식도 못 들었어.

장수 갔어. 가기 전에 한 번 연락을 했더라구.

혜숙 정말?

장수 소주 한 잔 같이 했나… 고아라 보증인 세우는 게 어려웠나봐. 왜 나한테 연락 안 했냐 물었더니 그냥 웃기만 하더라고. (문득 울화가 터지는) 이 여편네야! 나라고 못된 짓 할 기회가 없었는지 알아? 새끼들 배곯지 않게 하려고 야근을 닷새 엿새씩 하면서 퇴근길에 맥주 한 잔 생각이 간절해도 꾹꾹 참고 말이야. 한눈팔 겨를도 없이 살았다고!

혜숙 알지. 어느 날 갑자기 당신이 보이기 시작했어. 삼십대 중반, 배가 조금씩 나오기 시작하고 그 많던 머리숱도 어느새 반으로 줄고… 평범하다 못해 좀 쪼잔하지만 허세 부리느라 큰 사고 칠 일은 없고, 바람 같은 건 꿈에도 생각 못할 일벌레 짠돌이지. 뭐 여자들이 좋아할 타입은 더더욱 아니고.

장수 무슨 소리야? 아까 어디부터 줄 섰지?

혜숙 광장시장.

장수 (리듬감 있게) 에서 파고다공원까지.

혜숙 (피식 웃는다) 이게 당신이잖아. 화가 나서 부릉부릉거려도 화풀이는 나무한테나 하지. 돌아서면 금세 잊고 농담이 하고 싶어 입이 근질근질하고. (사이) 나는 다시 내가 됐어. 억척스럽게 자식 넷을 먹이고 씻기고 입히고 공부시키는 엄마로, 서방을 하늘처럼 떠받들고 사는 마누라로. 한때 어린 마음 흔들었던 사람은 책갈피에 고이 꽂아둔 빨간 단풍잎처럼 기억에서 잊혀졌지. (장수가 뭐라 하기 전에 얼른) 당신 장해. 그 어려운 시절, 아무리 넘어져도 오뚜기처럼 일어나고 또 일어나고. 당신만 내 옆에 있으면 무서울게 하나도 없었어. 세상 어떤 운명이 시비를 걸어도 내 남편은 최장수다 다 덤벼라, 이런 배짱이 생겼어. 비록 멋이라곤 없는 쫌팽이지만-

장수 뭐?!

가방을 뒤적이더니 맥주 캔 두 개를 꺼내는 혜숙. 오징어도 한 마리 내놓는다.

혜숙 그것도 오래 살아보니 매력입디다.

장수, 순간 어린애처럼 기분이 좋아진다. 캔을 따서 장수 앞에, 자기 앞에 하나씩 놓는 혜숙.

혜숙 한 잔 해. 냉동실에 살짝 얼려뒀다 가져왔어. 날씨는 아직 선선하지만 그래도 맥주는 시원해야 제맛이잖아.

장수, 속이 탔는지 맥주를 시원하게 들이킨다. 자기도 한 모금 마신 후 오징어를 뜯어 장수 입에 넣어주는 혜숙.

혜숙 어때? 뭐가 좀 달라진 거 같애?

장수 (부러 퉁명스럽게) 몰라.

혜숙 당신 왜 맨날 잔뜩 골이 나있는지 알아?

장수 내가 언제?

혜숙 지루해. 너무 지루해. 돈 아까워서 누구 만나지도 않고, 교회라도 같이 댕기자니까 헌금 아까워서 그것도 싫다 그러고. 그러니 애들 언제 오나만 기다리는 거야. 서운하지. 보고 싶은데 안 오면 서운해. 그래도 그건 애들 문제가 아니라 우리 문제야. 우리가 지루해서 애들한테 서운한 거잖아.

장수 당신도 서운해?

혜숙 나도 서운할 때 많지. 당신보단 여기저기 더 돌아댕기지만 노인네들 사는 게 다 지루하니까. 그래서 말인데… 경진아부지, 우리 앞으로 신나게 살자.

장수 신나게?

혜숙 응.

장수 (조금 생각하다) 그거 돈 들잖아.

혜숙 돈 많이 안 들고도 얼마든지 신날 수 있어.

장수 나 노래교실 안 간다. 죽어도 안 가.

혜숙 당신 노래시키는 건 나도 포기했고. 우리 차박 다녀볼까?

장수 그게 뭔데?

혜숙 경치 좋은 데다 차 세워놓고 맛있는 것도 해 먹고 차에서 자고 오는 거야.

장수 집 놔두고 무슨 짓이야?

혜숙 집에 있으면 테레비밖에 더 봐? 같은 음식을 먹어도 밖에서 먹으면 더 맛있잖아.

장수 귀찮아.

혜숙 지루한 것보단 귀찮은 게 낫지.

장수 귀찮으면서 돈 들어. 지루한 건 돈은 안 들어.

혜숙 아우 진짜… (토라진다)

장수 (눈치 보며) 이상하다. 방금 전까지 엄청 화난 건 나였는데 왜 그새 당신이 삐져서 내가 눈치를 보고 있냐?

혜숙 (조른다) 당신도 이렇게 살다 죽기 싫잖아. 맨날 눈 뜨면 먹고 테레비 보고 자고. 죽을 때까지 똑같이 반복하면서 살 거야?

장수 늙으면 다 우리처럼 살지 뭐.

혜숙 남들처럼 살아서 행복하면 모르겠지만 아니니까 문제지. 젊어서는 먹고살기 바쁘다는 핑계로, 늙어서는 힘들다는 핑계로 어제 오늘 내일 맨날 똑같이 사는 게 행복해? 팔도 강산 좋은 데가 얼마나 많은데 집에만 있다 죽어.

장수 한두 번이야 재밌겠지만 몇 번 해보면 등 배기고 다리 저려서 잠도 못 잘 거야.

혜숙 등이 배기는지 다리가 저리는지 그것도 해봐야 알 거 아냐. 한두 번이라도 일단 해보기나 하자. 응?

장수 별로 갈 데도 없어. 대한민국 어디 가나 산이고 물이고 다 비슷하지 뭐.

혜숙 가보기나 했고? 당신은 몰라도 난 가고 싶은데 많아.

장수 어딜 그렇게 가고 싶은데?

혜숙 당신 그 사진 기억나? 우리 불탄 공장 벽에 사진액자 하나 걸려있었잖아. 눈이 시릴 정도로 파란 바닷물에 까만 자갈이 깔린 해변이었는데 사진만 봐도 자갈자갈자갈 파도 소리가 들리는 것 같은 사진이었어.

장수 파도가 왜 자갈자갈거려? 쏴쏴거리지.

혜숙 (귀엽게 웃으며) 그런가? 암튼 너무 좋아 보여서 어디 외국인가 했는데—

장수 거제도 아냐?

혜숙 맞아! 그때도 당신이 그랬어. 내가 저기 어딘지 아냐고 물었더니 거제도 아니냐고. 저기 데려가 달라고, 한 번은 가보고 싶다고 했더니 나중에 꼭 데려가 준대놓고. 돈 많이 벌어서 집도 사고 차도 사면 꼭 데려가 준대놓고… 당신 까맣게 잊었지?

사이.

장수 가! 까짓거 가면 되지.

혜숙 진짜? 차박도?

장수 차박인지 뭔지 어떻게 하는 건데?

혜숙 그거 핸드폰 동영상 보면 다 나와. 차 뒷자리 눕혀놓고 이불 깔고 자면 되는 거야. 하나도 안 어려워.

장수 그래?

혜숙 구색 맞춰 하려면 이래저래 돈 들지만 우리 둘이 가는데 그럴 거 뭐 있어.

장수 이불이랑 베개 하나씩 들고 가면 되겠네 뭐.

혜숙   근데 나 딱 하나만 꼭 해보고 싶은 거 있긴 해.

장수   뭔데?

혜숙   크리스마스트리처럼 예쁜 전구를 차에 주렁주렁 다는
        거야.

장수   (질색하며) 무당집이야? 그런 걸 왜 해?

혜숙   전구만 달아도 차 안이 완전 다른 세상 같애. 호텔 같애.

장수   그거 비싸?

혜숙   하나도 안 비싸.

장수   … 해! 까짓거 하지 뭐.

혜숙   당신 진짜 멋있다. 쫌팽이란 말 취소할게. 당신 아주 상남
        자야.

우쭐거리는 장수. 천상 다루기 쉬운 애 같다.

혜숙   근데 생각해보니까 딱 하나가 더 있긴 하다.

장수   이번엔 또 뭔데?

혜숙   의자. 캠핑의자. 그거 두 개 나란히 놓고 앉아서 맥심커피
        한 잔씩 하면서 거제도 바다 보고 있으면 세상 부러울 게
        없을 거 같애. 당신이 막 안소니 퀸처럼 보일 거 같애.

장수   안소니 퀸?

혜숙   응.

장수   캠핑의자는 비싸지?

혜숙   생각보다 안 비싸. 딱 기본적인 거 사면 되잖아. 괜히 멋
        부릴 필요 없는데.

장수   (잠시 고민) 사! 까짓거 사!

혜숙   어머! 당신 이렇게 상남잔 거 광장시장부터 파고다공원까지 줄 선 여편네들도 알아?

장수   소문이 엥간 나긴 났을걸?

혜숙   근데 기왕 캠핑의자까지 사는 김에-

장수   (버럭) 안 돼! 이 여편네가 진짜…

혜숙   알았어. 누가 뭐래. 커피믹스나 넉넉히 가져가면 되지. 난 그거면 돼.

음악 소리 높아지며 두 사람의 이야기, 웃음소리도 서서히 묻힌다.

끝.

대역배우

··················

1998년 문화일보 신춘문예 당선작
문예회관 소극장 초연

등장인물

성순표 36세. 대역배우
차영수 48세. 프로듀서
오지선 25세. 삼류극장 매표원
이종후 31세. 카메라맨

시간

현대. 가을(9월 중순에서 10월 초순 사이).

장소

서울 변두리에 위치한 삼류극장 창고.

무대

페인트칠조차 하지 않은 시멘트벽은 비가 샜는지 군데군데 얼룩이 졌고 모서리마다 곰팡이가 폈다. 한쪽 구석에 뽀얗게 먼지 앉은 간판들이 쌓여있고 그 앞에는 쓰나 만 페인트나 붓 등을 넣어두는 낡은 궤짝이 있다. 맞은편 벽에는 간이침대가 붙어있는데 바로 위로 작은 창이 있어 길 건너 흉물스런 회색 건물이 보인다. 깨진 거울 하나가 벽에 걸려 있다. 칫솔과 비누, 면도기 등 세면도구와 버너와 코펠 같은 간단한 주방용품들도 눈에 띈다. 오른쪽 벽에 몇 개의 못이 박혀 있는데 셔츠와 바지 등을 걸어두는 데 쓰인다. 왼쪽 벽의 큼직한 녹슨 철문은 문이 열릴 때마다 듣기 싫은 끼익 소리를 내곤 한다. 방안 여기저기에 오래된 명화 포스터가 붙어있다. 침대 바로 옆에 붙여 놓은 이소룡의 대형 포스터는 오래 됐지만 매우 아끼는 것임을 한눈에도 알 수 있다. 침대 머리맡에는 63빌딩 앞에서 찍은 어머니의 사진 액자가 놓여있다.

제 1 장

몸을 잔뜩 웅크린 채 자고 있는 성순표. 갑자기 요란한 자명종 소리에 잠을 깬다. 그는 매우 중요한 날 그러는 것처럼 침대에서 벌떡 일어나 앉는다. 목이 늘어난 흰 면 티셔츠에 고동색 트레이닝복을 입고 있다. 자명종 시계를 들어 시간을 확인하고 나서 곧장 거울 앞으로 가는 순표. 머리를 대충 매만지고 칫솔에 치약을 짠다. 그는 양치질을 하면서 침대로 기어 올라가 창밖을 내다본다. 누군가를 기다리듯 먼 곳을 쳐다볼 때는 몸을 창밖으로 쭈욱 빼기까지 한다. 이윽고 포기한 듯 침대에서 내려와 철문을 열고 밖으로 나가는 순표. 창밖으로 자동차 지나가는 소리, 경적소리, 놀란 비둘기들이 날아가는 푸드득 소리 등이 들린다.

잠시 후 양치질을 끝낸 순표가 들어온다. 그는 칫솔을 상자 위에 내려놓고 못에 걸린 셔츠를 꺼내 입는다. 하나하나 단추를 채워가는 모습이 매우 정성스럽다. 셔츠 단추를 모두 채운 후 바지를 반쯤 내렸을 때 육중한 철문이 끼익 소리를 내며 열린다. 화들짝 놀라는 순표. 오지선이 들어선다.

오지선 아저씨!

성순표 (급하게 바지를 올리며) 깜짝이야! 다 큰 처녀가 총각 방 들어옴서 노크도 안 하는겨?

오지선 옷 갈아입고 계셨어요?

성순표 봤음서 기냥 섰기는.

오지선 어쩐 일로 오늘은 일찍 일어나셨네요.

성순표 일 나가는 날이니깨.

오지선 어머! 오늘 방송국 나가세요?

성순표 그려. 그니깨 방해하지 말고 내려가 있어.

오지선 뭔데요? 어떤 역인데요? 드라마게임이에요? 아니면 베스트극장? 그것도 아니면 설마… 어머나! 아저씨 드디어 연속극 따냈나부다!

성순표 아녀.

오지선 칫! 그럼요? 대사는 있는 역이에요?

성순표 난 대사 없는 역은 절대로 안 햐.

오지선 그럼 뭐해. 난 한 번도 못 봤는데. (담배를 꺼내 문다. 침대에 걸터앉아 다리를 까딱거리며) 아저씨 혹시 거짓말하는 거 아니에요? 어떻게 한 번도 못 봤지? 내가 이래봬도 어느 프로에 누가 나온다, 어떤 드라마는 무슨 내용이다, 귀신같이 다 아는데. 맞다, 교육방송은 안 보는구나! 아저씨 혹시 교육방송 출연해요?

성순표 교육적인 프로인 거는 확실허지만 교육방송은 아녀. 더 엄밀히 말하자면 교양적인 프로라고 헐 수 있지.

오지선 맨날 그렇게 슬슬 돌려서 말하지만 말고 무슨 프로에 나온다, 어떤 드라마에 어떤 역으로 나온다, 확실하게 밝히란 말이에요.

성순표 지금보담도 더 열심히 보다 보면 언젠가는 저절로 알게 될겨.

오지선 관둬요. 치사하게.

성순표 인저 그만 나가라. 너랑 노가리 풀고 있을 시간 없으니깨. 여 올라와서 담배 피고 있는 거 느이 사장님 아시면 나까지 쫓겨날겨.

오지선 (껌을 꺼내 씹으며) 우리 사장님 진짜 이상해요. 남이사 담배를 피든 바람을 피든 웬 간섭?

성순표 너 바람도 피냐?

오지선 말이 그렇다는 거죠. 결혼도 안 한 처녀가 바람은… 이놈의 지긋지긋한 삼류극장 언제쯤 벗어날 수 있으려나. 아저씨! 오늘 피디아저씨 만나면 내 얘기 좀 해줄래요? 내가 키가 좀 작아서 그렇지 이 정도면 얼굴 괜찮고 몸매도 봐줄만 하잖아요. 테레비 나오는 애들 실제로 보면 진짜 그렇게 작아요? 얼굴도 요만하고 허리도 요만하고. 아저씨는 방송국 다니니까 자주 봤을 거 아니에요.

성순표 시끄러. 내려가서 청소나 혀. 괜히 사장님한테 들켜서 혼구녕 나지 말고.

오지선 여기가 내 흡연실인 건 죽었다 깨나도 모를 건데요 뭐. 아저씨, 장동건 본 적 있어요? 진짜 걸어 다니는 조각상이에요?

성순표 바쁘다니께 그러고 앉았네.

오지선 지금 막 내려가려고 했단 말이에요. (일어선다) 대신 이따 저녁때 오늘 촬영한 얘기 꼭 해줘야 돼요.

이때 문이 열리고 차영수가 들어온다. 사십대 후반의 마르고 왜소한 체격의 남자다. 지선을 보자 다소 놀라는 표정. 순표 역시 영수의 등장에 무척 당황한 기색이다.

성순표 선상님이 여긴 웬일이셔유!

영수는 대답 대신 지선을 아래위로 찬찬히 훑어본다.

성순표 안 나가냐? 어여 나가.

오지선 알았어요. (영수를 훔쳐보며) 근데 어쩐 일로 손님이 다 찾아오셨어요? 그것도 이렇게 이른 시간에. 제가 커피라도 한 잔 뽑아다 드릴까요?

성순표 필요하면 내가 뽑아다 마실 테니깨 어여 내려가.

오지선 이상하네. 이분 혹시…?

성순표 (억지로 밀치며) 빨리 못 나가?!

오지선 왜 소린 질러요? 아프니까 밀지 마요.

지선이 나가자 순표, 문 앞을 서성이며 어쩔 줄 모른다. 영수가 못마땅한 표정으로 순표를 잠시 노려보다가 방안 여기저기를 살피기 시작한다. 쌓아놓은 간판 더미를 들춰보거나 변변찮은 세간을 둘러본다. 삐걱거리는 침대를 발로 툭툭 차다가 창문 밖을 내다보는 영수.

차영수 아이구… 생각보다 아찔하네.

성순표 어쩌자고 이 누추헌 디를… (침대 위를 정리하며) 이짝으로 좀 앉으셔유. 보시다시피 변변찮구먼유.

차영수 (창밖을 내다보며) 누구야?

성순표 (같이 내다보며) 예? 누가 보여유?

차영수 방금 그 쥐방울만한 여자애 말이야.

성순표 아… 미쓰오유. 여기 극장 매표소 직원인디… 개는 왜유?

차영수 여긴 왜 올라와 있어? 내가 사람들 가까이 두지 말라고 말했을 텐데.

성순표 지가 허락한 게 아니구유, 담배 필라고 가끔 올라오고 그러는디 아무리 타일러도 말을 들어먹어야지유.

차영수 쯧쯧쯧… 특히 여자는 더 조심하라고. 자고로 여자가 찰거머리처럼 들러붙어서 꼬치꼬치 캐물으면 안 넘어갈 남자 없으니까. 특히 자네처럼 물정 어두운 시골 출신은.

성순표 맞아유. 찰거머리가 따로 없다니깨유.

차영수 뭐? 벌써 낌새를 챘단 말이야?

성순표 아뉴. 절대 아뉴. 지는 입 꼭 다물고 암것도 말 안했구먼유.

차영수 앞으로는 드나들지 못하도록 겁을 좀 줘. 괜히 꼬리라도 잡히면 골치 아프니까.

성순표 (자신 없는 표정으로) 예…

차영수 (방안을 휘이 둘러보며) 여기서 얼마나 지냈나?

성순표 서울서유?

차영수 이 창고에서.

성순표 아, 이 창고에서유… 그게 8월이었나, 9월이었나. 들어오자마자 하필 장마였는디 비가 새서 여기저기 받쳐놨으니께…

차영수 일년 넘었겠네.

성순표 예. 아마…

차영수 아까 그 쥐방울만한 기집애도 일년 넘게 드나든 거야?

성순표 아뉴. 걘 여기 다닌 지 몇 개월 안 됐구먼유.

차영수 사장은?

성순표 예?

차영수 이 극장 사장 말이야.

성순표　사장님은 쭈욱 사장님이었는디유.

차영수　가깝게 지내느냐구.

성순표　아뉴. 그럴 리가유. 그저 왔다갔다 허다 인사나 좀 허구…
한 달에 한 번 방세 받으러 올라오면 그때나 보는 거쥬.

차영수　여기까지 올라와서 방세를 받아가?

성순표　그럴 때도 있고, 밑에서 만날 땐 지가 갖다 드릴 때도 있
구유.

차영수　방세는 언제 내는데?

성순표　매달 말일날유.

차영수　그럼 이번 달엔 올라오기 전에 미리 갖다 줘.

성순표　예. 근디 뭐땜시…

이때 누군가 철문을 두드린다.

차영수　누구야?

성순표　글시유. 올 사람도 없는디 오늘따라 뭔 일이랴.

한 번 더 두드리는 소리. 대답을 기다리지도 않고 문이 벌컥 열린
다. 지선, 종이컵이 놓인 쟁반을 들고 들어선다. 그새 립스틱까지
발랐다.

오지선　노크를 하면 빨리 빨리 열어줘야지. 한 손으로 무거운 철
문 여는 게 쉬운 줄 아세요?

성순표　넌 왜 또 올라왔냐?

오지선　손님이 오셨는데 그냥 있기가 미안하잖아요. 아저씨 손님

은 자주 오는 것도 아닌데. (종이컵을 차영수에게 내밀며) 커피 드세요. 취향이 어떠신지 몰라서 그냥 밀크커피로 뽑았어요.

영수, 마지못해 종이컵을 받아 든다.

오지선 우리 사장님이 대빵 짠돌이라 커피 맛이 싱겁거든요. 그래서 숨겨놓고 저만 먹는 커피 더 탔어요. 아마 간이 딱 맞을 거예요. 어서 드세요.

성순표 그려. 고마우니께 그만 내려가.

오지선 아저씨도 마셔봐요. 평소에 먹는 설거지물 같은 커피하곤 차원이 다를 거예요.

성순표 너, 오늘따라 왜 이러는겨? 손님 기신디 소리 지르게 할겨?

오지선 근데 아저씨 뭐 하는 분이세요? 혹시 방송-

성순표 (급히 오지선의 입을 막으며) 나중에 얘기허자. 나중에.

오지선 손 치워요! 립스틱 뭉개지잖아요.

차영수 (종이컵을 구기며) 잘 마셨어 아가씨.

오지선 뭘요. 커피 가지고. 그보다-

성순표 (버럭) 빨리 못 내려가!

오지선 왜 이래 정말? 간다구요, 가! 치사해서. (나가며) 커피값만 괜히 날렸네.

지선, 씩씩거리며 '쾅' 소리 나게 문을 닫고 나간다. 순표는 얼굴이 벌겋게 달아오른 채 어쩔 줄 몰라 하며 서 있다.

차영수 두 번 말하지 않게 알아서 해.

성순표 예…

차영수 나도 바쁘니까 그만 용건으로 들어가지.

성순표 용건이유?

차영수 한가해서 자네 어떻게 사나 구경하러 온 줄 알았나?

성순표 그건 그렇지만서두…

차영수 도대체 연락이 돼야 말이지. 이건 답답해서 원… 이번 일 끝나면 더 바빠질 테니까 당장 전화부터 한 대 놔.

성순표 이번 일이라면 오늘 찍을…?

차영수 참! 오늘 촬영은 취소됐어. 다른 사람 시키기로 했으니까 그렇게 알고 오늘은 집에서 쉬어.

성순표 아니, 왜유? 대사도 다 외웠고 잠도 안 자고 열심히 연습 했는디. 지 연기가 부족했다면 선상님께서 조금 더 지도해 주시고…

차영수 그게 아니라 오늘 건 쉬운 연기라 새로 시작한 촌놈한테 맡기기로 했단 말이야.

성순표 아무리 쉬운 연기라도 지가 일주일 동안 쌔가 빠져라 연습 한 거를…

차영수 그렇게 서운해?

성순표 ……

차영수 이번에 큰 프로젝트 하나 맡기려고 일부러 뺀 거야.

성순표 예? 큰 프로젝트유?

차영수 특집이야. 100회 특집.

성순표 100회 특집… 특집이면…

차영수 축하해!

성순표 그게 시방 참말이유?

차영수 자네가 제일 베테랑 아닌가. 게다가 이번 배역하고 분위기도 잘 맞아떨어지고. 그래서 특별히 자넬 지목했지.

성순표 (볼살을 꼬집으며) 이게 꿈이랴 생시랴. 고맙구먼유. 고맙구먼유, 선상님.

차영수 방송은 다음 달 말이지만 특집이라 사전에 치밀한 구성도 필요하고 해서 일부러 찾아왔어.

성순표 예, 예. 그럼 한 달 동안 열심히 준비해서 훌륭한 연기를 보여드리겠구먼유.

차영수 그래. 자네라면 충분히 해낼 거야.

성순표 어떤 역인디유? 사기꾼이유? 제비유?

차영수 이번엔 대사 몇 마디로 획 지나가는 단역이 아냐. 특집프로 내내 자네한테 집중적으로 포커스를 맞출 계획이니까.

성순표 예? 그럼 지가 드디어…

차영수 그래! 주인공이 되는 거야. 주인공!

성순표 지가 참말… 주인공… 드디어… (팔소매로 콧물을 훔치며) 시골에 계신 엄니헌티 전화부텀 드려야겠네유.

차영수 그게 무슨 소리야?

성순표 드디어 주인공으로 발탁됐는디 울 엄니가 얼마나 좋아하시겠슈?

차영수 그럼 여태 죄다 나불댔단 말이야?!

성순표 아뉴. 엄니는 지가 배우라는 것만 알지 다른 건 하나도 몰러유. 눈도 가물가물해서 텔레비도 소리만 게우 들으시는디유.

차영수 믿어도 돼?

성순표 하늘에 맹세코 사실이유.

차영수 조심하라구. 가족들한테도 극비사항이니까.

성순표 예…

차영수 특히 이번에 하게 될 역은 진짜 중요해. 어느 때보다 정신 바짝 차리고 조심하지 않으면 큰일 난다 이거야.

성순표 그건 걱정하지 마시구요. 어떤 역인지 말씀해주시면 지금부터 열심히 준비해 보겠습니다.

차영수 '자살하는 사람들'

성순표 예?

차영수 특집 프로 타이틀이야.

성순표 그럼 지가 맡을 역할은… 자살하는 사람이겠네유?

차영수 두말하면 잔소리지. (방을 훑어보며) 이 방을 무대로 쓰자고. 어딘지 으스스한 맛이 있잖아? 전에 한두 사람 목을 맸을 만도 해. 한 남자가 전깃줄에 매달린 채 발버둥 친다. 죽어가면서 갑자기 삶에 대한 욕구가 뻗쳐 나오는 그 남자의 표정. 그러나 이미 때는 늦었고 그의 발버둥이 점점 약해지는 거지. 그러다 어느 순간 멈추는 거야. 고요함 속에 움직임을 멈춘 사지가 흔들거린다. 으아~ 소름끼치는구만.

성순표 그만하셔유.

차영수 겁내긴. 분위기가 그렇다는 것뿐인데. 사실 목을 매다는 게 제일 쇼킹하긴 해. 전에 왜, 오대양 사건 기억나? 그때 사람들이 천장에 단체로 죽어 자빠져 있는 장면이 테레비로 막 나갔잖아. 몇 개 방송이 데미지를 먹긴 했지만 그걸 기억하는 시청자들은 그런 쇼킹한 장면 다시없나 하면서 더 자극적인 걸 기대하거든. 원래 시청자들 심리라는 게

그래. 심의규정을 지키지 않는 프로일수록 인기는 높아진
다 이거야.

성순표 예…

차영수 시청률을 위해서는 데미지를 먹는 한이 있더라도 더 쇼킹
한 걸 보여줘야 된다구. 그런데 아쉽게도 목을 매다는 건
아무래도 한계가 있어. 화면처리를 아무리 뿌옇게 하더라
도 어딘지 어설프게 보이거든. 근데 이 방에 딱 들어와 보
니까 꼭 목을 매달지 않더라도 완벽한 분위기야. 으스스
하고 어두컴컴한데다 낡아빠진 창문도 아주 근사하고. 게
다가 8층짜리 건물 꼭대기 창고라는 게 특히 좋아. 적당히
아찔한 게 뛰어내리기 안성맞춤이잖아?

성순표 예? 그럼 지가…

차영수 물론 연기만. 진짜 뛰어내렸다 뒤질 일 있어?

성순표 근디 뛰어내리면서 안 죽는 그런 연기를… 지가 어떻게…

차영수 (창가로 순표를 끌고 가서 창문 밑을 가리킨다) 저기 간판 걸림
대 보이지? 간판 저게 아마 4~5백 키로는 될 텐데 그걸
지탱할 정도면 엄청 튼튼할 거야. 자넨 창밖으로 떨어지는
척만 하고 걸림대에 살짝 매달려 있기만 하면 된다구. (순
표의 걱정스러운 표정을 보자) 걱정은. 안전장치해 놓으면 절
대 아무 일 없어.

성순표 허지만 여지껏 했던 연기허곤 다르게 스펙터클혀서…

차영수 말 한 번 잘했다. 이번 작품은 지금까지 했던 시시한 대역
하고는 차원이 달라. 그야말로 스펙타클하다고!

성순표 그러니깨 그런 걸 지가 어떻게…

차영수 살면서 자살하고 싶다는 생각 한 번도 안 해봤나? 인간이

라면 누구나 그런 걸 생각할 때가 있잖아. 예를 들면 실연을 당했다거나, 보증을 잘못 서서 집을 날렸다거나 어쨌든 궁지에 몰렸다는 느낌이 들 때 말이야. 이런 경우는 죽는 게 사는 것보다 낫다고 생각하는 케이스지. 고통스러우니까. 하지만 가끔은 명예 때문에 죽는 경우도 있어. 결백을 주장하기 위해, 혹은 의리 때문에 끝까지 입을 다물겠다는 의미로 할복하잖아. 일본 영화에서 못 봤어? 물론 야쿠자도 아니고 그런 이유로 할복까지 하는 미친놈이 요즘 세상에 어디 있겠냐만 상상을 해보라구. 그런 심리를. 만약 자네가 그런 생각을 해본 적이 있다면 그때를 돌이켜 봐도 되고. 아니, 아예 자살을 결심해 봐. 막판에 맘이 변한다 치고 일단 진짜 자살을 결심한 사람처럼 행동해보는 거야. 뭘 하겠나? 삶을 정리하겠지? 뭔가 흔적을 남기고 싶어 하기도 할 거고.

성순표 자살을… 결심… (한숨)

차영수 우선 살부터 좀 빼야겠네. 자살하려는 사람답게 고통에 찌든 비쩍 마른 얼굴을 연출해야지 그렇게 펑퍼짐하고 번들거려서야 어디 실감이 나겠어? 자네 로버트 드 니로 좋아하지? 그 사람이 〈레이징 불〉이라는 영화에서 몇 키로를 뺐다 늘렸다 한 줄 알아? 무려 이십 키로야. 이십 키로.

성순표 어쩐대유. 지는 별로 안 먹어도 살이 붙는 체질이라…

차영수 이십 키로나 빼란 얘긴 아니고. 적당히 동정심 우러나올 정도로만. 약간 수척하게.

성순표 예…

차영수 며칠 있다 종후 보내서 카메라 설치하라고 할게.

성순표 카메라유?

차영수 (창문을 가리키며) 저기 창문 쪽을 비추는 게 좋겠어. 아주 쓸쓸한 느낌이 드는 게 죽기 안성맞춤이구만. 침대를 중심으로 연기를 펼쳐봐. 밑을 내려다보면서 아찔하다는 표정을 짓는다든지, 한쪽 다리를 밖으로 빼본다든지 하는 거 말야. 한두 번 시도했다가 망설이고 망설이는 그런 거 있잖아.

성순표 근디 카메라맨이 자살하는 걸 말리지도 않고 계속 찍는다는 게 말이 안 되잖어유.

차영수 그러니까 자네 혼자 작동하고 혼자 찍어야지. 그래야 시청자들도 의심을 안 할 거고. 들어봐. 자살하는 사람들한테는 공통적인 몇 가지 특징이 있는데 가장 큰 특징은 흔적을 남기려고 한다는 점이야. 유서든 육성테이프든. 그러니까 가정용 비디오로 촬영한 영상이라면 의심을 사지 않을 수 있지.

성순표 예…

차영수 실제로 취재 중에 만난 어떤 여자도 남편이 비디오테이프를 남겼다고 하더라구. 이게 웬 횡재냐 싶어서 좀 보여달라니까 사적인 얘기라서 안 된대. 꼬셔봤는데 씨도 안 먹혀. 그렇다고 내가 쉽게 포기할 사람인가?

성순표 그러니깨 우리가 그걸…

차영수 그렇지. 나한테는 천재적인 대역배우인 자네가 있잖아. 우리 마지막이라는 생각으로 혼신을 다해보자구. 이번 작품의 성패에 자네 목숨이 달렸다고 생각하고 말야. 알았어?

성순표 예! (갑자기 울적해지며) 근디 특집이면 뭐허고 주인공이면 뭐해유.

차영수 (순표의 표정을 살피며) 왜?

성순표 지는 인저 얼굴 안 나오는 역은 안 헐래유.

차영수 얼굴 안 보여서? 그게 그렇게 중요하나? 얼굴이 나오고 안 나오고는 나중 문제야. 오히려 얼굴이 나옴으로 해서 얼마나 많은 연기적 제한이—

성순표 지는 인저 얼굴 나오는 역만 허겠다구유.

차영수 좋아. 이번 특집만 잘 끝내면 드라마 피디 만나게 해준다.

성순표 참말이지유?

차영수 내가 자네 매니저 아닌가. 자네 일은 더 잘 알아서 한다구. 얘기 다 해놨으니까 벌써 된 거나 마찬가지야.

성순표 정말이쥬? 드라마로 데뷔하는 거쥬?

차영순 흥분은 나중에 하고. (가방에서 대본을 꺼내 건네며) 대본. 아직 초안이지만 일단 분위기 파악해보라고 가져왔어. 사업 실패로 자살한 40대 남자 유서를 기초로 우리 구성작가가 손질했어. 거기다 살 붙여서 눈물 콧물 짜내는 건 자네 몫이고. 진짜 죽음을 결심하는 건 바로 자네니까.

성순표 예!

차영수 며칠 있다 카메라 설치하러 종후 올 거야. 나도 조만간 다시 들를 거고.

성순표 열심히 해보겠습니다.

차영수 그럼 난 이만 방송국으로. 참! (주머니에서 접은 신문을 꺼내 성순표에게 준다) 자네 이거 모으지?

성순표 뭔디유?

차영수 신문 오려왔어. 자네 주려고. 지난번 '성추행' 프로 때 시청률이 또 3프로나 올랐다네?

성순표 참말유?

차영수 다 자네 덕분이야. 그 리얼한 연기 덕을 본 거니까. 지하철 성추행 충격 고백! 특히 죄의식이라곤 눈곱만큼도 없는 그 뻔뻔스러운 말투 말이야. 아주 일품이었거든. 시청자들이 어찌나 분개했는지 그놈 얼굴을 공개하라고 방송국에 전화까지 걸고 아주 난리가 아니었다고. 자네 별명이 뭔 줄 아나? 1호선 변태야. 1호선 변태. 낄낄…

성순표 고맙습니다, 선상님.

차영수 고맙긴. 기사 읽어봐. 자네 얘기도 있으니까. 지하철 성추행범에 대한 법적 규제를 강화한다나? 우리 〈현장증언〉이 일으키는 사회적 파문을 좀 보라구. 덕분에 내 인기도, 몸값도 하늘 높은지 모르고 치솟고 있어. 아! 물론 자네 같은 인기를 누리려면 아직 멀었지만, 1호선 변태.

성순표 과찬이셔유.

차영수 이번에도 기대하겠어.

성순표 예, 선상님. 최선을 다해보겠습니다.

차영수 그럼 난 바빠서 이만, 1호선 변태.

킥킥거리며 서둘러 나가는 차영수. 성순표는 뒤에 대고 계속 인사한다. 잠시 멍하니 서 있는 성순표. 신문을 펼쳐 읽으며 점점 흥분한다.

성순표 엄니! 지가 드디어 주인공이 됐구먼유. 하느님, 부처님 감사헙니다! 대한민국 만세!

계단을 뛰어 올라오는 소리와 함께 지선의 "아저씨!" 하고 부르는 소리가 들린다. 얼른 신문을 침대 밑 상자 속에 넣는 순표. 암전.

제 2 장

며칠 후. 저녁 무렵. 순표 혼자 침대에 걸터앉아 연습에 열중하고 있다. 열린 창문 밖에서 유흥가의 시끌벅적한 소음과 상영 중인 극장에서 여배우의 신음소리 등이 들린다.

성순표 "여보, 정말 미안해. 나 떠나고 나면 빚쟁이들도 더는 당신 괴롭히지 못할 거야. 하루하루가 지옥 같았는데 그 지옥 속에 당신만 남겨두고 떠나서 정말 미안…" (코를 훌쩍, 한숨을 내쉰다) 사람 목숨이 중허지 돈이 먼저여? 더러븐 세상 이라니께. (다시 대본을 들고) "날 믿고 따랐다가 일자리 잃고 밀린 월급도, 퇴직금도 받지 못하게 된 열네 명의 직원들에게 목숨으로 사죄하고 싶어. 아니, 사실 다시 일어설 용기가 없어. 아침에 눈을 뜨는 게 너무 괴로워. 숨이 안 쉬어져, 여보." (소매로 눈물을 찍으며) 고작 다시 살 용기가 없어서 죽는겨? 쯧쯧… 불쌍헌 인간…

다시 냉정한 감정 상태로 돌아가려 하나 힘이 드는지 대본을 내려놓더니 주전자의 물을 들이켜는 순표. 이때 철문이 쿵하고 열리며 지선이 들어선다. 갑자기 또렷하게 들렸다 사라지는 신음

소리.

성순표 어이구, 깜짝이야. 너 여기 올라오지 말하고 했냐, 안 했냐?

오지선 아저씨도 나 안 오니까 심심했으면서 뭘 그래요.

성순표 누가 그려?

오지선 아저씨 얼굴에 딱 써있는데요?

성순표 (얼굴을 부비며) 뭐? (당황한다) 쓸디 없는 소리… 어여 내려가.

오지선 (침대 위 대본을 발견한다) 어머머! 이게 뭐예요? 이거 대본이잖아?

성순표 (빼앗으며) 뭐허는 짓이여? 누가 아저씨 물건 함부로 만지랬어?

오지선 아저씨! 정말 뭐 맡긴 맡은 거예요? 정말이구나. 아저씨 정말 배우구나. 난 아저씨가 뻥 까는 줄 알았는데.

성순표 시끄려! 아무것도 아니께 오늘부로 신경 꺼.

오지선 이상하단 말이야. 나 같으면 막 자랑하고 다닐 텐데 왜 자꾸 숨기지? 혹시 말이에요, 아저씨 진짜 벗는 영화 찍어요?

성순표 뭐여??

오지선 매점아줌마가 그러는데 아저씨가 얼핏 〈젖소부인〉 나오는 변태랑 비슷하게 생겼대요. (담배에 불을 붙인다)

성순표 그게 무슨 시답잖은! 내가 전에도 말혔지. 난 교양적인 프로에만 출연헌다고.

오지선 왜 이래요? 〈젖소부인〉이 얼마나 교양적인데. 풍부한 성지식의 세계!

성순표 시끄러! 할 일 없어? 없으면 청소라도 혀!

오지선 되게 신경질이네. 알았어요. 내려가면 될 거 아니에요. (가방에서 빵을 꺼내 던진다) 이거나 먹어요. 굶고 있을까봐 매점아줌마 몰래 훔쳐왔더니만… 내가 미친년이지. 미친년이야. 들키면 어떻게 될지 뻔히 알면서.

성순표 누가 그런 짓 하라고 등 떠밀었냐?

오지선 관둬요. 말이 통해 먹어야지.

성순표 삐졌냐? (잠시) 미안혀. 내가… 사실 사정이 있어서 그려. 한 달만. 딱 한 달만 참으면 다시 올라와도 돼. 그땐 떳떳하게 데뷔도 할 것이고.

오지선 정말요? 그럼 진짜 연속극 같은 데도 나와요?

성순표 아마 그렇게 될겨.

오지선 와! 나 그럼 요것만 다 피고 갈게요. 그리고 한 달 동안 딱 참을게요.

성순표 그려. (싱글벙글 웃는다)

오지선 (사이) 아저씬 엄마 있어요?

성순표 응. 엄니만 계셔.

오지선 좋겠다. 난 엄마 없는데. (사이) 사실 오늘이 엄마 제삿날이에요. 제사 안 지내는 제삿날. 아빤 새장가 가서 여시 같은 아줌마랑 잘만 사는데 난 왜 이 꼴로 사는지 몰라. 엄마 제사도 못 챙기고… 매점아줌마한텐 엄마 제사 때문에 빨리 들어가야 한다고 뻥치고 나왔어요. 근데 혹시나 싶어 아빠집에 전화했더니 안 받네요. 외식이라도 하나? 죽은 마누라 제삿날이 뭐 중요해. 어차피 살아서도 생일 한 번 챙겨준 적 없는데… 울 엄마 불쌍하죠?

성순표 너 꼭 콩쥐 같다. 여시 같은 새엄마는 뺑덕어멈이구.

오지선 바보. 뺑덕어멈은 콩쥐가 아니라 심청이 새엄마잖아요.

성순표 그런가? 히히…

오지선 한때는 내가 되게 불쌍한 애라고 생각했는데 이젠 안 그래요. 비록 그렇고 그런 야한 영화지만 매일 영화도 볼 수 있고 가끔 친구들한테 공짜 표도 줄 수 있고. 이 극장도 옛날엔 동시상영 해주는 이류였대요. 아저씨 그거 몰랐죠?

성순표 왜 몰러? 저기 간판 쌓여있는 거 보면 다 알지.

오지선 그렇게 오래 된 간판도 있어요? (먼지 쌓인 간판을 들춰보며) 어머! 〈백야〉네? 나 이 영화 봤는데. 중학교 때 기말고사 끝나고 단체관람 갔었어요. 그때 〈람보〉도 보고 〈터미네이터〉도 봤는데. 천오백 원 내고.

성순표 얼마 낸 걸 다 기억햐?

오지선 그럼요. 그때 엄마가 이천 원 주면서 천오백 원은 영화비하고 남은 오백 원으로 차비하고 콜라 사먹으라 그랬거든요.

성순표 아저씨도 어릴 때 영화 엄청 좋아했는디. 시골 살았으니깨 읍내에 영화관이 한 군데밖에 없었거든. 〈벤허〉, 〈대부〉 같은 영화 개봉했다 허면 핵교 끝나고 읍내까지 허벌나게 뛰는겨. 개구멍을 알고 있었거덩. 히히… 같은 영화를 얼매나 여러 번 봤나 그땐 대사를 줄줄 외웠다니깨.

오지선 그럼 그때부터 배우 되는 게 꿈이었어요?

성순표 그럼. 난 배우가 천직이라고 생각혔으니깨.

오지선 천직인데 왜 여태 이런 창고에 살아요. 벌써 유명해졌어야지.

성순표 시골서 올라와 돈도 없고 빽도 없는 촌놈이 무슨 수로 그렇게 빨리 출세를 허냐.

오지선 어쨌든 아저씨 말대로라면 이제 곧 테레비에도 얼굴 나오고 그러는 거죠?

성순표 그려. 내 생각엔 늦어도 올해 안엔 정식으로 데뷔헐 수 있을 거 같어.

오지선 유명해지면 피디아저씨한테 제 얘기도 꼭 좀 해주세요. 지나가는 역이라도 좋으니까 출연 좀 시켜달라구요. 네?

성순표 그려. 내 알아봐줄게.

오지선 오예! 이 지긋지긋한 삼류극장에서 벗어난다!

성순표 언제는 여기가 좋다더니.

오지선 아무리 좋아봤자 방송국에 대요? 탤렌트 되면 장동건도 볼 수 있는데.

성순표 장동건 볼랴고 탤렌트 되겠다는겨?

오지선 말이 그렇다는 거죠. 암튼 아저씨 저랑 약속했어요. 꼭 지켜야 돼요!

성순표 (손가락 걸며) 그려. 지킬 테니깨 미쓰 오도 한 달 동안 꾹 참는겨. 알었지?

오지선 알았어요. 참, 아저씨 배고프겠다. 빵 먹어요.

성순표 안뒤여. 시방 체중조절 중이여.

오지선 체중조절이요?

성순표 너 로버트 드 니로가 〈레이징 불〉이라는 영화에서 몇 키로를 뺐다 늘렸다 한 줄 아냐? 자그마치 이십 키로여. 이십 키로.

오지선 우와! 정말요?

성순표 나는 틀린 소린 안 혀. 그리고, 원래 진짜 배우는 자기가 맡은 역할을 완벽하게 소화허기 위해 무슨 짓이든 헐 수 있어야 뒈야. 체중조절쯤은 아무것도 아녀. 영어 잘 허는 사람 역을 할라면 영어도 배워야 허지, 수영선수 역을 할라면 암만 물이 무서워도 바다 속에도 막 들어가고 그래야 허는거. 그뿐인 줄 알어? 액션배우 이소룡 형님. (벽에 붙은 포스터를 가리키며) 그러니까 바로 저분은 위험한 장면을 찍다 촬영장의 이슬이 됐다는 거 아녀.

오지선 이슬이 돼요?

성순표 죽었다고.

오지선 아…

성순표 내가 이소룡 형님을 제일 존경하는 이유가 그거여. 위험한 장면도 대역을 시키지 않고, 대역 없이 몸소 연기했다는 거. 그러다 아까운 나이에 촬영장의 이슬이 되긴 혔지만 그래서 여적지 진짜 배우로 기억되는 거 아니겠어? 그 아들 브레든 리도 〈크로우〉라는 영화를 촬영하다 권총 오발사고로 죽었댜. 부자지간에 존경스럽다니깨.

오지선 아…

성순표 성룡도 마찬가지여. 그 사람도 겉보기에 멀쩡해서 그렇지 골병이 있는 대로 들었댜. 절대 대역을 안 쓰니깨. 몸에 불이 붙고 다리가 부사지고 피가 철철 나도, 그러다 이소룡처럼 촬영장의 이슬로 사라지는 한이 있어도 대역 없는 진짜 연기를 한다는 거 아녀. 나도 그런 배우가 될겨. 역사에 길이 남는 진짜 배우 말여. 죽는 순간까지 촬영장을 떠나지 않고 촬영장에서 죽는 게 내 소원이니깨.

두 사람의 진지한 대화와 함께 유흥가에서 흘러나오는 흥겨운 노랫소리도 높아만 간다. 서서히 암전.

제 3 장

이종후가 무대 왼편 벽 쪽에 소형 비디오카메라를 설치하는 중이
다. 순표가 그 주위를 이리저리 움직이며 살피고 있다. 종후, 귀찮
다는 듯 순표를 밀쳐낸다. 이번엔 조명기의 불을 켰다 껐다 하는
순표. 재미있다는 표정이다.

이종후 정신 사나워 죽겠네. 거기 가만 좀 있어.

성순표 그러니깨 조명발까지 세워준다는 말 아녀.

이종후 아이 씨!

성순표 왜 짜증이여?

이종후 가만 좀 앉아서 일 끝날 때까지 기다리면 안 돼? 자꾸 장
난치다 고장이라도 나면? 나보고 이 짓거리를 또 한 시간
씩 하라고? 아무리 창고라도 그렇지 전기 콘센트는 왜 죄
다 박살을 내놨냐고!

성순표 전기 못 쓰게 하느냐고 그런 거 아녀.

이종후 누가 그걸 몰라? 아오~ 성질나. 설치만 해주면 되는 줄 알
았더니 선까지 따다 연결해야 하고. 십 분이면 끝날 일을
한 시간 동안 붙잡고 있었잖아.

성순표 미안혀. 그나저나 사장님 아시면 난리 날 텐디 표시 안 나
게 잘 혔제? 뭐 마실 거라도 사다 줄까?

이종후 줄 거면 진작 줄 것이지. 다 끝났어! 거기 침대에 앉기
나 해.

성순표 드디어 된겨?

순표, 거울로 가서 옷매무새를 매만지고는 조심스럽게 조명 속으
로 들어가 앉는다. 눈이 부신 건지 감격스러움 때문인지 눈을 크
게 한 번 끔뻑이는 성순표.

성순표 화면발 괜찮냐?

이종후 화면발 좋으면? 어차피 모자이크 배우 주제에.

성순표 지금은 그렇지만… 아니다. 종후 니가 몰라서 허는 소리
니께.

이종후 내가 뭘 모르는데?

성순표 아직 암 소리 못 들었지? 선상님이 이번 특집 끝나면 드라
마 피디선상님 소개시켜 주신다.

이종후 하! 놀구 자빠졌네.

성순표 이놈 말하는 버르장머리 봐라.

이종후 착각하지 마. 차 감독이 형을 진짜로 키워줄 거 같애? 어림
없어. 적당히 이용해 먹다 필요 없으면 입 싹 씻을 거라고.

성순표 니가 선상님과 내 관계를 몰라서 허는 소리여.

이종후 형 생각이지. 차 감독 그 새끼, 숨 쉬는 거 빼곤 믿을 거 하
나 없는 놈이야. 알아?

성순표 이 자식이…! 우리 선상님 그런 분 아녀.

이종후 잘한다 잘한다 입에 발린 소리 늘어놓으니까 형이 차 감독
뭐라도 되는지 알아? 그럼 이번 특집이 마지막인 건 알고

있어?

성순표 그게 뭔 소리여? 마지막이라니?

이종후 이봐. 까맣게 모르고 있지.

성순표 똑바로 말혀. 그게 뭔 소린디?

이종후 자기도 계속 해먹기 불안할 거 아냐. 경쟁 프로에서 알아채기라도 해봐. (말할까 말까 망설이다) 이건 아직 소문이지만… 다른 방송국에서 좋은 조건으로 스카웃 제의가 왔대. 젠장! 나도 팽당했어. 데려갈 생각이었으면 소문이 이 귓구녕까지 들어오기 전에 무슨 얘기가 있었겠지.

성순표 헛소문에 놀아난겨. 이 바닥이 원체 그렇잖여.

이종후 형 빼고 우리 다 아는 얘기야. 차 감독이 형한텐 말하지 말라고 해서 다들 쉬쉬 하고 있는 거지.

성순표 뭐? 왜? 왜 나한테…?

이종후 그걸 몰라? 귀찮고 피곤하니까. 살려달라 키워달라 귀찮게 구는 것도 싫고, 그러다 협박이라도 할까봐 그러겠지.

성순표 내가 선상님을 협박한다니 그게 무슨 말도 안 되는… (문득) 드라마 피디선상님헌티 내 얘기 해놓은 건?

이종후 돌았냐? 얘기하긴 뭘 얘기해? 형이 〈현장증언〉 대역배우라고 자기 입으로 떠벌이고 다녔겠어? (한숨) 형! 이게 마지막이야. 그 좋아죽는 연기, 이번에 씨부릴 대사가 마지막이라고.

성순표 말도 안돼여. 선상님이 나헌티 뭐라 허신 줄 아냐? 타고난 배우라고, 백 년에 한 번 나올까 말까 한 진짜 배우라고!

이종후 진짜 배우? (비웃으며) 대역배우가 진짜냐? 정신 차려. 형은 가짜야. 가짜배우. 얼굴에 모자이크 처리하고 나오는 대역

310

배우!

성순표 너 이 자식! (종후의 멱살을 쥐어 침대로 팽개친다)

이종후 아이 씨, 병신이… 생각해서 말해줬더니. (툭툭 털고 일어나며) 야! 넌 사실 가짜도 진짜도 아니야. 진짜를 보여주려면 그게 연기여선 안 된다고, 이 병신아.

종후, 문을 쾅 닫고 나간다. 가만히, 종후의 마지막 말을 되새기는 순표. 암전.

제 4 장

며칠 후, 밤. 침대에 앉아 깊은 생각에 잠겨있는 순표. 고개를 푹 숙인 채 괴로움을 감추지 못한다. 여배우의 울음소리가 어렴풋이 들리고 있다. 이윽고 몸을 일으켜 조명기의 스위치를 올리는 순표. 한 줄기 스포트라이트가 침대와 뒤편 창을 비춘다. 카메라로 다가가 작동 버튼을 누르는 순표. 그는 거울 앞으로 가서 머리를 매만진 후 조명 속으로 들어가 앉는다. 눈이 부신지 약간 찡그리고는 한동안 말없이 앉아만 있다.

성순표 (호흡을 가다듬은 후) 이 세상에서 지가 젤루 사랑하는 사람은 울 엄니고, 젤로 존경하는 사람은 이소룡입니다. 그리고 지가… 주죽으면… 전 그래도 촬영장의 이슬로 사라지는 것이고… 이 작품은 유작이 되겠쥬. 이 작품을 사랑하는 울 엄니와 촬영 중에 죽어간 많은 동료들에게 바치고 싶습니다. (사이) 지는 지금까지 얼굴이 한 번도 나오지 않는 대역배우였지만 이번만큼은 당당하게 얼굴도 나오고 저의 이름, 아버지께서 지어주신 성순표라는 이름도 좋지만 차영수 감독님이 지어주신 성공표라는 이름이 화면 가득 꼭 나오게 해주면 감사허겠습니다. 음… 지는 누가 뭐래도 이날꺼지 키워주신 차영수 감독님을 믿습니다. 지가 사라지고 없어도 지 얼굴만큼은 온 국민의 가슴에 백혀 영원히 남을 것도 믿습니다. (사이) 지가 살고 있는 이 창고는 극장 바로 위에 있습니다. 극장 매표소에 있는 아가씨는 아주 착하고 얼굴도 이쁜디 저처럼 배우가 되는 게 소원이라고 헙니다. 이름은 오지선입니다. 나이는 스물넷인가 다섯인가 그렇구유. 미쓰 오허고 약속헌 게 하나 있는디 지가 유명해지면 단역이라고 꼭 시켜주겠다고… 지가 보장허는디 진짜로 착허고 이쁜 아가씨니깨 단역이라도 꼭 시켜주시면 감사허겠습니다. 연기를 잘 허는지는 지도 잘 모르겠지만, 똑똑허니깨 잘 가르치면 곧잘 따라 허지 않을까 생각합니다.

카메라의 중지버튼을 누르고 코를 훌쩍거리는 순표. 긴장했는지 땀을 흘리고 있다. 그는 창문을 활짝 열어젖히고 와이셔츠의 첫 단추를 푼다. 침대 머리맡에 놓여있던 대본이 눈에 띄자 천천히 찢어버린다. 감정이 북받쳐 가볍게 흐느낀다. 사이. 눈물을 훔치고 거울을 본 후 다시 카메라의 작동 버튼을 누르는 순표.

성순표 지는 여적지 대역배우였습니다. 언젠가는 꼭 진짜 배우가 될 거라는 믿음으로… (사이) 지는 이제야 진짜 배우가 뭔지 깨달았습니다. 진짜 배우는 자기 혼을 다 해서 연기하는 사람입니다. 〈일 포스티노〉에서 집배원으로 나오는 마스모토 트레이시라는 배우는 암 선고를 받고도 혼신을 다해 연기했고 촬영이 끝나던 날 마지막 장면을 찍자마자 쓰러져 촬영장의 이슬이 됐다고 합니다. (감정이 점점 격해지며) 마스모토 트레이시는 죽음에 이르기까지 자기의 모든 혼과 열정을 연기 속에 쏟아 부었던 것입니다. 그는 죽었지만 우리들의 가슴 속에, 저의 가슴 속에 이렇게 백혀있는 이유 아니겠습니까. (사이) 어떤 사람들은 죽는 것이 사는 것보담 나으니깨 목숨을 끊고, 또 어떤 사람은 명예를 위해 죽기도 허는디, 지는… 사람이 진짜를 위해 죽기도 헌다고 생각헙니다. 울 엄니헌티는 참말 죄송허지만… 흑흑… 지헌티는 인저 이 방법밖에 없기 때문에… 지도 트레이시처럼 지 영혼이 다 헐 때거정 촬영장을 떠나지 않을 거구먼유! 지도 모든 사람의 가슴 속에 지 얼굴이 또렷이 백히게 허고 싶구먼유! 지는 진짜 배우여유! 진짜 배우! 엄니! 지가 드디어 진짜 배우가 됐슈!

성순표, 웅크린 채 흐느낀다. 사이. 갑자기 철문 두드리는 소리. 오지선의 목소리가 철문 밖에서 들린다.

오지선 (소리만) 아저씨!

놀라 카메라의 중지 버튼을 누르고 조명기를 끄는 순표. 급하게
소매로 눈물을 대충 훔친다.

오지선　(소리만) 아저씨! 거기 있는 거 다 알아요.

성순표　(엉거주춤 문 쪽으로 가서) 퇴근하는 길여?

오지선　(소리만) 네.

성순표　늦었네. 조심해서 들어가.

오지선　(소리만) 저 잠깐만 들여보내 주시면 안 돼요?

성순표　안 돼여. 중요헌 일 허는 중이여.

오지선　(소리만) 잠깐만요. 아저씨 너무 보고 싶어서 그래요.

성순표　보고 싶… 허참… 그것이… 참말 안 되는디…

오지선　(소리만) 정말 잠깐만 보고 갈게요.

성순표　(곤혹스러워하며) 그럼 잠깐뿐여. 진짜 잠깐. (문이 열리려 하자
재빨리 막아서며) 잠깐만 있다 들어와. 방이 너무 엉망이라
그러니깨.

순표는 정신없이 카메라 위에 옷가지를 덮어놓는다. 그래도 안심
이 안 되는지 상자로 앞을 가려놓고 거울로 가서 수건으로 얼굴
을 문지른다. 이때 문이 벌컥 열린다.

오지선　아저씨!

성순표　으응…

오지선　왜 꼼짝도 안 해요? 내가 밖에 나가서 불 켜졌나 확인까지
해보고 올라왔네. 그러다 죽어버려도 모르겠어요.

성순표　죽긴 누가 죽는다 그려.

오지선 (침대에 털퍼덕 주저앉으며) 담배 딱 한 대만 피고 갈게요.

성순표 그려. 꼭 한 대만 피고 가.

오지선 (담배를 꺼내 문다) 아저씨 얼굴 진짜 핼쑥해졌다. 살 많이 빼어요?

성순표 몰러. 빠졌는가…

오지선 담배 피려면 팔팔호프 뒷골목까지 가야 해서 불편해 죽겠어요. 거기다 아저씨도 너무 보고 싶고.

성순표 (시선을 돌리며) 오늘 관객 많이 들었냐?

오지선 맨날 똑같죠 뭐. 그 빨간목티 대머리아저씨는 오늘도 아침부터 와서 마지막 프로 끝날 때까지 죽쳤어요.

성순표 실직을 했나.

오지선 가끔 오는 조폭 스포츠머리랑 애인 아닌가 싶어요.

성순표 잉? 그 조폭 스포츠머리가 여자여?

오지선 여자는요. 맨날 이따만한 운동가방 매고 오던데.

성순표 뭐여? 근데 어떻게 둘이 애인이여.

오지선 아저씬 동성연애도 모르나봐.

성순표 워매… 말로만 들었지… 근데 그 둘이 애인인 건 어떻게 알았냐?

오지선 매점아줌마가 그러는데 둘이 들어올 땐 따로 들어왔다 나갈 땐 꼭 붙어서 같이 나간대요. 전에 아줌마가 청소하러 들어가서 불을 켰더니 둘이 뭐 하다 깜짝 놀라서 부리나케 나가더라는데요? (깔깔거린다)

성순표 뭐, 뭐를…?

오지선 아저씨 진짜 몰라요? 원래 이런 삼류극장은 그런 사람들 전용이잖아요. 숨어서 연애하는 곳.

성순표 아이고… 극장이 얼매나 신성한 곳인디 그런 짓을…

오지선 아저씨한테나 신성하겠죠. 비릿한 찌릉내 때문에 숨 막혀요.

성순표 (사이. 어색한 듯 창밖으로 얼굴을 내민다) 왜 이렇게 덥댜? 여름 다 지나서 가을도 깊었구먼.

오지선 집에 가기 귀찮은데 아무래도 오늘 여기서 자고 가야겠다. (침대에 눕는다)

성순표 야가 시방 뭐 하는겨? 빨리 못 일어나? 어디 말만한 처녀가 총각 방서 벌러덩이냐.

오지선 아저씨 정말 총각이에요? 경험 한 번도 없어요?

성순표 미쓰 오 너 진짜! 담배 다 폈으니께 그만 나가야쓰겄다.

오지선 싫어요. 여기서 자고 갈 거야.

성순표 야가 참말 미쳤네. 여가 니 집이여? 어디서 니 멋대로 자고 간다는겨.

오지선 (이불을 뒤집어쓰며) 몰라요. 난 여지서 자고 갈 테니까 아저씬 거기 서서 밤을 새시든가.

성순표 너… 너 진짜… 진짜… 후, 후, 후회헌다.

오지선 (얼굴을 내밀고) 후회 안 해요. 하도 답답해서 후회 안 하려고 내가 먼저 이러는 거니까.

성순표 (사이) 정말… 정말이여?

대답 대신 옆자리를 톡톡 두드리는 지선.

성순표 안 되는디… 참말 안 되는디…

한동안 가만히 서 있던 순표가 서서히 바지를 벗는다. 와이셔츠 밑으로 하얀 사각팬티가 드러난다. 암전.

제 5 장

며칠 후 저녁 무렵. 순표가 문 앞에 서 있고 차영수는 침대에 걸터앉아 신나게 자신의 계획에 대해 떠들고 있다.

차영수 이거 되게 긴장되는데? 날씨도 말이야 이상하게 갑자기 서늘해졌어. 며칠 전까지만 해도 낮에는 후텁지근하더니만 오늘은 바바리코트까지 꺼내 입고 말이지. 자네도 좀 떨리지? 어쨌든 주연배우로서 데뷔무대 아냐. 나도 특집이다 보니까 아무래도 좀 긴장이 되긴 해. 드디어 내일이면 자네가 뭔가 보여줘야 할 날이군. 잘할 거라고 믿어. (사이) 왜 그래? 걱정돼? 사내놈이 소심하긴… 절대 안전하니까 걱정 붙들어 매.

성순표 예…

차영수 내일 장면은 우리 스텝들이랑 들어와서 찍을 거야. 잘 안되면 커트하고 다시 찍으면 되니까 걱정말라구. 명심해둬. 천천히 떨어지는 거야. 창문에 매달려 안간힘을 쓰다 서서히 팔에 힘이 빠지면서 왼손이 먼저 사라지고, 다음에 오른손마저 툭 하고 떨어뜨리는 거라구. 중요한 건 매달려있는 마지막 순간에 자기도 모르게 끓어오르는 삶을 향한 욕망의 몸부림! 그걸 보여줘야 된다고. 그게 진짜니까. 이해하겠어?

성순표 예…

차영수 대본은 다 외웠지? 물론 다 외웠겠지. 자네가 어디 토씨 하나라도 틀리는 사람인가? 좋아. 그럼 난 이만 가봐야겠어. 마누라쟁이가 결혼기념일이라고 외식을 시켜달라네. 기념할 날이 따로 있지.

성순표 저, 선상님.

차영수 응?

성순표 언제쯤이면 드라마에 출연헐 수 있을까유?

차영수 얘기 다 됐어. 내일 촬영만 끝나면 일사천리로 진행될 거라구.

성순표 그람 선상님허구도 곧 이별이네유.

차영수 드라마로 가면 나랑 인연 딱 끊을 거야? 이거 섭섭하네.

성순표 ……

차영수 이만 가볼 테니까 준비 잘하고.

차영수, 여유 있게 웃으며 나간다. 천천히, 아주 느린 속도로 주저앉는 순표. 잠시 가만히 있다. 사이. 일어나 옷을 갈아입는다. 잘 다림질된 와이셔츠에다 방금 세탁소에서 찾아온 듯 날이 선 양복바지를 입는다. 촌스럽지만 깨끗한 넥타이도 맨다. 거울 앞으로 다가가 마지막 빗질을 한 후 조명기의 스위치를 올리자 스포트라이트가 침대와 창 쪽으로 떨어진다. 잠시 사이. 카메라의 작동 버튼을 누르고 조명 속으로 들어가는 성순표. 고개를 든 채 온몸으로 빛을 느끼고 서 있다. 사이. 천천히 입을 연다.

성순표 어느새 정말 떠나야 할 날이 왔습니다. 한 가지 더 부탁드리고 싶은 말이 있는디… 미쓰 오, 아니 지선이유… 시골에 계신 울 엄니헌티 좀 보내주시면 감사허겠습니다. 엄니없는 미쓰 오랑 자식 없는 울 엄니가 서로 의지해서 잘 살수 있게… 그럼 지는 인저 더 할 말이 없습니다. 시청자 여러분, 안녕히 계십시오.

순표, 카메라의 중지 버튼을 눌러 끈다. 천천히 침대 머리맡으로 다가가 어머니의 사진액자를 한참 들여다보더니 이윽고 그것을 뉘어놓는다. 그리고 결심한 듯 육중한 철문을 열고 나간다. 극장에서 여자의 신음소리와 흐느낌소리가 번갈아 들려온다.
잠시 후 성순표와 오지선이 함께 들어온다. 지선은 얼떨떨한 표정이 되어 순표를 뚫어지게 쳐다보고 있다.

오지선 이제 진짜 올라와도 되는 거예요?

성순표 그려.

오지선 방금 피디아저씨 왔다 간 거 맞죠? 다 봤어요. 뭐래요? 드라마 출연 계약했어요? 그리고 보니까 아저씨 오늘따라 쫙 빼입고… 좋은 일 생긴 게 분명해. 내 말 맞죠?

성순표 너 비디오카메라 본 적 있냐?

오지선 아뇨. 그런 비싼 걸 어디서 봐요.

성순표 (카메라를 가리키며) 저기 있는디.

오지선 (깜짝 놀라 다가가며) 와! 이거 진짜 비디오카메라네. 어디서 났어요? 혹시 방금 피디아저씨가 선물로 준 거? 계약서에 멋지게 싸인한 다음 선물로 카메라까지 주고 간 거예요? "성순표 씨같이 훌륭한 배우와 계약하게 돼서 영광이오. 약소하지만 성의로 받아주시오." 이러면서.

성순표 어쩜 그렇게 본 것마냥 맞하냐?

오지선 혜혜… (카메라에 눈을 갖다 대며) 아저씨 저기 가서 서 봐요. 잘 보이나 보게.

성순표 (어색하게 가서 선다) 잘 보이냐?

오지선 네, 잘 보여요. 아저씨 캡 멋져요. 은근 화면발 죽이는데요?

성순표 이제부터 내가 연기를 헐 테니께 너는 관객이 되는겨. 내 말 알겄지?

오지선 네.

성순표 (카메라 앞에 놓인 상자를 가리키며) 그럼 거기 가서 앉아. 거기 상자 위에.

오지선 (시키는 대로 앉는다) 저는 준비됐어요. 이제 시작하세요.

성순표 내가 맡은 역은 자살을 하는 사람이고 나는 여기 창밖으로 몸을 던질겨. 그렇지만 안심혀도 돼야. 밑에 간판 걸림대가 아주 튼튼허니께. 난 그냥 시늉만 허는겨. 알아들었지?

오지선 네.

성순표 그럼 시작헌다.

성순표, 카메라의 작동 버튼을 누른 후 조명기의 스위치를 올린다. 오지선의 짧은 탄식. 성순표는 조명 속으로 들어가 감정을 위해 심호흡을 한다. 무슨 말인가 자꾸 하고 싶어 하다가도 말이 나오지 않는 듯 입을 다물어 버린다. 침대 밑에서 상자를 하나 꺼낸다. 그동안 스크랩해놓은 신문 조각들이다. 그것을 소중하게 침대 위에 올려놓은 다음 오지선을 한 번 쳐다보는 순표.

성순표 사람은 언젠가는 다 죽습니다. 언제든 죽을 인생이라면 어떻게 죽느냐 하는 것도 중요하겠지요. 저는 그래도 멋있게 죽는 겁니다. 자기 삶을 선택하고 자기 죽음까지도 선택할 수 있는 것만큼 멋진 일이 어디 있겠습니까. (상자를 소중히 쓰다듬으며) 이건 저의 유일한 유품입니다. 누군가를 곤란하게 만들기 위해 내놓는 게 아닙니다. 마지막으로 제가 살아온 흔적, 제 작품을 알리기 위해 이 방법이 최선이라는 걸 말씀드립니다. 부디 제가 어떤 사람이었건 간에 참으로 뜨겁게 살았노라 기억해주시면 감사하겠습니다.

사이.
성순표, 서서히 일어나 창가로 간다. 먼저 오른쪽 다리를, 다음에 왼쪽 다리를 바깥으로 낸 다음 오지선을 한 번 더 쳐다본다. 팔을 창틀에 의지한 채 하체를 떨어뜨린다. 그는 얼굴이 벌겋게 달아오를 동안 계속 그 자세로 매달려 간신히 입을 연다.

성순표 전 제 일이 전부 가짜가 아니었다고 말씀드리고 싶습니다. (가슴팍이 사라진다) 그리고 그 누구도 원망하지 않습니다. (어깨가 사라진다) 아니, 나 같은 놈한테 이런 기회라도 주신 선상님께 참말로 감사드립니다. (간신히 얼굴만 드러낸 채) 미안. 엄니… 울 엄니를 부탁헌다…!

오지선은 진지하게 그의 '연기'를 관람하고 있다. 서서히 사라지는 성순표의 얼굴. 이제 그의 열 손가락만 보인다. 그리고 조금씩 그의 손가락들이 창틀에서 떨어져 나간다. 왼손이 먼저 사라지고 잠시 후 떨어져 나가는 오른손. 잠시 사이. 지선, 박수치기 시작한다.

오지선 부라보! 부라보! 정말 멋있었어요. 난 감동해서 눈물이 다 나올 지경이에요, 아저씨. (기립해서 손바닥이 아프도록 박수를 친다) 근사해요! 정말 멋져요! (창밖에서 차동차 급정거하는 소리, 사람들 비명소리가 들린다) 아저씨! 아저씨, 이제 그만 올라와요. (머뭇머뭇 자리에 다시 앉으며) 끝난 거 아닌가? (점점 커지는 웅성거림. 다시 일어나 엉거주춤 창가로 다가간다) 안 끝났어요? 왜 아무 말도 안 해요? 아저씨…! (창밖을 내다본다) 아저씨… 아저씨! 악!! 아저씨!! (침대에 주저앉는다. 비명소리, 자동차 경적소리 등이 점점 커진다) 아저씨… 아저……

오지선, 비틀거리며 간신히 철문을 열고 나간다. 빈 침대를 비추고 있는 조명. 웅성거리는 소리 점차 사라지고 정적 속에 무대 어두워진다.

김나영 희곡집

당신은 아들을 모른다

초판 1쇄 발행일   2023년 6월 12일
초판 2쇄 발행일   2023년 11월 3일

지 은 이   김나영
만 든 이   이정옥
만 든 곳   평민사
         서울시 은평구 수색로 340 〈202호〉
         전화 : 02) 375-8571   팩스 : 02) 375-8573
         http://blog.naver.com/pyung1976
         이메일   pyung1976@naver.com
등록번호   25100-2015-000102호
ISBN   978-89-7115-087-0   03800
정   가   16,000원